路还长.幸而有人陪伴身侧.

KUWEI
酷威文化
图书 影视

作者阿崇♡

患者阿离 著

偷月亮给你

MOON

四川文艺出版社

人行走于世，有很多事情只靠双手是没办法做到的，
偶尔得需要条尾巴～

^_^
三 • ω • 三

愚者阿离♡

第二卷
蛾眉月

第三卷

上弦月

第四卷
盈凸月

第六卷

亏凸月

第七卷

下弦月

第八卷
残月

看到可爱的事物会快乐，是人类的本能。

你珍藏的所有回忆，都会由时间护送，陪你去往任何地方。

第一卷
新月

谋杀冬天

杀手先生在离别之际接到了一项奇怪的任务——

有人付了酬劳，请他谋杀冬天。

杀手先生做过很多任务，却从来没听到过这种要求。如今他已经打算告别，就更不会接受这个任务了。

他看向窗外，寒风凛冽，似乎又要下雪了。

看来……这个任务没时间接了。

杀手先生想了想，把收到的酬劳放回窗台。但当他买完药回来路过窗台时，杀手先生发现酬劳不但没有被拿回去，还增加了。

他将药放至床头，悄悄地埋伏在窗口，伸手抓住了一只正往窗台上放冻鱼干的毛爪爪。

屋内，小猫咪好奇地左看右看，还试图将爪爪伸进冒着热气的茶杯。杀手先生用一根手指拦住了它，来访的小猫咪立刻正襟危坐，讲述起自己的来意。

"听说杀手先生很厉害，可以除掉许多坏人。"它跳上杀手先生坐着的沙发，颤着声问，"能请您帮我谋杀冬天吗？"

今年的雨雪季节实在太过漫长，又冷又湿，它的毛毛也经常湿答答的，一点也不舒服。

这一切都是因为冬天啊。

　　杀手先生的手指被小猫咪的爪爪抱着，毛茸茸的，温暖又可爱。

　　杀手先生骂了句脏话，站起身，走进卧室将床头的东西通通扔进了垃圾桶。他简单收拾了一下行李，从乱糟糟的衣柜里找出来一个红色的小领结，然后把小领结套在了小猫咪的脖子上。

　　杀手先生提起箱子，伸手将小猫咪揣进怀里，推开家门："出发吧。"

　　直到坐上了车，小猫咪才努力地从大衣里探出头，兴奋地看着车窗外远去的景色："我们要去除掉冬天吗？"

　　杀手先生将它的领结拨正："不。"

　　车辆朝着温暖的方向一路前行："我们去迎接春天。"

龙与魔女

每条龙在成年当日，都必须去抓一位美丽优雅的公主回来，这是种族传统。

龙族的命运不外乎两种——接受骑士的挑战，成为公主与骑士爱情故事里某个面目可憎的 NPC；或是同公主日久生情，成功上位当上男主角。

正在听故事的龙大大的脑袋里浮起一堆疑问——为什么一定要抓公主呢？不抓不行吗？带她回来吃掉我的口粮，我吃什么？

但龙没有提出异议，因为老师最讨厌别人在课堂上打断它的话。

龙只是假装在认真记笔记，顺便吃了一口藏在课桌底下的干脆鱿鱼条。

很快就到了龙成年的日子。

它翱翔于公主的宫殿之上，看到公主正依偎在某个骑士怀中。二人窃窃私语，散发着唯有恋爱中的人类才会有的肉麻气味。

龙把刚伸出的爪爪收了回来：噫，我才不要抓这种恋爱中的人类，恶心心。

它刚准备掉头离开，余光却扫到了一个正在翻墙的魔女。魔女提着一罐正"咕嘟咕嘟"冒泡泡的神秘魔药，艰难地爬上墙，然后抬起了头。

电闪雷鸣中，龙看到了魔女的眼睛。她的眼睛很亮，像黑夜里的两颗宝石。

龙没有犹豫，掳走了魔女。

洞穴中有龙，有龙收集来的各种亮晶晶的宝石，还有龙掳来的身着尖帽斗篷的黑眼圈魔女。

魔女脱下湿淋淋的斗篷，露出里面的黑色拖地长裙，她用脚尖踢了踢龙的尾巴，问它："你为什么抓我？"

"此事说来话长……"龙也在思考为什么会一时冲动抓一位魔女回来，它只能磕磕绊绊地解释，"我本来想抓的是公主。你知道的，我们龙族就喜欢抓公主，抓了之后再接受骑士的挑战……"

"你死心吧，"顶着两个巨大黑眼圈的魔女说，"不会有骑士来救我的。"

龙不知道说什么，只能分给她一把干脆鱿鱼条。一龙一魔女就这样"咔嚓咔嚓"地吃起了小零食。

这时，"咚咚"的敲门声传来，有人在敲山洞的门，是来突袭抽查功课的老师。

老师笑眯眯："公主抢得怎么样？"

龙移开尾巴，露出身后的魔女。

魔女换上龙抢来的缀满宝石的华贵裙子，戴上翡翠戒指，绾起长发，乍看之下，足以以假乱真。

老师很满意，扶着眼镜点评："你的公主黑眼圈有点重。"

魔女皮笑肉不笑："这是黑眼圈？"

龙和老师的脑袋里浮起一句疑问——难道不是？

魔女："呵……一群直龙。"

老师走后，龙小心地站在一旁，看魔女掬起一捧雨水洗脸。等她抬起头，龙才知道，那不是黑眼圈，而是她的烟熏妆。

魔女帮了龙的忙，龙必须答应她一件事。

龙的思绪已经飘远：魔女一定会要求我放了她，那我就让她骑在我的脖子上或是坐在头顶，再送她回去……至于老师那边，就跟它说我是一条失败的龙，公主已经被骑士救走了。

虽然会有一点舍不得魔女，舍不得她亮晶晶的眼睛。

"我要留在这里。"魔女道。

龙："？"

"我不想再送餐了。"魔女拎起那罐"神秘魔药"，从锅盖里摸出一把伸缩汤匙搅了搅，然后把汤匙塞进龙嘴里，"尝尝汤。"

龙睁大眼睛："汤？"

"寒冷的夜里，人类都需要爱情和热汤。"魔女戳戳龙的肚皮，找了个软乎的地方躺着，"我就靠为他们送特制的热汤来赚取微薄的酬劳。"

魔女打了个哈欠，沉沉睡去："这里宝石很多，你的体温也够高，我喜欢。"

龙喝完汤，在不远处生起个小火堆，也睡去了。

多年以后，龙当上了老师。

龙喝了一口藏在保温杯里的酸辣汤，继续教导学生。

它对陈旧的思想十分不赞同："我们不一定要抓美丽优雅的公主，像我，抓个泼辣的也很好……"

不知何时已经站在教室门口的魔女："什么？"

龙："我说你做的油泼辣子很好吃。"

…………

龙："我们相遇那天，你说过'寒冷的夜里，人类都需要爱情和热汤'，现在都有啦！嘿嘿……"

　　魔女："不，如今很多人不一定需要爱情和热汤，但一定要有钱。你这个月的工资呢？留三块，其他交上来。"

　　龙："好的马上。"

搬家

别扭的猫先生决定搬家，它拨了一通电话，叫来某个免费的搬家公司。即便猫先生的委托来得很突然，搬家公司的工作人员仍旧准时到达了。

帮猫先生搬家的工作人员是一位穿着西装的小哥，他让猫先生称呼自己为"管家先生"。

"今天搬家的人很多呢。"管家先生摸了摸猫先生的脑袋，但被它狠狠地咬了一口。

说是搬家，猫先生的行李其实很少，只有几包打包好的小鱼干。

面对管家先生的疑问，猫先生撇撇嘴："对，就只有这些。"

管家先生环视四周，指向放在盒子里的一个保存完好的蝴蝶结丝带："这个不带了？"

猫先生别过眼神："不带，是我不需要的东西。"

那是某个人类小女孩送给幼年猫先生的礼物，她笨拙地将丝带系在猫先生腰上后，向猫先生挥了挥手。

这就是他们的最后一次见面。

管家先生没说话，而是看向猫先生的衣柜，那里整齐排列着大大小小、颜色不一的毛线球。

猫先生说："那是我曾经最喜欢的玩具，前几次搬家的时候就该丢掉了。"

　　那些毛线球陪伴猫先生度过了许多快乐的日子，从幼年、少年到青年……但它长大了，再玩毛线球是会被嘲笑的。

　　管家叹了口气，"哦"了一声："这个也不带，我知道了。"

　　随即，他又指向墙边挂着的某个粘了几根猫毛的相框，相框里的照片是一对和蔼的、微笑着的猫咪老夫妻。

　　"这个也不带吗？"管家先生问。

　　猫先生背过身去，吸吸鼻子："不带！他们、他们把我一个人丢在今年，我……"

　　后面的话，猫先生没有说完，管家先生点了点头："好，那我要开始整理您搬家要带的东西了。"

　　猫先生揉揉眼睛，狠狠心走了出去："我在外面等你，麻烦你把我要的东西搬上车。"

　　管家先生收拾整理好一切后，看向远处猫先生的背影，走过去揉了揉猫先生的头："猫先生，需要一并带走的东西我已经收拾好了，我们可以出发了。"

　　可猫先生刚走出两步，却突然停下了。

　　"我不想走了，可以吗？"它抬起头，眼眶红红的，哽咽道，"管家先生，你带我打包好的小鱼干走吧。我真正离不开的都在屋子里，我不想搬家了……"

　　管家先生温柔地摸了摸它的脑袋："不可以呀，猫先生。时间不会停下脚步的，我们必须大步向前。"

　　任由猫先生怎么挣扎，管家先生都毫不动摇地将它抱起，轻轻丢进车内。

　　趴在座椅上的猫先生泪眼蒙眬，吸着鼻子一抬头。

　　咦？

　　家人的相框、毛线球、蝴蝶结……家里那些它舍不得的东西都被塞进了车里，一个不少。

　　管家先生吹了声口哨，扔给猫先生一条小鱼干。

　　"放心吧，你珍藏的所有回忆，都会由时间护送，陪你去往任何地方。"

船

　　船上的乘客中，有一个小男孩和一条小狗，他们分别坐在船两端的角落，和其他成年乘客都隔着很长一段距离。

　　小狗很爱惜好不容易回到自己身边的小皮球，总是叼在嘴里。

　　因有别的乘客下船，船身猛地停下，小狗没咬紧口中的小皮球，皮球"咕噜"一声滚到了小男孩的脚边。小男孩静静地看了很久小皮球，而小狗则紧张地咬住尾巴转圈圈，却怎么都不敢过去。

　　过了许久，直到船上只剩下他们这两位乘客，小男孩终于捡起了小狗的玩具。

　　小男孩和小狗在船的两端遥遥相望，最后，小男孩先动了。

　　他将小皮球擦了又擦，直到上面没有一点儿尘土后，拿着小皮球走到船的中部坐下。小狗见状也下定决心，慢腾腾地挪了过去。

　　小狗咬过小男孩递过来的皮球，小声说了一句："谢谢你。"

　　夜里有点冷，小狗往小男孩的脚边蹭了蹭，好让自己毛茸茸的肚皮遮住他光着的脚。

　　小男孩生疏地摸了摸小狗的头："也谢谢你。"

　　船慢悠悠地漂着，小男孩突然问："你觉得爱是什么呢？"

　　"我没有体会过别的小狗对我的爱，"小狗有点不好意思，拨弄着自己的小皮球，"但我爱我的玩具，我喜欢咬着它玩。你看，皮球上可都是我的牙齿留下的印记呢。还有，如果它不见了，我会急得大叫的！"

小狗总结道："所以，我觉得爱或许是撕扯，是破坏，是大声吼叫？"

小男孩沉默了一会儿："那我遇到的……可能是爱吧。"

小狗也问："那你觉得爱是什么呀？"

"我体会过的爱太少了，得努力想想。"小男孩将头靠在小狗身上，似乎回忆起了什么，"或许是很久之前，他用我最喜欢的娃娃逗我走进他怀里？也或许是在我很小的时候，她突然来了兴致，喂了我一口味道并不好的咖啡……虽然我完全喝不惯，难受得生了很久的病。"

"是这样吗？！"小狗开心了起来，"用最喜欢的玩具引诱、喂吃了会难受的食物原来都是爱吗？！"

小男孩刚想说些什么，船忽然停了。

靠岸后，小狗还沉浸在自己原来不是被伤害的欢喜中。

小男孩抱起它，往光亮处走去。

小狗摇着尾巴，一脸兴奋："我下辈子还要做一只小狗！"

小男孩说："我也是，想当一只小狗。"

少女与被召唤的恶魔

少女遇见了一位恶魔。

恶魔看起来和她差不多年纪，黑发黑瞳，嘴角抿起。他左边的翅膀断了半截，黑色的羽毛缓缓下落，在触及地面时又散成尘埃。

察觉少女视线落在他的翅膀，恶魔不言，半边脸隐在昏黄灯光照不到的阴影处。

老旧台灯突然闪了闪，晃得墙上清瘦的影子摇摇欲坠，恶魔少年问："有什么吩咐？"

少女呆呆地抱紧怀里的小猪玩偶，不自觉地往掖好被角的被窝里缩了缩："没、没什么……"

"有，"恶魔笃定，"只有强烈的渴望才能召唤出恶魔。说吧，需要我做些什么？"

被窝外面太冷了，而且恶魔少年的模样又太有压迫感，少女暂时提不起勇气出去。她把快说出口的话咽下去，想了想犹豫道："那你能不能帮我惩罚一下欺负过我的人？"

"我由你召唤而来，自然任你驱使。"恶魔少年问，"要怎么惩罚？"

少女的惩罚很简单。

扔掉她书包的人，会每天都把作业忘在家里！

故意绊倒她的人，只要穿了新鞋就会踩进水坑！

在背后造谣她的人，每次打嗝儿放屁都超大声！

恶魔少年沉默地做着一切，他不懂少女的惩罚为何总是这么轻。

恶魔被人类召唤，实现人类的愿望后才算完成任务。他帮少女教训过许多伤害过她的人，但全是不痛不痒的惩罚。

为什么呢？

人类少女是孤儿，在对她抱有恶意的人面前沉默寡言，似乎只有在恶魔面前才会袒露一点自己的性格——

古灵精怪，可可爱爱。

恶魔少年看着她，有时候会想到自己，他在原本的世界也是独来独往。他不够强大，也不够狠心，更不如少女坚强乐观。恶魔少年只会缩在角落，残破的翅膀微微发颤。

但终于，他等来了少女的召唤。

这次，少女又被别人欺负了。

有人觉得她冷漠孤僻，阴阳怪气地说起她无父无母的事，在少女站起身反驳时更变本加厉："我要是你爸妈也不想要你，我爸我妈只有我一个孩子，可宝贝我了！不像某些人没人疼，没人爱。"

少女握紧拳头走出教室，她站在天台边，扶着栏杆劝自己："我不生气，我不生气。"

恶魔少年闪现到她身旁："生气也没关系，我会帮你惩罚他们。"

少女的手指仍在发颤，她深吸一口气："好，这次是非常非常非常难的任务。"

来了，自己被召唤而来的终极任务终于要来了！恶魔少年想。

但少女却皱起脸，道："你能让刚刚那个人的母亲怀二胎吗？"

恶魔少年："……"

恶魔少年："对不起，我可能……做不到。"

少女舒出一口气："那好吧，算了，我也只是说说。"

日复一日，恶魔少年的任务一直没完成。

他跟在少女身后，亲眼见到她被欺负，然后又一次次站起来。

少女被欺负、被孤立根本没什么理由，只是因为一些小事得罪了几个人而已。有好心的同学想帮助她，也会被那几个人冷嘲热讽。少女不想连累别人，就主动封闭了自己。

她习惯了，没关系，不会痛。

又是一节活动课，做完活动，老师笑着鼓掌："来来来，给你身边的人一个拥抱吧！"

同学们笑嘻嘻地拥抱在一起，只有少女身边空无一人。

即便习惯了，还是会有点难过。

少女动动手指，叹了口气。

忽然，一阵风袭来，恶魔少年的羽毛碰上了她的手臂。

恶魔少年面对着少女，弯下身，手臂僵硬地环上少女的肩，翅膀也微微弯起弧度把少女拢进自己怀里。

恶魔少年的声音在少女耳边响起："并非只有人类的拥抱是温暖的。"

拥抱一触即分，恶魔觉得，自己似乎完成了被召唤的任务。

他松开少女，疑惑道："你召唤我来时，心里想的究竟是什么？"

三个月前，少女缩在薄薄的被子里打冷战，自言自语道——

"寒冷的时候没有人抱我，没关系。

"那世界上还有别的小可怜吗？

"我想去拥抱你。"

流浪小狗和小熊玩偶

流浪的小狗在垃圾桶旁边捡到了一只脏兮兮的小熊玩偶。

小狗虽然是只流浪狗，但因为一直有好心人喂食照料，所以幸运地没有生病，健健康康地长大，甚至还有点圆润。

但小熊玩偶似乎没那么好运，它的脸黑乎乎的，毛毛也一缕缕粘在一起，看起来十分狼狈。

不过小狗可不嫌弃，它用牙齿咬住小熊玩偶，努力地把它拖向一个积满雨水的破桶。

这时，小熊突然说话了："你的牙齿咬得我耳朵好痛啊。"

小狗被突然响起的声音吓了一跳，好不容易把它推进桶里后，开口道："你会说话？"

小熊："你都会说话，我为什么不可以？"

小狗挠挠头："哦，那你记得憋气。"

小熊纳闷："憋气干什——咕噜噜——"

小狗用毛茸茸的爪子一爪把小熊玩偶踩进水里，等它浮上来又踩下去，重复好几次才停下。

水珠"滴答滴答"不停落下，被洗干净的小熊和湿了爪爪的小狗并排晒着太阳。

小熊突然说："其实我被施了巫术，遇见真心喜欢我的人才能变回去。"

小狗低头："那在你找到真心喜欢你的人之前，我们就先凑合着过吧。"

日复一日，年复一年，传说中"真心喜欢小熊的人"一直没找到，小狗和小熊玩偶也相伴度过了很多个日日夜夜。

无论去哪里流浪，小狗都要叼着小熊玩偶，别的小动物很是羡慕：真是幸福的一对呀。

幸福吗？小狗和小熊玩偶都在想：它和我只是凑合着过呀。

某天，小狗出门觅食，回到家发现小熊玩偶不见了。

小狗再也顾不上把食物藏好，一路"汪汪"叫着到处去找小熊玩偶。发现小熊在某个小男孩怀里后，小狗急忙跑过去，绕着小男孩和他的妈妈打转。

牛奶不要，狗粮不要，连火腿肠也不要！

小男孩的妈妈试探性地拿过小熊玩偶伸到它面前，小狗立刻就叼住了。

小男孩乖乖地拉住妈妈的手："妈妈，看来小熊有朋友，我们不能带它回家了。"

小狗冲那对母子摇摇尾巴，叼着小熊玩偶冲回家。

一路上小熊都没有说话，小狗冷静下来，突然道歉："对不起，那个人类可能真的很喜欢你，都是因为我……"

小狗内疚地说："我很喜欢你，但是你一直没有变成人。所以我在想，是不是我的喜欢还达不到解除魔法的程度。"

"没关系，"小熊的玻璃眼珠闪着光，"根本没有什么魔法，我那么说，只是想更被爱一点。"

"事实上呢，"小熊玩偶歪歪头，靠在了小狗的肚皮上，"就算我遇到天下第一喜欢我的小狗，我也只会是一只小熊玩偶。"

酸酸的猫

小猫是一只普通的流浪猫，它的日常就是蜷缩在街角，从垃圾桶里扒拉出半条鱼尾巴然后吃掉。

像它这样的流浪猫有很多，猫咪们有时会聚在一起聊天，它们聊天气，聊身体，还会聊在隔壁那条街遇到过的人类男孩。

老猫叼着烟："那个人类很帅哪。"

小猫悄悄竖起耳朵。

人类帅且温柔，无论是黏人的猫咪幼崽，还是讨厌人类的老年猫咪，他都会力所能及地照顾它们，喂食猫粮后再轻轻摸摸它们的头。

小猫拨了拨自己头上的毛，悄无声息地离开，去往老猫们所说的地方。没过多久，它就看到了那个人类。人类的发顶被夕阳染成浅金色，他穿着普通的短袖，却比所有偶像剧男主更耀眼。

小猫呆呆地看着，直到被身后跃起的猫踩了一脚。

"唔……"小猫揉揉脸，目瞪口呆地看向人类脚下那窝猫。

整条街的猫咪都聚在那里，蹭着人类的裤腿撒娇。好脾气的人类将手里的猫粮一点点分出去，再腾出手来挨个摸头后，猫咪们这才满意了。

人类小心翼翼地从猫咪们的包围中走出来，笑着掏出手机拍照片，转身才发现，不远的地方还有一只趴在地上的小猫。

小猫被刚刚那只胖橘猫踩得腿麻，一时站不起来，只能眼睁睁地看着人类走近。

"嗯？这里还有一只？"人类蹲下身，从怀里摸出一条小鱼干，想了想还是放在小猫面前，"没有猫粮了，你吃这个吧，虽然有点不好交代……"

他好温柔，小鱼干也好香啊……

小猫一口咬住香气扑鼻的小鱼干，圆滚滚的眼珠滴溜溜地转，最终定格在人类的手指上。

人类的手指修长，指甲整齐圆润，只是虎口处有三条不长不短的抓痕。

是哪只猫？是哪只不知好歹的猫抓我男神？！

小猫气鼓鼓的脸颊被人类戳了一下，口中吃得只剩半条的小鱼干"啪嗒"落地。

小猫害羞了。

人类站起身："我该回家了。再见，小猫。"

人类走后，其他流浪猫围了上来——

"我从没见过他给别的猫小鱼干。"

"也没有见过他戳别的猫脸蛋。"

"你小子，是不是要被他收养了啊！"

…………

小猫听得满脸通红，挥着爪爪："没有啦！没有啦！怎么可能！"

话虽这么说，但小猫第二天还是怀着它那暗戳戳的小心思去等人类出现。

一拥而上容易被别的猫咪挡住，所以一定要独自趴在后面吸引注意力。被戳脸蛋或许是因为脸圆，也就是说在去找人类之前要去垃圾桶里翻东西吃，把自己喂得圆圆的。人类给的食物在他面前一定要表现得吃得很香，给他面子！

小猫准备就绪，终于等来了人类。

人类投喂过扑过来的猫咪们后，果然又走到了趴着的小猫身边，然后他从袋子里抓了一把……猫粮。

怎么是猫粮，不是小鱼干了？

小猫歪着头，它发现人类的手腕上又多了几条抓痕。

到底是哪只猫抓我男神？！

人类听不懂它的话，自然不会回答，他只是摸了摸小猫的头，离开了。

小猫发誓，它一定要找出伤害人类的凶手。

每天接受完人类的投喂，它都会悄悄地跟着人类走到公交站。

公交车的售票员很凶，某次小猫试图上车，刚踩上台阶就被售票员发现，用鞋尖将它踢了出去。从此以后，小猫只要见到售票员，就会害怕地躲回墙角，看着公交车开远。

直到下起暴雨的那天。

流浪猫们跑去躲雨，人类来的时候，巷子里只有小猫在等。人类小跑过去，抱起小猫跑进一边小卖部的屋檐下。

小猫窝在他怀里，幸福得快要死掉了，人类却在这时把它放了下来。

人类在小猫面前放了一把湿漉漉的猫粮，摸了摸它的头："你就在这儿躲雨吧，我要回家了。"

小猫看着人类离去的背影，咬咬牙，狠心冲进了雨里。

天色阴沉，人们无精打采，撑着伞或是披着雨衣来去，连售票员都没什么精神。小猫找准机会，躲进一个小姑娘长长的雨衣下摆，混在人群中上了公交车。

车上的人很多，小猫怕被发现，不敢到处乱跑，只能透过雨衣的缝隙寻找那个熟悉的身影。人类坐了三站后到站下车，小猫也急急忙忙跳下车，跟了上去。

雨很大，人类撑着伞的背影总被雨水冲得模糊，小猫只能不停地伸爪爪揉脸，生怕跟丢了。

没多久，人类进了小区，拐进某单元楼后，合上了伞。

小猫静悄悄地跟着他，滴着水的爪爪踩着人类的脚印。

小猫紧张又激动，这算不算跟他回家呀？不行不行，它今天只是想来看看，不能不经过同意就去他家的。

思绪纷飞间，人类的脚步停在了五楼。小猫跟在他身后，用楼梯间的鞋架挡住自己。

人类掏出钥匙打开门，屋内灯光照了出来，小猫好奇地探头去看。

它看到了另一只猫——

蓬松柔软，有着一双漂亮的蓝眼睛。

人类弯腰抱起那只猫，抚摸着它的背："今天下雨所以回来晚了……别挠别挠……是我错了……"

"咔嗒！"

宠溺的声音被关上的门隔绝在内，湿漉漉、脏兮兮的狼狈小猫被隔绝在外。

原来……人类有自己的猫。

小猫浑浑噩噩地原路返回。

回去的时候没有公交车坐，小猫只好凭着记忆慢慢跑回去，足足花了来时的五倍时间。

便利店外的那把猫粮已经被人扫走,小猫淋着雨翻了半天垃圾桶,才在一堆塑料袋里找到了它。小猫把猫粮一颗一颗地叼出去,珍惜地放在一个雨淋不到的角落。

人类有自己的猫,所以他喂遍所有流浪猫,却从没有想过带哪只猫回家。而那天,因为可怜它把小鱼干给了它后,回去就被自己的猫挠了吗?

小猫想,原来它才是那个罪魁祸首。

第二天天晴了,小猫还是去见了人类。

人类同以前一样温柔,但小猫却不一样了。

它跟别的猫咪混在一起拥在人类脚下,装作去抢他手里的猫粮,然后趁机用自己的脸颊蹭了蹭人类被抓出血痕的手腕。柔软的触感一触即逝,等人类反应过来,只看到小猫跑远的背影。

从那天起,小猫再也没找过人类。

它回到自己早先待着的那条街,但那里已经被新的流浪猫占领,小猫只好去寻找别的落脚处。凶狠的大猫抢了它好几次食物,忍无可忍的小猫龇着牙,不顾淌着血的脸颊,伸爪挠了回去,前段时间被人类养胖的脸颊很快又瘦了回去。

小猫变得沉默,它有时还会想到人类,但大多数时候,它只想着怎么活下去。

又是一个雨天,小猫淋了雨,倒在路边的小水洼前。一个穿着雨衣的小姑娘蹲下身,抱起了它。

小猫迷迷糊糊地睁眼,发现与她曾有一面之缘,是在那个雨天,在公交车上给它庇护的雨衣姑娘。

小猫被小姑娘领养了,小姑娘对它很好,家里有软绵绵的床、香喷喷的饭。

小猫也很喜欢她，尤其是雨天，小猫更喜欢黏着她，似乎只有这样，它才不会被四面八方无形的雨淋湿。

几个月后，小姑娘带小猫去打疫苗。

小猫温顺地躺在医生怀里，闭着眼睛不去看疫苗针。小姑娘也怕针，站在门外，紧张地揪着袖口看。

这时，小姑娘旁边突然站过来一个男人。男人手里拿着宠物用药，静静地看着医生怀里的小猫。

小姑娘好奇地看了他一眼，却听他说："你的猫，好像我认识的一只小猫。"

龙的心脏

传闻，取出龙的心脏就能实现一个愿望——无论那个愿望有多么离谱。人们前赴后继地闯入龙的栖息之地，却都失败而归。

所有人都说那条龙满嘴谎言又懦弱至极，它从不进攻，只会防卫。但即便如此，也没有人能真的战胜它。

酒馆里，风尘仆仆的女孩沉默地听完人们的话，裹紧斗篷出了门。人们看着她去往的方向议论道——

"就她也要去猎龙？"

"啧，斗篷裹得那么紧一定很丑，她的愿望估计是变漂亮！"

"或许是有人能娶她呢哈哈哈……"

…………

山谷里遍地都是人类的脚印与折断的龙鳞，龙已经奄奄一息，蜷缩在小小的山洞中听着逼近的脚步声。

女孩抽出长剑："我终于找到你了。"

"我在流浪之时就将心脏换给了一个重伤的小女孩……好吧，或许没有人会信。"龙为了保护胸膛里那颗小小的心脏不受伤害，已经疲惫至极，再也没有力气迎战，"我已经无法阻止你了。"

"你最好不要阻止。"女孩蹲坐下来擦拭剑刃，寒光照亮她鬓边的几片龙鳞。

"来一个，我杀一个。"

第二卷

蛾眉月

爷爷

她从小和爷爷一起生活。

爷爷身体变差后总跟她说："乖宝啊，爷爷走了也不用难过，我这么厉害，一定会变成星星的。以后你每晚下班，在楼下抬头看看爷爷就好了。"

爷爷离开那天，她在黑漆漆的家门口摔了一跤，蹲在原地哭得起不来。接下来很长一段时间她都没有出门，直到半个月以后才恢复工作和生活。自此，她每晚都会坐在新修好的小路灯旁抬头看星星。

很多很多年后，等她八十多岁时，才晓得"人类能变成星星"这件事，竟然不是爷爷骗她的！

神官低头看着厚厚的笔记："所以，你要找到你爷爷所变的那颗星星，陪在他身边？"

她用力点头："嗯，他说自己会变成星星的。"

见神官眉头皱起，她试探地问："也许是没有那么亮的？我爷爷连自行车都不会骑，饭总是做煳，象棋也下得很烂，就连蚊子都欺负他，只咬他不咬我……"

"等等，你爷爷没有申请成为星星，"神官翻完了笔记，跟她说，"他变成了你家门口多出来的小路灯。"

第二天，路灯旁边多出了一个小小的防蚊灯。

老家的猫

奶奶六十岁的时候捡了一只猫，把它从小小一团养到总是懒洋洋的高龄猫。

爷爷抽完了旱烟，拄着拐棍走过来，用烟杆轻轻敲了下老猫的脑袋："这猫原来可皮了，桌子上都不敢放东西，一放，它就推下来。我跟你奶奶捡上来放好后，它又推！"

"现在我们老了，它也老啦，"奶奶扶着椅背坐下，放了点食物在老猫面前，慢吞吞地说，"每天不是吃饭就是趴在这儿晒太阳，动都不动，桌上的东西也不推了。"

爷爷奶奶异口同声："懒猫。"

我嗑着瓜子看向那只猫，猫塞了两口饭，被奶奶摸摸脑袋，舒服地"呼噜噜"起来。

晚饭后，爷爷奶奶很早就睡下了。

我看着猫，猫看着我，只见它飞速伸爪，把我放在茶几上的手机推了下去。

猫长舒一口气："舒服了……"

我弯腰把手机拾起来："爷爷奶奶说你已经懒得调皮了，原来是错误情报，你只是在他们面前装乖。"

"才没装乖，我当然也很想推啊！"猫圆润的身躯在茶几上打了个滚，伸着懒腰。

"可是推掉了的话，他们要弯腰很久才捡得起来。"

追星星的猫

我遇见一只追星星的猫。

它分出三条小鱼干做明天的口粮，其余的都缠在了某只鸟的背上。猫说："它是世界上飞得最高的鸟，会将我的小鱼干带去给星星。"

夜已经深了，我好奇地跟上猫，问哪颗星星是它喜欢的那颗。

猫带我爬上屋顶，指着西北方向："我喜欢那颗。"

说实话，天上密密一片，我分不清……

忽然，隔壁天台上传来一两声兴奋的猫叫声，我吓了一跳。猫用爪爪拍了拍我的胳膊安慰，示意我看挨在一起的两颗星，熟门熟路道："那是隔壁猫喜欢的星星们，它又嗑到了。"

猫告诉我，很多猫都有喜欢的星星。有猫只喜欢一颗，有猫只喜欢两颗，也有猫喜欢很多颗。

宇宙太神秘遥远，它们也不知星星何时会消失，会被黑暗吞没或是坠落。

路过的人瞧见我们，笑着问猫："又来看星星啊？"

猫一声不吭。

"别看了，"那人说，"星星的归宿又不会是你的怀中。"

路人走后，猫摸出一条小鱼干沉默地咀嚼。

告别时，它跟我说："我只在梦里想过接住落下的星星，醒着的时候，我只想它能再亮一些。"

小狗的日记本 ⁾

小狗的日记本：变成人要做的十件事！

1. 摸摸小区里的流浪猫。

变成人后再靠近可爱的小猫咪，它应该就不会惨叫着伸爪子挠我了吧？

虽然小猫的肉垫很软很可爱，但爪爪挠起狗狗来也很疼！

（主人要给我上药啦，等我回来再接着写第二条。）

2. 尝尝主人喜欢吃的麻辣烫。

主人说狗狗不能吃人类的调味料，所以我从来没有尝过。它闻起来很刺鼻，但也好香哦！不知道尝起来是什么味道呢？

（主人在给我擦口水，擦完我再写第三条。）

3. 替主人去工作。

工作似乎是件很可怕的事情，它让主人变得暴躁敏感，偶尔还会抓着头发鬼吼鬼叫。所以这种艰难的任务还是交给我吧，让我来替主人受这份罪！

不过……主人那么聪明都搞不定的工作，我可以完成吗？

那这条先去掉！

4. 建立一个自己的社交账号。

主人会给我拍一些照片发布在网上，听说有很多人夸奖我是一只可爱的小狗呢。

我也想拥有自己的社交账号，把主人的照片放在上面，让大家看看我有一个多么好的主人。

5. 去娃娃机店抓娃娃。

家里放着很多可爱的娃娃，都是主人从店里带回来的，可惜很多都被我用来磨牙了……

等变成人后，我一定要亲自去夹娃娃，抓到一百个赔给主人！

6. 自由自在地奔跑。

我知道身为一只大型犬，项圈和狗链是必须要戴的。不过偶尔我也会向往自由奔跑的感觉，毕竟那真的很快乐。

如果我变成了人类，一定要去参加马拉松长跑比赛！

7. 穿漂亮衣服给主人看。

主人以前给我买过一件小衣服，穿起来很不舒服，我就趁主人不注意把它给咬破了。

嗯……人类的衣服好像会舒适一些？那到时候再穿给主人看吧。

8. 护送主人上下班。

主人总是加班到很晚，一个人回家很危险，我又不能出门。要是我能变成人就好了，这样我就可以陪着她上下班啦！

9. 陪主人聊天。

主人偶尔会很沮丧，我努力"汪汪"叫安慰她，可是她却听不懂我要说的话。其实我想大声告诉她："你很棒！你一点也不孤独！你有我啊！"

10. 要好好爱主人！

虽然我不会变成人，也做不到以上九件事情，不过我有一件一直都做得很好很好的事——那就是爱主人！

PS：小狗吐舌头。

狗与猫

小狗是只被抛弃的小狗，小猫是只不稀罕人要的小猫，它们目前住在一起。

小猫平时自由惯了，从不跟人类培养任何跨物种情谊，倒是小狗……

小猫烦闷地揉了一把饿得"咕咕"叫的肚皮，半眯着眼睛看向不远处的狗。只见小狗紧盯着两个走近的人类，激动地站起身来。

那听到人声就会竖起来的耳朵、讨好般吐出的舌头、难以掩饰想要凑上去的渴望……这些举动在小猫的脑袋里不停地重复播放，似乎在提醒它小狗一直没忘记前主人。

小猫心烦意乱，忍不住阴阳怪气："和猫在一起的时候可不可以不要想人啊？"

小狗猛地回头："猫粮，她们带的果然是猫粮耶！你有东西吃啦！对了，你刚刚说什么呀？我没听清……"

小猫深吸一口气，一头埋进土里。

小狗绕着它打转，学着它的模样贴近地面："你在和地球讲悄悄话吗？"

"没有，"小猫闷声闷气，"我在把刚说出去的话吞回来。"

猫与猫

　　主人捡了一只流浪小土猫，小土猫身体没什么大问题，只是太瘦了。

　　家里已经有了一只布偶猫，怕两只猫不对付，主人打算先在家隔离观察一下小土猫的反应，再考虑要不要另寻领养者。

　　见主人带回一只陌生小猫，懒洋洋地躺在沙发上的布偶猫也只是打了个哈欠。

　　观察了一阵子，见两只猫都没什么应激反应，小土猫也已经做了身体检查，驱过虫，注射了疫苗，主人便将它放出了房间。

　　小土猫的警惕性很高，出来后，迅速钻进沙发底下静静地观察周遭的一切。

　　忙碌了一天的主人放好猫粮和水，掐着早睡的点去洗漱，但紧张的小土猫还是躲在沙发下不出来。

　　忽然，布偶猫跳下沙发，朝沙发底下的小土猫勾了勾爪子："出来。"

　　小土猫也不知道自己为什么会听话，乖乖地爬了出来。

　　布偶猫拍拍沙发腿和猫抓板："用来挠的。"

　　推推猫粮盆："用来吃的。"

　　指指猫爬架："用来玩的。"

　　…………

　　"吃喝拉撒玩"全都介绍了一遍后，布偶猫慵懒地舔了舔爪爪：

"还有什么不知道？"

"你。"小土猫一步三晃地走到它身边，只敢用肉垫轻轻碰了碰布偶猫。

布偶猫闻言凑近，近到小土猫能从那双漂亮的眼睛里看到又瘦又狼狈的自己。

"我？"布偶猫抖抖耳朵，一把搂过小土猫，"用来抱的。"

友情提示：故事只是故事，现实生活中捡到猫领养需要考虑的问题有很多！两只猫的话需要隔离以及观察是否有应激反应，一只猫也要考虑养猫会出现的问题，慎重做决定，要对猫猫负责！

猫与狗

猫的主人和狗的主人是一对情侣，于是猫与狗也成了带着点儿疏离和尴尬的伙伴。

夜里，听见陌生声音的小狗敏感地动了动耳朵。

白天睡饱了的猫还没有睡意，正趴在地毯上舔毛，似乎快要和与它毛色相近的白色地毯融为一体。

看着窗外纷飞的漫天大雪，小狗呆住了。

第一次在北方过冬的南方小狗不知道什么是雪，歪着脑袋想了半天，凑近猫咪神神秘秘地说："天上有星星正在落下来。"

北方猫咪抵着小狗的脑门儿推开它："那是雪。"

小狗望向窗外不远处落了厚厚一层雪的车顶，那看起来蓬松柔软，很是美味："雪是热烘烘的酸奶蛋糕的味道吗？"

猫咪趴在一边，懒懒道："凉的，软软的，没味道。"

听起来很像你哦……

小狗看向猫咪，没敢将心里的话说出口。

它看了猫咪一眼又一眼，猫咪察觉到它的目光，默不作声地换了个姿势躺着，露出毛茸茸的白肚皮。

得到默许的小狗眼睛一亮，小心翼翼地用鼻尖蹭了蹭蓬松柔软又美味的猫咪。

"热的，软软的，没味道。"小狗摇起尾巴，开心道，"你是温暖的雪！"

狗与狗

主人最近心情不太好，辞工作，退租金，带上宠物狗回了老家。

这是宠物小狗第一次来到乡下，它缩在主人怀里，静静地观察着老家的土地、土墙……和一只不知道是什么品种的、拴着大铁链的土狗。

不对，要尊重别的狗。

宠物狗在心里划掉了"土狗"两个字，郑重地尊称它为"中华田园犬"。

主人回到老家后好像轻松了许多，每天素面朝天地穿着大棉袄在家门口嗑瓜子、晒太阳或和爷爷奶奶聊天。

宠物狗也入乡随俗，开始踩泥地、拱饭盆，和土狗一起对着来到家里的陌生客人"汪汪"叫。

客人先是被土狗吓了一跳，低头一看，又被小小的宠物狗给逗笑了。客人伸腿想逗逗它："挺小一狗，还挺凶的。"

宠物狗自知战斗力不够，十分懂行地跑去土狗身后"狗仗狗势"。

果不其然，客人再也不敢过来。

土狗的饭盆里有各种各样宠物狗没吃过的东西：馒头、杂粮糊或是一些骨头。

　　宠物狗的饭盆里也有很多土狗没吃过的东西：狗粮、罐头和清水煮好的牛肉。

　　宠物狗叼过去一块牛肉给土狗，眼巴巴地看着它碗里的饭。

　　土狗："你不能吃我的饭。"

　　宠物狗："好吧好吧，我能理解的，你比较护食。"

　　"我的饭很糙，你吃了会不舒服。"土狗又说，"人与人有很大区别，狗与狗也有很大区别。"

　　它低头用有点凉的鼻头蹭了蹭宠物狗鼻尖，低声道："就像小主人一定会离开这里，去大城市工作生活，而你也会跟她一起回去。"

　　宠物狗不想提起离开的话题，忍不住问："那你呢？"

　　土狗开始回忆。

　　小的时候，它的脖子上还没有铁链，每天都在和别的狗因为一点食物而撕咬，有一次还差一点被狗贩子抓走，是这家人以五十元的价格把它买了下来。

　　自此，它有了砖泥垒成的窝，有了固定的食物和清水，也有了家。

　　但这条铁链太沉了，它已经被牢牢锁在了这里。

　　宠物狗没经历过这些，之前主人带它出门遛弯时也会戴上狗链，但那绝对不是这种沉重又冰凉的铁链。

　　戴上铁链就离不开这里了？宠物狗深思熟虑后，把爪爪伸向铁链。

　　奶奶笑着拍了拍主人的肩膀，让她看看小狗。

　　主人回头，发现她的小狗正在努力用铁链缠住自己。

绘画小课堂之

《戴项圈的狗狗》

先画出狗狗的脸

再画出耳朵和五官

画上项圈

画出狗狗的身体和四肢

加上晃动的小尾巴

第三卷

上弦月

火锅

公主在去吃火锅的路上被一条龙拦住。

龙对公主说，它不久前曾和国王有过约定 —— 它帮助国王解决某个危机，国王将最宝贵的公主许配给它。

公主："包办婚姻是不对的。"

龙："包办婚姻是什么？"

公主冷静道："这样吧，我同邻国的公主约了火锅局，你跟我一块去，在饭桌上我跟你详细讲讲。"

龙还没吃过火锅，便好奇地答应了。

饭桌上，火锅煮至沸腾，两位公主撸起袖子，绑起裙摆，筷子不停，嘴里也没停。

公主见缝插针地跟龙解释什么是包办婚姻，龙一边点头，一边从她们手底下捞两块快煮化的土豆。

酒足饭饱后，公主拍了拍鼓起来的肚皮和朋友道别。龙眼睛亮晶晶的，它蹦出来，问道："下次吃火锅还能带上我吗？"

一条专门解决锅底配菜的龙……

公主想了想，觉得可以。

三人火锅小队正式成立。

龙跟着公主吃了几个月火锅，已经熟知如何调制最适合肉类和蔬菜的料碗，明白鸭肠一般会藏在锅里的哪个角落，学会手疾眼快地捞起烫好的鸭肠放进公主碗里。

龙再没提过联姻的事，公主觉得它应该是放弃了。

最近，邻国国王遇到了麻烦的事，公主的朋友要帮忙处理，所以没有时间来吃火锅。

公主只好跟龙两个人在宫殿涮串串。

龙像往常一样夹给公主几根鸭肠。没有朋友分散注意力，公主立刻注意到了它的动作，不知怎的突然有点紧张，便转移话题道："好想我朋友啊！我觉得火锅还是要和朋友在店里一起吃。"

龙后知后觉也开始不好意思起来，便也拿朋友当挡箭牌："嗯嗯，我也思念她。"

公主："哦……"

第二天，公主听到消息——龙帮助了邻国国王，报酬是与邻国公主有关的终身大事。

公主躺在床上辗转反侧。

说了包办婚姻不会幸福，你怎么还去跟别人用这一套啊？！

憔悴的公主决定去吃顿火锅打起精神，没想到，刚出门就遇到了并肩走来的龙和朋友。

公主醋气冲天："来干吗？"

朋友拍了拍她的肩膀，脸上的表情幸福又酸爽："得亏你家这位帮忙，老娘这辈子得天天来陪你吃火锅了！"

龙的尾巴摆来摆去，悄悄凑近公主，小声说："火锅我们可以三个人一起吃，串串还是我们两个一起吃好不好？"

狐狸先生

1.

狐狸先生弄丢了一些时间。

着急上班的女生正咬着皮筋梳马尾，口齿不清道："所以……你丢了东西为什么要来找我？"

狐狸先生搜刮着肚子里的词语，终于想起来怎么回答："因为您是嫌疑人。"

狐狸先生在动物园工作，女生上周末去参观动物园，正撞见狐狸先生上班时间摸鱼，打着哈欠咬尾巴玩，明明是很枯燥的游戏，它却玩得津津有味。

狐狸先生听到声音回头，看到了门外的女生。

工作人员解说道："这只狐狸经常这样，咬着尾巴，一天就过去了。"

好不容易挤出时间来动物园的女生嘀咕道："用不到的时间可以给我。"

那天之后，狐狸先生就开始频繁发呆，每天的时间就好像被别人偷走了一样，醒来刚天亮，回过神时已经天黑，而中间的时间则一片空白。

不懂人类玩笑的狐狸先生回想起听到的话，以为这就是女生偷走时间的动机。

2.

狐狸先生以狐狸的形态住在女生家的客厅。

它的人形是个漂亮的青年，走在路上总会被拦住发小纸片，很烦。

"你是说传单？"女生拿出传单，"是卖房、健身房还是美食店开业？"

狐狸先生比画着："不是这种，是小一点的。那人还说，他那里有很多俊男美女……"

女生听着他描述的东西，表情僵硬："问你有没有兴趣快乐一下？"

狐狸先生："不是啊，他是问我有没有兴趣去他那里工作。"

女生脑中忽然出现狐狸先生被印在小卡片上的画面，忍不住脸红了："以后收到这种东西立刻丢掉！"

狐狸先生很听话："哦，好的。"

第二天，女生在垃圾桶里看到一堆娱乐公司星探的名片。

3.

狐狸先生还是很怀疑女生，因为她有时间工作，有时间看小说，有时间对着电脑屏幕痴笑……

如果没有偷走自己的时间，她哪来这么多时间做别的事？偷偷拿走也就算了，竟然还发布预告！

女生无语，把手机丢给它："去学学人类的语言，好吗？"

晚上，狐狸先生捧着女生的手机皱眉："人类的语言实在太复杂了。"

"咬耳朵"不是真的要咬耳朵，"气晕了"也没有真的晕倒，说不喜欢其实在心里偷偷喜欢。

女生："你是不是偷偷看我手机里的小说了……"

狐狸先生心虚转头："没有……"

"那就是有了！"女生猛地扑倒狐狸先生，从它手里夺过手机。

两个人倒在沙发上，时间好像静止了。

女生回过神，慌张地爬起来回了房间。

客厅的时钟显示他们对视了十五分钟，狐狸先生回味着怎么都觉得甜蜜很短暂，感觉自己的时间又被偷走了。

4.

狐狸先生好像知道那些消失的时间去哪里了。

女生出差，要离家很久，狐狸先生以为它还能回到之前的状态，睁眼开始发呆，再眨眼就到黑夜，这样时间很快就会过去了。

可奇怪的是，它并没有像以前一样。

它坐在客厅里会想起女生靠在沙发上工作的模样，站在阳台上会想起女生在这里晾衣服的模样，闭上眼睛也都是女生的模样……

一个月的时间被无限拉长，一天好像变得比以前在动物园的三天还要久，当初消失的时间好像以这种形式被偷偷还了回来。

狐狸先生度日如年，直到女生提前出差回来。

女生站在玄关，狐狸先生虚心认错："抱歉，错怪你了，你并不是嫌疑人……"

它终于意识到了，犯人是一种被称作"喜欢"的情绪。

女生慢慢走近："原来是'喜欢'……被它缠上，那可真是麻烦了。"

　　喜欢会让人觉得时间飞逝，也会让人觉得时间难熬，那是一个将时间玩弄于股掌之间的东西。

　　以出差为由冷静思考了一个月的女生不再犹豫，她握住了狐狸先生的手："幸好我们是互相喜欢，负负得正。"

失败的人

　　失败的人与流浪的小狗在某个夏夜相遇。

　　带小狗回家的人类手忙脚乱，不知是该先收拾满是烟头的烟灰缸，还是该先整理写了一半的日记。而被他带回来的小狗乖乖地站在门外，悄悄地蹭了蹭爪子上的泥。

　　人类以前没有养过宠物，完全不知道要怎么对待小狗，只好依赖于网络。

　　幸好小狗很乖，无论他给什么玩具、喂什么牌子的狗粮，小狗都全然接受。

　　小狗陪伴着他，从每一天的清晨到深夜。在他坐在地上写日记时，小狗也会好奇地伸过头来看，然后意义不明地趴在他身边呜咽。

　　人类写完日记，回头摸了摸它的脑袋，合上了电脑。

　　小狗生病了。

　　人类带它去医院，检测出是因为它吃了某种小狗不能吃的食物。

　　做完手术，医生说："大部分狗狗在闻到这种食物的气味时会本能地抗拒，您的爱犬也是。但不知道为什么，它还是努力地将自己不能吃的食物咽了下去。"

　　感谢过医生，人类蹲在小狗的床边："我的小狗，以后你不能吃的食物、不喜欢的玩具、看不顺眼的地方都可以告诉我，我会改的。"

　　小狗还有些虚弱，它的耳朵动了动，问："流浪狗也可以挑剔自己的主人吗？"

　　人类的眼眶红红的："当然，而且你已经不是流浪狗了。"

　　他想，以后小狗想要什么都可以 —— 昂贵的狗粮、毛茸茸的玩具，或是想让他搬离那间有些破旧的房间……

　　但小狗只是将爪爪放在人类手背上，轻轻地说："那主人，以后不要在日记里称呼自己是'废物'啦。"

护着你

将军率领一小队出行，路上捡到一个漂亮姑娘。

按常理来说，他们是不能收留无关人员的。但据说附近野狼成群，十分危险，丢下姑娘一人未免太不人道。所以将军留下了她，让她负责饲养军中某只小黄狗。

军营里来了个异性，小伙子们都变得爱干净起来，连脏话都收敛成了"您是否和阿黄有些血脉关系"。

后来，这句话也在姑娘自称"阿黄娘亲"的时候，默默从大家口中消失了。唯有将军口中的"臭小子"不算特别不堪入耳，被大家投票通过留了下来。

当然，他们做出改变也不是想表现自己，只是觉得姑娘跟着他们风里来雨里去已经很不容易了，要是再让人家觉得不适，不太好。

将军看着那群搔首弄姿的小士兵，暗暗捭了一句："一群臭小子。"

实际上，和这群"臭小子"年纪差不多大的将军不动声色地捭了捭衣角的灰，摸了摸下巴。

噫，胡子得刮了。

野狼突袭，不等将军下令，一群人便默契地围成圈，将那姑娘围在圈中保护。

野狼幽绿的眸子紧紧盯着他们，扑了过来。

将军吩咐士兵们先自保，而他却紧紧地拉着姑娘，替她挡下狼牙。

"为什么只保护我？"姑娘也想跟他并肩作战，但被将军护得紧，根本挣脱不开，她想起别人说的话，问，"只因为我漂亮、瘦小，是女子？"

将军却摇头："古有木兰，更胜男儿。"

"那因为什么？"姑娘看着他淌血的手臂，着急得尾音都上扬了。

"因为我想护着自己喜欢的人，仅此而已。"将军说。

"哦……"姑娘抬脚踢了下将军的屁股，趁他不注意挣脱出来，与他背靠背，面对着不知何时绕到后方的狼。

将军愣神，转头看向举起两把剃眉小刀、微微颤抖却并未退缩的姑娘。

她坚定的声音传来："那老娘我也要护着喜欢的人啊，臭小子。"

借尾巴

我向一只猫借来了它的尾巴，以二两鱼干为酬。

人行走于世，有很多事情只靠双手是没办法做到的，偶尔得需要一条尾巴。

它把尾巴递给我，啃着鱼干严肃道："这是一起'有爱心的猫看着面露难色的人类心中不忍，慷慨地把自己的尾巴借给她一用'的乐于助人的正能量事件。"

猫眯了眯眼睛，又强调道："绝不是邪恶的金钱交易。"

猫的尾巴毛茸茸的，藏在大衣后面根本看不出来。

我原本不知为何这条毛茸茸的尾巴这么便宜，毕竟它蓬松可爱。直到它尾尖朝下，晃晃悠悠不停地扭来扭去，任由我怎么控制都不听话时，我才发觉，果然便宜没有好尾巴！

这可怎么办哟？

直到我看到了他，那个我喜欢了很久的人，正坐在餐厅的某个角落低头玩手机。我和他相识在同程的地铁，起先只是眼熟，直到某次他的衣服勾住了我的包链。一来二去，我们便成了朋友。

看到他后，扭来扭去的尾巴像被人按下了暂停键一般，乖乖不动了。

看来有戏。

我顺着人流走过去，坐在他身边。他拧开一瓶可乐，递给我：

"今天吃什么？"

我和他只是中午一起吃饭的关系，他连同手机一起递了过来，给我看某只有点眼熟的猫。

我也没顾得上看，悄悄地使唤尾巴："快将我的扣子扣上他的衣服扣，或者将他的衣角缠上我的包链，这样在他伸手解扣的时候，我就能多看看他的长睫毛。"

但尾巴却扭扭捏捏的，怎么都不行动，直到吃完了饭，尾巴还是毫无动静。

"你的尾巴不行。"我甩着尾巴去找那只小猫，很是悲伤。

"是那个人……"小猫气到摔鱼干，"总之，你不能说一只小猫的尾巴不行！"

我猜测这条尾巴可能是受我影响，才尬得不像话。

我："那现在该怎么办？"

小猫从身后拿出一罐高级罐头，试图用尾巴打开，但没成功。

我："果然不行……啊不是，我是说你的伙食好了很多。"

小猫一僵，把罐头塞进嘴里，用牙齿咬开："在我们猫的世界里，尾巴解决不了的事情，就要亮出小尖牙。"

我戳了戳自己的小虎牙："这个？这个是挺有用的，那明天我替他咬开可乐瓶盖？"

小猫恨铁不成钢："谁让你开瓶盖！我是让你……"

第二天的餐厅里，所有人都看到他凑过来时，我轻轻咬了一口他的脸颊。

夜里，小猫摇着尾巴，面前是之前借用它尾巴，去偷缠某个女生包链的男生。

小猫趴在墙边，向老相识讨钱："为了诱导她亲你，我不惜牺牲我尾巴的名节。而且按你说的,我只要了最最最最最便宜的小鱼干。我不管,你要给我精神损失费、误工费和犒劳费!"

脸上有淡淡牙印的男生搬来几箱罐头,笑得春风得意:"当然。"

偷月亮

每年中秋节，小兔子们都会去偷月亮，但年年都得不了手。

不过今年的中秋节恰是阴天，傍晚有厚厚的云遮着准备升起的月亮，正是一个适合偷月亮的好时机。

小兔子们看准时机喊起口号，抱着月亮顺势一滚就回到了窝里。

另一边，在外忙碌了一天的人给家里打电话——

"今天是阴天，可能不会有月亮了。"

"中秋节没有你，也没有月亮。"

"人不团圆，也不月圆。"

…………

看到人们失落的样子，小兔子们抱着偷来的月亮面面相觑，默默地把月亮上的口水擦干净："我们还是……把月亮还回去吧？"

可偷来容易送回去难，月亮耍脾气不肯自己走："你们把我偷过来，还让我自己回，我不！"

月亮不肯自己回去，小兔子们又想到了快递。

但用快递寄月亮又慢又贵，快递小哥："超重要加钱哟，到地球外是偏远地区还要再加哟。"

小兔子们没办法，只能自己来。

它们偷偷摸摸地把月亮滚上坡，又挥着爪爪把飘来的乌云赶走。

所以，如果今天看到的不是圆月也不要惊讶，那是因为累倒一片的小兔子不小心遮住了一点月亮。

嘘。

在人间玩耍的小妖怪们

1.

现代社会中，小妖怪们会藏进人群，装作普通人类一般生活着。

找出他们需要仔细观察，比如——

某个推眼镜一定要低头的男生，手是毛茸茸的爪爪；扎着春丽头的女生，团子头中冒出了耳朵尖尖的绒毛；路边下象棋的老爷爷搭在长椅上的不是拐棍，是自己的长尾巴；笑呵呵的老奶奶杯子里泡的不是枸杞，而是小鱼干；某个上班族手机经常识别不出指纹，其实是它忘记当时录入的是自己的肉垫……

而几个小妖怪看到这个故事后，紧张地露出了自己的小尖牙。

2.

小妖怪们就算再高冷，为了融入人类社会，也得跟同事、朋友打好关系一起去酒吧。

于是昏暗的灯光下，人类举杯畅饮，几只小猫则凑在一起吃猫薄荷，成功地同人类晕在一起。

聚会结束，摇摇晃晃出了门，人类扶树呕吐，小妖怪们则扶着树磨爪爪，吐出来一团毛球球。

3.

冬天快来了，散发热气的小妖怪们又要躲起来了。

巷子口卖糖炒栗子的叔叔给每袋栗子里都装了一只会发热的小妖怪，好让栗子无论何时都热乎乎的，温暖过路人的手。

有些小妖怪还会趴在老人家的围巾上，几只围成一圈，嫌弃那条薄薄的围巾；还会在老人骄傲地说"我火气旺，身子骨还硬朗"的时候点点头，围得更紧。

还有些小妖怪喜欢凑热闹，它们坐在恋人交握的手上晃脚丫，好奇地看着温度由那两个人的手心蔓延到脸颊。

我怀里没有栗子，没有围围巾，也没有和谁牵手……只能伸手在自己的肚皮上一摸——

哇，原来这里也藏着一个！

4.

换季天气，小姑娘衣服穿薄了，第二天就打起了喷嚏。

暗恋她的同事起身时听见她在和家人打电话，小姑娘揉揉鼻子，声音闷闷的："您在老家怎么样？啊……是有点感冒，附近的宠……那个医院还没开门，明天再去看看。不过不严重啦，什么？要视频吗？"

同事见状，默默地买了一杯热奶茶。可回来时，他发现小姑娘已经打完电话了。

他将奶茶放在了小姑娘的桌上，装作毫不在意的样子："随手买的，喝吧。"

小姑娘抬头看他，同事红着耳朵不敢和她对视，余光扫到小姑娘手机屏幕上"喵喵"叫的猫咪，转移话题开始逗猫："在看家里的猫吗？胖乎乎的好可爱，咪咪……"

　　同事同手同脚地走后，小姑娘干笑两声，端起奶茶，对屏幕那头正襟危坐的猫咪小声道："爷爷，您继续说。"

恶魔的任务

初上任的恶魔先生接到任务，他要去引诱一个倒霉的人类堕入地狱。

新年第一天，大多数人类身上充斥着幸福的香味，熏得恶魔先生直皱眉。

到底哪里有感觉人生无趣、处处是烦恼的倒霉蛋啊？快点出现吧，他可不想加班。

恶魔先生捂住鼻子逃离，终于在夜幕降临时遇到了坐在长椅上垂头丧气的社畜小姐。

就在今天，社畜小姐惨遭开除，发现前男友分手前就劈了腿，就连社交账号都被骗子盗去骗钱。恶魔先生看向她被黑雾笼罩住的心，心想，这真是个天选倒霉蛋。

要获取人类的信任，就要使用一个能够麻痹人类的身份。

恶魔先生打了个响指，片刻后，一只胖乎乎的小黑猫伸出爪爪抓住了社畜小姐的腿："我是你命定的恶魔，请问社畜小姐是否有意和我一起建设新地狱？"

社畜小姐很冷静："需要写 PPT 吗？会不停开会吗？需要整理季度报表吗？"

恶魔先生："啊？这……应该不用吧。"

社畜小姐站起身："那太好了！但我还有个问题，你在地狱里也是这副模样吗？"

恶魔先生："不，只是一个普通的帅哥……"

社畜小姐坐下来："算了，没兴趣。"

为了得到社畜小姐的信任，恶魔先生以小黑猫的形态住进了她家里，不停游说。

深夜，小黑猫依旧说个不停，社畜小姐捏着它的肉垫走神，心想刚刚收到的信息——

比起被骗钱，朋友更关心她是不是发生了意外，明天也正好有时间去之前自己更喜欢却意外错过的公司面试，还有劈腿的前男友……他算个什么东西？

心上的黑雾渐渐淡去，她看着努力游说到有些可怜的恶魔先生，问："你这样加班有加班费吗？"

恶魔先生："没，没有……"

社畜小姐爱怜地摸了摸它的脑袋，在外卖软件上下单了两箱脆香鱼干，又开了瓶鱼罐头推到恶魔先生身边。

社畜小姐："我是你命定的人类，请问恶魔先生是否有意和我一起普通又幸福地活着？"

新年第一天，恶魔先生被人类策反了。

我是你命定的恶魔，
请问社畜小姐是否有意和我一起建设新地狱？

第四卷
盈凸月

中元节

在人间，人去世后魂灵会随风游荡，跟随指引来到忘忧界准备投胎，忘却前尘，开始新的生活。

但投胎也是要经过审批的，在正式投胎之前，许多魂灵仍心有惦念，于是他们最期待的日子便是中元节。

中元之日，两界之门打开，还未投胎的魂灵们便会趁着大门敞开之时，回人间走一趟。

而负责掌管大门的两位大人一个嗜酒一个嗜睡，往往会忘记按时关门，他们也就能在人间多待一阵子。

他们当中，有魂灵飘在路边，远远注视着自己曾经的爱人；有魂灵回家，坐在空着的座位上同家人静静待一会儿；也有魂灵只坐在高高的天台上，望着远处播放歌曲的电子大屏发呆。

等到万籁俱寂，朋友爱人都睡着，电子大屏也暗下来的时候，他们才会依依不舍地离开人间。

但总会有魂灵因太贪恋世间温柔而误了时辰，等到天亮时才匆匆忙忙往回赶，怕回不到门内，消散于世。

幸好门仍敞着，守门的大人们还在打呼噜。

天色大亮，负责掌管大门的两位大人这才醒来，骂骂咧咧地互相指责对方喝酒误事、贪睡误事。

待确定魂灵们全部归来之后，二人才交换了一个心照不宣的眼神——

　　"你装醉装得挺像嘛！"

　　"你也是。"

如何驯服一只小狐狸

山上有一只难搞的小狐狸，谈不上无恶不作，只是过于调皮捣蛋，上山的人们都被它欺负了个遍。

怎么会有这么坏的小狐狸呢？

人们气不过，决定想方设法驯服它。猎人藏匿在丛林中，试图用手中的绳索将其捕获，自己却踩进了小狐狸的陷阱。还有人自信满满地捧着美味诱人的食物上前，得到的只有小狐狸的鬼脸。

众人灰头土脸地下山，总结今日行动失败的原因。

"这种小东西不吃这一套，"角落里，醉醺醺的大叔道，"什么强硬的手段和美食引诱都不行，或许我们应该用爱感化。"

用爱感化？众人面面相觑，似乎从未想过这个方法。

第二日，一个沉默的年轻人路过村落，众人都看到了趴在他怀中的小狐狸。

小狐狸亲昵地用脑袋去蹭年轻人的下巴，年轻人也轻轻地抚摸它的尾巴。

醉醺醺的大叔大笑着靠近，问小狐狸："你这小家伙一定是被爱感化了吧？"

小狐狸想了想，抬头看年轻人："爱是什么？我不懂。"

年轻人道："或许是一种让你觉得温暖和快乐的东西。"

大叔不可思议地嚷嚷起来："不懂爱为什么跟他下山？"

小狐狸："嘻嘻，因为他真的好帅哦！"

小天使

三十岁的时候，父母问她有没有打算过什么时候谈恋爱、结婚。

她皱皱鼻子说："没有，不想恋爱、结婚、生小孩。"

父母担心道："那以后你年纪大了生病怎么办？身边没有人陪着……"

她冲好三杯热奶茶，往父母一人手里塞了一杯："没关系啊，我小时候不是养过一只小狗吗？

"小狗去世那天，我哭着说以后见不到它了，妈妈跟我说：'宝贝不要伤心，小狗会变成小天使陪着你的。'以后我生病的话……就拜托小天使照顾我好了！"

父母被她逗笑，也心知她已经做好决定，就不再提这件事。

多年以后，当年的女孩已经是一个独居多年的小老太太。她的身体一直很好，不怎么生病，没事浇浇花、跳跳舞，快乐极了。

不久后，小老太太沉睡在某个温暖的春日。她心想，虽然世界上似乎不存在小天使，但她这一生可真幸福啊。

但在她看不到的地方，一只天使小狗正快乐地摇摇尾巴："保佑她一生健康快乐、无病无灾的任务，完成啦！"

女巫与王子

　　王子殿下得罪了女巫小姐，被她变成了一只流浪猫。

　　女巫小姐喝下最后一口奶茶，蹲下身，用手指点了点有点蒙的小猫："在我消气之前，诅咒将一直存在，嗝——"

　　话虽这么说，但女巫小姐的气来得快去得也快，很快就不怎么在意王子殿下对她的冒犯了。她拿出衣柜里漂亮的大码黑裙子，打算明天去将王子殿下恢复原样。

　　女巫小姐不惧怕魔法攻击，却对突如其来的寒流攻击没什么办法。

　　于是那天晚上，她生病了。重感冒的女巫小姐在家里闷了半个月，才得到医生的允许可以出门。

　　巷角，流浪猫的面前堆满了被投喂的零食。这些天，它接受着人们的"供奉"，并拒绝了所有人抚摸的要求。

　　它的余光扫到女巫小姐的身影，胖乎乎的小猫猛地跳起来往她身边奔去，一不小心没刹住车，在女巫小姐脚边打了个滚。

　　仰头的角度让小猫的脸显得更圆，面色苍白的女巫小姐忍不住笑出了声："圆得好快啊你。"女巫小姐蹲下身，手指点了点小猫的脑门，"这次就放过你啦！记住，以后就算看到别的女孩子像我一样连喝十杯奶茶打嗝不止，也不准笑出声！"

　　"没办法啊，"王子殿下有点不好意思，"就像你看到胖乎乎的小猫会笑一样，因为看到可爱的事物会快乐，是人类的本能。"

打工小皇帝

刚登基的小皇帝不想纳妃。他认为，所谓后宫不过是夺去姑娘自由的牢笼，算不得什么好地方。所以这个地方，能不住人就不住人吧。

而且，他每天批奏折就要忙到半夜，光是批注"朕已阅"就已经批得头晕眼花，还有什么心情谈情说爱？

但上了年纪的官员们却很着急，念来念去，无非就是劝小皇帝要"广开后宫，开枝散叶，虽然才十六岁但也要考虑生个孩子继承皇位，不然以后咋办"等此类言论。

小皇帝听得心烦，想出来一招。他板起脸，让官员们不要再提开枝散叶的事。

小皇帝道："爱卿们啊，我在追寻长生不老之术。"

言下之意——你们莫说咯，爷不要生崽，爷要将这个皇位坐到天荒地老！

官员们听完只慌了半天，但很快就接受了这个说法，毕竟追求长生不老的皇帝比不近女色的皇帝常见多了。而且，小皇帝算得上是一位明君，如果能长生不老那真是再好不过。

官员们很快将劝小皇帝纳妃的劲头转移到了搜寻长生不老的方法上。

不过小皇帝的动作要更快些，他招了一位专门炼丹的道士，其实是每天给他搓山楂丸的大厨；之后又找来一位念经的高僧，其实是负责给他讲睡前故事的秃头说书先生。

在众人眼中，小皇帝为了长生不老分外努力。实际上小皇帝想着，他努力把这几十年忙完，等到快完蛋的时候从这些年培养的年轻子弟中挑一个最好的出来继承皇位就行了。

嘻嘻，真是个完美的计划！

小皇帝三十来岁时生了一场大病。

众臣跪了一地为他求神拜佛，但他却很平静。他想，这一生也挺快乐的，离开就离开吧。更重要的是，马上就不用工作啦！

小皇帝含笑招呼众臣上前，正准备交代遗言，忽然眼前闪过一道白光。

白衣飘飘的仙人欣慰地点了点他的额头："本座被你的臣子们的忠心召唤而来，念你勤勤恳恳、治国有方，特许你长生不老。"

身体里突然充满了力量的小皇帝："……"

侧躺在龙床之上的小皇帝，嘴巴张了又合。

眼尖的侍卫发现小皇帝的脸蛋白里透红，激动地扑过去，大喊道："陛下好像，好像痊愈了！"

众臣也激动地扑过来，嘴里纷纷念叨着："老天保佑！老天保佑！陛下！您想说什么？！"

小皇帝的眼泪静静流淌："朕不想上班。"

不听话的小黑猫

被诅咒的魔王有一只不听话的小黑猫。

宠物一般不都是乖乖待在主人看得到的地方，乖巧地向主人撒娇吗？为什么他的猫却总是一大早开始就没完没了地晒太阳、睡懒觉？

听完魔王的疑问，小黑猫只是默默地挪了挪窝，换了个姿势晒屁股。

魔王拿他的猫没办法，诅咒让魔王无法感知阳光或是火焰的温暖。他总是浑身冰冷，别说是抱，就连碰一碰可能都会让猫咪冷得发抖。

所以，魔王从不碰自己的猫。

但或许是天无绝人之路，魔王发现自己的右手似乎会在沉睡后微微发热，温暖他冰凉的心脏。

夜幕降临，魔王习惯性地把右手放在心口上，陷入梦境。

小黑猫听着他的呼吸声，歪了歪脑袋观察了一会儿，似乎在确定魔王到底睡着了没。

听到魔王的呼吸声愈渐均匀，它跃上床铺，踩上魔王冰冷的身体，嫌弃地用爪子踢开碍事的手，像往常一样，一屁股坐在了魔王的心脏处。

实在是太冷了！小黑猫打了个冷战，继续用体温温暖着魔王的心脏。

　　它知道明晚这里依旧会恢复冰凉，却仍没有离开。

　　天亮了，魔王的心口处已经变得温热，一夜未睡的小黑猫打了个哈欠，把魔王的右手又踹了回去。

　　趁魔王还没醒，它就这样拖着被冻僵的尾巴，跑去门口的太阳坡里继续晒屁股。

什么是公主

被全族寄予厚望的龙成功迎娶了一位公主。

族人们没有看清楚公主美丽的模样，只看到她繁复美丽的裙尾搭在龙的尾巴上，但这就已经足够了。

族人欢呼雀跃，举办了一场庆功宴。

可龙并没有出席。

那位公主和龙定居在不远处的山洞，调皮的幼龙们总是会偷偷爬上山头，回来后激动地到处讲述所看到的一切。

路过的老龙听到了它们的话，捂着脑门，气冲冲地冲上山去。

老龙就职于"公主研究协会"，是一条颇有资历的龙。到了山上，它痛心疾首地道："真正的公主从来不吃麻辣烫！也不会熟练地通马桶！更不会撸起袖子捉老鼠！你被奸诈的人类骗了！"

正在做手工的龙："我没有被骗。"

"怎么可能？"老龙的鼻子都要被气歪了，"没有龙比我更懂公主！"

"我一开始就知道她是代嫁的小宫女。"龙缝好了妻子想要的沙包，收起针线。

它想起妻子因为公主裙不合身而绷开的拉链，想起她发现自己在笑后红着脸凶巴巴的模样，又想到她问"你迎着风飞会不会冷呀？我用裙子帮你遮遮尾巴吧"的关切……

龙的嘴角勾起了一抹幸福的弧度："我不懂谁是公主，我只懂什么是喜欢。"

小狐狸

1.

离家出走的小狐狸远远看见一只在大雪里发呆的小狗。

小狗不是很喜欢雪天，寒冷的天气总会让它想起一些不好的事情。它一动不动地躺在雪地里，直到全身被雪覆盖，才如梦初醒般起身回家。抖干净身上的雪花后，小狗敏锐地察觉到有什么东西在靠近木屋。

它抢在小狐狸抬手之前打开了门，蹑手蹑脚的小狐狸被吓了一跳，耳朵一抖："很抱歉打扰到你，我可以进来烤一会儿火吗？"

小狗眯起眼睛打量着这位不速之客，这是它第一次见到狐狸，只觉得那双上挑的眼睛里都是算计。

于是这句话在小狗的耳朵里是这样的——我来骗你啦，还不乖乖让我进去！

可惜它猜错了，无辜的小狐狸真的从不说谎。

虽然狐狸"狡诈多端"的秉性声名在外，但小狐狸却是个例外。它不喜欢欺骗，讨厌谎言，无法接受周围人都戴着面具生活。所以，它潇洒地逃离了那个让它感到窒息的家。

小狗歪着头看了看门外，外面寒风呼啸，雪似乎又大了。

于是，它让出了一条路，示意小狐狸进门。

2.

温暖的小屋能够给人安全感。

小狐狸捧着热水杯不停地向小狗搭话，只是它的表情落在小狗眼里，总像是另有所图。

小狐狸："我有点饿，请问有东西吃吗？"

小狗：其实一个小时前刚吃过饭，就是想骗你点吃的。

小狗默不作声地丢给小狐狸一个饭团。

小狐狸："还有点冷哦，你的毯子能分我一半吗？"

小狗：我看这毯子不错，让我试试能不能顺走。

小狗面无表情地用毯子盖住了小狐狸的腿。

夜深了，小狐狸伸了个懒腰："和你待在一起真舒服啊，真想和你一直做好朋友！"

小狗：等大雪过去我就另寻新欢，到时候谁还记得你呢！

小狗的神色黯淡了下来，它说："我想问你几个问题，希望你可以说实话。"

小狐狸很无奈："之前说的也都是实话啦……好吧你问。"

小狗问："为什么要敲门？为什么想和我做朋友？"

小狐狸叹口气，心想，当然是因为你一个人躺在雪里的样子看起来很寂寞啊。

不过这句话小狗一定不会信，毕竟它是一只警惕又善良的笨小狗，而自己得说让它相信的话。

于是，不说谎的小狐狸撒了人生中第一个谎。

它笑嘻嘻地捏了捏小狗的尾巴："因为我想来骗吃骗喝，可以吗？"

小狗点点头："好，可以。"

"我想来骗吃骗喝，可以吗？"

"好，可以。"

偷月亮给你
Tou Yue Liang Gei Ni

第五卷
满月

三月郎

1.

京城传言，那个爱爬墙的三月姑娘有了新动向。这次，她将枝头桃花对准了刚回朝的大将军。

商荷有两个名头——一是城外小乞丐唤她的"菩萨姐姐"，二便是京中人称她的"三月姑娘"。

商家从商，自商荷记事起，家里就有花不完的银两。爹娘恩爱，兄长宠着这个唯一的妹妹，金银首饰、绫罗绸缎……只要是商荷想要的，第二天就会出现在她面前。

商荷从小就知道自家有钱，她时常会去城外给受冻挨饿的小乞丐们送些粮食被褥，还出资办了几间学堂，"菩萨姐姐"的名头也由此而来。

至于另一个"三月姑娘"的名头……

坊间传言，商家小姐芳龄十七，但喜欢过很多人。

郊外教书的李先生、城中制药的王大夫、客栈落脚的清秀说书人……有人戏称，商小姐一颗芳心足足分成几百份，每份上面都写着不同的人名。

而这"三月姑娘"中的"三月"则是说商荷喜欢一个人不会超过三个月，三月之期一过，情意皆付诸东流。

商荷知道旁人碎嘴、嚼舌根说的那些话，她觉得没什么意思。

她喜欢别人，又不是为了求点什么，只不过是想让有才之人不为财所困，尽情去做自己喜欢的事。而且，她平常也不会和那些人来往，都是差遣旁人送去些许礼物，礼物也并非金银珠宝，多是难寻的古卷或者中药、画本。

对商荷来说，不过是他们正巧需要，而她也正巧买得起罢了。若是他们渡过难关后动了别的心思，商荷再差人回绝，换下一位去帮助，仅此而已。

商荷虽不在意这些，但身边的小侍女可坐不住。

小侍女想到那些乱嚼舌根的人，心里偷偷地"啐"了一句，心道——小姐明明只是憧憬美好之人而已，却被那些"长舌妇"硬生生地讲成了一桩桩桃色故事。明明小姐相助的人中也有姑娘和夫人，但好事之人却只逮着异性看。

这不，又编派起商荷和宋将军来了！

此时，商荷正趴在榻上看着小侍女偷偷搞来的情爱话本。

小说里金戈铁马的将军捧起妖艳女子的脸，深情道："荷儿……"

商荷："……"

嗑到自己了。

另一边，宋逢真回京赴宴。

宴席上，就听一人带着几分看笑话的语气，对他说道："宋将军艳福不浅，刚回京就桃花缠身，还是朵烂桃花。"

说话之人是位姓陈的纨绔，他瞧不起宋逢真的出身，又嫉恨其功名，但宋逢真这人做事滴水不漏，纨绔根本没机会借题发挥。这次好不容易有件事能被他拿来大做文章，纨绔绝不会错过这个好机会。

冷眼看着那纨绔喷了半天口水后，宋逢真缓缓问道："陈公子，此次出行，可有知会令尊？"

纨绔闻言，瞬间噤声。

他上月刚因拈花惹草之事和父亲大吵一架,被禁了足,此次赴宴也是偷跑出来的。

宋逢真一击即中,慢条斯理道:"按陈公子所言,若多情是不知羞耻,那陈公子你可真是……"他执起酒杯,遥遥一敬,"无耻至极。"

纨绔四处留情,实打实的情债只多不少,他被撑得一口气喘不上来,又听宋逢真继续道:"喜欢谁、喜欢多久、喜欢多少人都是旁人自己的事,如何都和'不知羞耻'扯不上关系,陈公子你说呢?"

纨绔松了口气,以为宋逢真是在给自己台阶,当即一脚踩了下去:"当然当然,我也是这么觉得的。"

宋逢真抿了一口酒,促狭道:"真正不知羞耻的不过是敢做又不敢当的人罢了。"

一脚踩进陷阱的纨绔:"……"

"公务缠身,不便久留。"宋逢真目的达成,起身拿起佩刀,转身就走。

可走出两步,他又回过头,眼中没了笑意,道:"我的桃花是好还是坏,我自己说了才算。"

宋逢真离宴后,思来想去,还是忍不住问京中好友:"你可知……那位姑娘到底喜欢我什么?"

宋逢真年少成名,凭着一身好武艺和好兵法征战沙场,可谓有勇有谋。不知道这位商小姐喜欢的是他的"勇",还是他的"谋"。

好友闻言,呵呵一笑:"是你的脸。"

2.

　　商荷去了郊外。

　　夏末秋初，小孩子们缺秋裳，她买了些送去，顺便考考他们的功课。

　　到了学堂外，她方觉不对。往常听见马车声就跑过来的孩童们都不见了踪影，只听见学堂里有人声传来。

　　"看来是老先生正在授课。"商荷没细想，挥着小扇悄悄走近，站在门口探头探脑地向内张望。而她的视线越过一群小萝卜头后，直直地望进一位黑袍青年眼底。

　　忽然，商荷身后的小侍女低声叫了一声："是宋将军。"

　　商荷一惊："宋、宋将军？"

　　宋逢真刚从那群幼童嘴里得知商荷之事，也没想到会恰巧遇上，向商荷一颔首："商姑娘。"

　　商荷心中瞬间"咯噔"了一下。

　　偶遇绯闻情郎？这叫个什么事儿！

　　若是碰见之前那些公子，商荷还不至于如此慌乱，但偏偏碰上的是宋逢真……

　　商荷有点心虚。

　　三个月前，商荷路过某家客栈时偶遇了一位说书先生，那人口才不错，讲的都是她没听过的行军作战的故事，她便多听了一会儿。

　　没过多久，等商荷再去时，却发现换了一位讲痴缠爱怨的先生。问了缘由，发现是原先那位说书先生生了重病无钱医治，正在家中休养。商荷思忖后，便派人去抓了几味调养身体的药送了过去。

　　一来二去，虽说商荷和他没有过多交集，但某日匆匆一瞥，那说书先生便爱慕上了她，一心求娶。

那人固执，商荷委婉拒绝数次都不顶用。商荷实在没法子，心中一动，试探回信，称她已有爱慕之人，乃宋逢真，宋将军。

果然，说书先生放弃了。

商荷长舒一口气，那说书人故事里的所有将军都或多或少带着些宋逢真的影子，可见十分敬仰他。她拒绝数次，说书人都不放弃，所以她只能编一个让说书人无法继续求爱的情敌。

而宋逢真做这个幌子，正合适。

回信当日，商荷默默朝北边一拜 —— 宋将军，小女子借你名号一用，这事天知、地知、我知、说书人知，绝不会有第三个人知道。

宋逢真已经在外五年，商荷并不知他近日会回京，也不知那说书人竟觉得他们二人十分般配，第二天就给故事里的将军配了位叫荷儿的红颜。

于是，商荷移情宋逢真的事情就这么传了出去。

父亲和兄长听闻她的新桃花后，也赞赏道："这回和以前的类型都不同，是心定了吧。"

"宋将军年少有为，你若是喜欢，兄长我会尽力找人撮合的！"

"妹妹这回爱得久些吧……"

…………

言语中，生怕商荷负了宋逢真。

商荷有苦难言，她喜欢的向来是清秀白瘦的公子，听闻宋逢真肤黑俊美，怕不是她喜欢的类型啊……

与宋逢真的意外相见，让商荷措手不及，但仔细想想，便也知晓其中缘由。

宋逢真乃城北郊外出身，在外时也多有照看乡邻，如今回朝，定是要亲自来看看的。

商荷坐在一边看孩童玩耍，宋逢真则在看她。只见清清秀秀的小姑娘，耳朵和脸颊涨得通红，此时正手抖着在教幼童画画。

小男孩乖乖地看她画了一朵荷花，捧着画小心翼翼道："菩萨姐姐，等我长大了娶你好吗？"

不等商荷回答，旁边的小女孩大声说："菩萨姐姐才不嫁给你，我娘说，菩萨姐姐是要嫁给威猛哥哥的！"

小男孩抿嘴："威猛哥哥是谁？我要和他决斗！"

小女孩一指宋逢真："就是这个哥哥啊，你打得过他吗？"

商荷："……"

宋逢真："……"

小男孩打量了下宋逢真，像是下定了决心般，一抹眼睛跑走了："菩萨姐姐和威猛哥哥百年好合！"

商荷的脸颊烧得通红，忽听宋逢真叹气道："这可不行。"商荷心脏重重一跳，又听他喃喃自语，"'威猛哥哥'这称号，实在不好听。"

3.

月上梢头，商荷和揉着眼睛打哈欠的幼童们告别，起身上了马车。

正想放下车帘，宋逢真却唤她一声："时辰不早，商小姐可是要回府？"

"将军如何？"商荷心乱，往窗边挪了挪，掀起帘子看他，"若是将军怕引起不必要的误会，可先行离去。"

"若是商小姐怕引起不必要的误会，也可先行离去。"宋逢真将话原封不动地还给她后，压着佩刀的手顿了顿，"我没什么怕的。"

当晚，宋逢真一路随行，将商荷一行人送回府。

此消息由沿街叫卖的小贩说出后，第二日便传遍了京城。传言商荷有情，宋逢真有意。一位浪子回头，一位真心交付，仿佛真的好事将近。

商荷琢磨了半天才明白，自己好像是那个回头的"浪子"。

那日后，宋逢真和商荷相遇的次数开始多了起来。

有时是在胭脂铺——

商荷刚拿起一盒胭脂，转头就碰上了宋逢真。

"好巧。"宋逢真走近，低头看着商荷细白的手指和她手中的胭脂盒，"亲近的长辈喜好收藏胭脂，但我实在不懂，商姑娘可否为我指点一二？"

商荷不好回绝，便开始仔细为他讲解胭脂的颜色和质感。

饶是宋逢真观察力过人，让他来分清楚那些五颜六色的"红"也太过勉强。他看了一阵，买了几个商荷推荐的胭脂，又问她："那姑娘最喜欢哪个颜色？"

商荷指向角落的一抹淡红："它。"

当晚，宋逢真的谢礼便送到了商家。

商荷打开木匣，发现不是胭脂，是一对由青色渡至淡红色的玉石耳坠。匣子内还附有一封书信，信中字体潇洒——

耳坠正衬你颊上胭脂。

有时是在药铺——

商荷怕旁人办事不力，亲自去取爹娘的养生药，抬眼又碰见了宋逢真。但宋逢真不是在取药，而是在上药。

商荷站在门外，远远地看见他将脱了一半的衣服穿上，对大夫说了几句话，大夫便出来看了看她的养生药方。

宋逢真转头叫了一句"商姑娘"，不等她回答便走进了屏风里。

屏风后面传来衣物摩擦之声，一个不及商荷腰高的小药童慌慌张张地跑进去，而后商荷听到了一声闷哼。她似乎管不住自己的脚，不自觉地走上前去，透过屏风，看到了宋逢真赤裸的背。宋逢真的皮肤呈小麦色，肌肉线条流畅，但背后有一道新伤。

小药童似乎是第一次给人上药，好不容易缠上了纱布，却笨手笨脚打不成结。商荷见他动作生疏，折磨他自己也折磨宋逢真，便轻轻拍了拍小药童的手，指指自己，无声示意，她来。

纱布的头在宋逢真背后，商荷想，哪怕是自己在后面帮他系好再退出去，只要他不转头，也就看不到。

可那小药童呆头呆脑的，眼睛瞪得圆滚滚："姐姐不可以！男女授受不亲！"

商荷伸出去的手尴尬地停在半空，怎么说得她好像一个流氓？

宋逢真轻咳一声，拍了拍小药童的脑袋："让姐姐来吧。"

待商荷上好了药，宋逢真也穿好了衣服。

宋逢真系着衣裳转身，胸腹肌的线条从商荷眼前一闪而过："近日京中有贼人作乱，我的伤也是因此而来。姑娘独行不便，我送你回家。"

商荷抱紧药包，跟上他："好。"

宋逢真放慢脚步，和商荷并肩。

更多的是在城外相遇，十次有八次都能碰上。

商荷会送一些食物和衣物过去，而宋逢真则从木匠那里定做了一些玩耍的小物和钝木剑。

幼童们缠完商荷缠宋逢真，学完画画学防身之术，像一群毛茸茸的小动物。

小孩子们拿着木剑四处比画，商荷看到，捡起根树枝，也跟着动了动。

宋逢真看到她的动作，走上前问："想学吗？"

商荷举着树枝有些不好意思："我不比小孩，学起来会很慢。"

宋逢真嘴角漾开笑意："无妨。"

半月的勤学苦练，再加上宋逢真刻意放水，商荷终于成功挡住了宋逢真半招。

商荷额角出了汗，微张着嘴喘气，眼睛湿润地看着宋逢真："我……我防住了？"

"不错。"放了一整条江水的宋逢真拨动眼前的树枝，笑道，"你学的防狼术，防的第一个人是我。"

商荷咬咬下唇，把树枝移开："不防你……"

4.

京中流言开始分成了两派——

一是商荷终于栽在了宋逢真身上，二是看三月之期过后商荷又会喜欢上谁。

派系争斗发展得如火如荼，甚至为此开了赌局。

小侍女悄悄给第一种说法押了三两银子，打算赢了银子后给自家小姐买头钗。

商荷也觉得自己是喜欢宋逢真的，因为这感觉和以前帮助别人时完全不一样。之前纯粹是为了帮助别人才送些东西，来助他们渡过难关。而如今是宋逢真贵为将军什么都不缺，商荷也总是想给他送些东西。

商荷知道他不需要雪中送炭，但她想冒着雪走过去，陪宋逢真一起赏雪。

白露过后，天气转凉，商荷在家中坐不住，决定去布庄看看。

她要给宋逢真挑一身衣服。

商荷挑中衣服之后，又担心宋逢真穿着不合适，便叫成衣店老板过来比了比。

那老板年龄在二十岁上下，身量比宋逢真矮些，肩膀又窄了点。商荷比了比，觉得自己挑的应该差不多，便对他笑了一下："好，就这套。"

但商荷的衣服还没送出去，却先传出了流言蜚语，道她又变心了。

有人目睹她同身边的清秀郎君言笑晏晏，亲密无比。而流言传出来那天，距听闻商荷爱慕宋逢真的那日，正好三个月。

小侍女红着眼眶偷偷看商荷，商荷自买衣服回来后就生了场小病，这两天哪里都没去，自然不知城中流言。

她看到小侍女不开心，捏捏她的脸问："怎么了？"

小侍女的眼泪掉个不停："别人都说小姐变心了，可我知道小姐是一心喜欢宋将军的！我跑去跟他们理论，却被轰了出来……等下午我再去看，那间赌坊都没了！不知道是不是携款潜逃了……"

商荷闻言，脑中"轰"地炸开一声，坐起来捂着胸口："我哪里变心了？"

"宋逢真呢？"商荷慌起来连"将军"都不叫了，"他道如何？"

小侍女"哇"的一声大哭起来："听别人说宋将军已经到了城门口，怕是今日就要走呢！"

商荷平日里从不会管这些流言蜚语，她有钱有时间，别人爱怎么误会就怎么误会，伤不了她分毫。但牵扯到宋逢真，商荷却不想再任由别人去说了。她声名狼藉无所谓，但不想让宋逢真也受别人嘲笑。

"备马车。"商荷急匆匆起身，又回身从柜中拿了那件衣服，坐上马车往城门而去。

城门。

宋逢真皱着的眉头就没放松过，他站在城门处良久，一直没动过。

"宋逢真！"远远有女子的声音传来，宋逢真回头，迎面看到商荷常坐的马车疾驰而来。而商荷由窗探出头，发尾被风吹得凌乱，神色焦急。

马车停住，马夫下车，恭顺地站在一边，商荷撩起车帘刚想下车，头却和宋逢真碰个正着。

宋逢真面上神色难辨："外面风大，你别下车，我上车讲。"

他身量高大，上车后更显车中逼仄。宋逢真皱眉看着商荷苍白的脸色，左右看了看，拿起一旁厚厚的一叠布料盖在她腿上。

商荷深吸一口气："你知道我被称作'三月姑娘'吧？"

宋逢真低声应："嗯。"

商荷低头看着自己的手指："其实我早该同你说清楚的，我声名如此，实在不该去招惹你。"

宋逢真语气僵硬："所以呢？"

商荷看他握成拳的手，好像十分生气。她眼眶一红，不管不顾地握住了宋逢真的手，但他的手太大，商荷两只手才堪堪能握住他一只。

商荷觉得很委屈，忍着想要哭的心情，哽咽道："我以前……我以前从未这么喜欢过别人，我不知道该怎么喜欢你……"

"我也是。"宋逢真深深吐出一口气，反手轻轻握住商荷的手腕，"别哭。"

"我好像是个坏女人。"商荷道，"我后悔了。"

宋逢真摸摸她的脸，悄声问："后悔什么？"

"后悔帮那些人……后悔自己为什么帮过那么多人，传过那么多流言。我甚至觉得我是不是做错了，别人的生活与我有什么关系，如果没有帮他们，我的名声是不是就会好一点？你也不会因为被我喜欢而被别人污蔑。"商荷的睫毛上沾了泪，湿成一簇一簇的，"我听过别人是如何编派你我的，可回过神来后，我又觉得自己不该这么想，难道帮人还有错吗？"商荷的声音越说越小，"那天从成衣店回来后，我做了个梦，梦中三月之期到了，我好像真的就跟别人说的一样不喜欢你了。我很害怕，我怕自己会不会真的变成他们说的那个样子，所以不敢去见你。"

宋逢真手指粗糙，轻轻地把她眼下的泪珠拭去："不会的，你很喜欢我，就像我喜欢你一样。"

"其实……我以为你是来回绝我的。"宋逢真开口，"我送了一封信去商家，求娶商小姐。"

城中开的赌局他知道，宋逢真气别人把商荷当作谈资，当即亲自出手端了赌坊。他不想让商荷知道此事，但事过之后还是气闷，便吩咐下人送完信后，把自己拉到城门处透透气。

而那封信上只有三行字——

嫁我。

愿便回信，我立刻准备聘礼。

不愿的话，当面告知我原因。

宋逢真在战场上运筹帷幄，收放果断，在情场上却怎么都不想放手。起初他只是想靠近那朵桃花，后来见到了，就不想再放她回枝头。

他哪有什么喜欢胭脂的亲近长辈？那些胭脂最后都赏了部下，让他们回去送给别人。

他又有什么小伤是必须去医馆的？他只是想赌一把商荷会不会去那里，会不会再和他说几句话。至于痛出的闷哼声，完全是他假装的。

郊外常相见，是因为他天天都去。求娶虽突然，却字字真心。

若是商荷当真不愿，宋逢真也想再见她一面，见面时再问一遍："你愿不愿嫁我？"

商荷来得匆忙，正好错过了那封信，可听宋逢真讲了一大堆后，她心软得一塌糊涂："愿意。

"愿意嫁你。

"愿意嫁宋逢真。"

商荷缓过气来，勾着他的手指玩，鼻头红红的："你知不知道他们说我什么？说我的芳心足足分成几百份，每份写着不同人的名字。"

宋逢真一手勾住她的小指，另一只手搂住她的腰："胡说八道，你的芳心都在我这里。"

"嗯，他们说的是假话。"商荷依偎在他怀里，抬头正迎上压下来的唇。

"我只有一颗真心，都属于宋逢真。"

误会爱意

　　楚宜发现，女朋友好像劈腿了，就在不久之前。

　　事实上，楚宜会有这种猜想并不是不相信舒悬，而是不相信自己。

　　舒悬明天一大早要去出差，飞去上海同合作公司做最后的细节确认，大约要七八天才能回来。这次出差虽来得突然，但也是受到公司重视的象征。

　　她跑去厨房，从后面搂住楚宜劲瘦的腰，脸颊贴在他的肩头，笑着告诉他这个消息。

　　楚宜闻言，切水果的手一顿，侧头看向舒悬。

　　对方微仰着头，眼眸很亮，淡红色的嘴唇一张一合，说起刚刚上司打来的电话代表了什么以及这次的合作有多重要。

　　楚宜没听见电话的具体内容，见她笑容中满是自信和张扬，只是微微抿了抿唇，说："那我帮你收拾行李。"

　　他很快便收敛好情绪，舒悬也忙着叉起一块杧果喂楚宜，没察觉出男友的低落。

　　晚饭是楚宜做的，舒悬打下手，她负责将切好的菜放进锅里，将做好的菜盛出来，以及抽空亲两口楚宜微红的脸颊。

　　舒悬会做一些简单的菜，味道只能称得上普通，以前一个人过的时候也稍微能糊弄着吃，但和楚宜在一起之后便自觉退居二线，成了被投喂的人。

吃过饭后，舒悬将碗筷放进洗碗机，拉着楚宜回房间看上次没看完的电影，蹉跎余下的时光。

楚宜还惦记着要为她收拾行李，舒悬摸了摸他的下巴："一边收拾一边看吧。"

电影里有段剧情，女主替前男友收拾好了行李，谁知他只是以出差为由私会情人，那个行李箱自始至终都没有被打开过。

舒悬似乎看得有点烦，征求楚宜的同意后快进了一段，直到前男友的剧情彻底结束才松开。

楚宜低头看着身边的行李箱，他把叠好的衣服整整齐齐摆放好，但神情却沉重得好像不是在收拾衣服，而是在收拾被抛弃后毫无生息的他自己。

"宝……楚宜，你觉不觉得这部电影的男主和你有点儿像？"电影的片尾曲响起，舒悬意犹未尽，她选择看这部电影也是出于这个原因。

楚宜在想其他的事，有些走神，略略迟钝了几秒后才道："没有，他比我好看很多。"

"哪有，"舒悬习惯了他下意识否定自我的模样，却还是每次都会严肃地再次强调，"你很好，不要总这样说。"

直到被捧住脸，楚宜才反应过来自己刚刚又说了舒悬不喜欢的话，只好忍住羞涩，直视女友认真的双眼，说："嗯，我……很好。"

舒悬闻言，这才勉强满意，凑过来亲了楚宜一口。

此时，放在一旁的手机突然亮了。

楚宜余光扫过舒悬手机屏幕几秒后便移开了目光，假装没有看到她突然关掉手机的慌乱模样。

初春的天气温度刚好，空调闲了下来，房间安安静静的，只有两个人的呼吸声。

舒悬面朝着楚宜侧身熟睡，她的手指搭在枕头边，碰到了楚宜的头发。

楚宜就这样看着她，看了很久都没睡着。

翌日。舒悬一大早便起了床，急匆匆地带着收拾好的行李出门，临走时还不忘踮脚给站在卧室门口的楚宜一个告别吻。

舒悬："别送了，你快回去补补觉。"

楚宜的手松松地搭在她腰上，被亲吻后慢慢睁开眼睛，道："一切顺利。"

舒悬坐上了去往机场的出租车。楚宜站在窗边，等看不见出租车的踪影后，他躺回床上，却没有再睡，而是打开了手机，搜索到了那个让他心神不宁的微博账号。

他们都知道对方的手机密码。

楚宜的密码是舒悬的生日，舒悬的密码是二人在一起的日期。

尽管如此，但两个人彼此坦诚，从来没有查过对方的手机。可就在前几天，不，或许更早，楚宜发现，舒悬的手机中有了不想让他看到的东西。

从几天前开始，楚宜发现舒悬会背对着他玩手机，时不时露出幸福的表情，还会在去卫生间或者洗澡时带上手机，或是在他走近时立刻关掉屏幕。再加上昨晚舒悬的手机提醒是她的朋友 @ 了她：

@ 手机用户 962452676：你现在脑子里只有你老婆。

朋友的微博楚宜也知道，而收到提醒的"手机用户 962452676"应该就是舒悬的小号。

楚宜的心脏倏地钝痛起来，脑海中出现了一个他十分不愿意承认的猜想——舒悬劈腿了。

至于为什么？一定是他不够好。

舒悬早早独立，事业有成，一直都很受欢迎。

可楚宜呢，他知道自己的学业和工作都一般，除了在舒悬口中很好看，而在他看来很普通的外表，被别人夸得最多的就只有性格温和。更何况，这两种所谓的优点在以前的家人口中则变成了"没出息"和"不像个男人"。即便被人欺负了，他也只会被家里人戳着脑袋说肯定是你哪里做错了才不招人待见。

虽然成年后的楚宜已经不再瘦小，健身也让他有了恰到好处的肌肉，沉默下来别人也只会觉得他很冷淡，不会觉得他好欺负，但只有亲近的人才知晓，他心头一直有着萦绕不散的阴影。

楚宜习惯了遇事先从自身找原因，这些伤口直到碰见舒悬后才被对方不断治愈，留下一道浅浅的伤疤。

但如今……楚宜的手轻微地颤抖，看向屏幕里女友的微博小号。

伤口好像又要绷开了。

这个微博确实是舒悬的小号。

昵称似乎是随手打的数字，头像是他们一起看过的某部动画电影，背景是一块去过的游乐园。

资料里是：姐有老婆。

小号最近更新的一条是五分钟前，看来是女友刚出门就打开了微博。她转发了某条美食博，配的文字是——

好几个有和老婆一起吃。

此时的转发微博下已经有了两条评论，楚宜不敢打开，担心下一秒就能在评论区看到舒悬深爱的人。

他咬了咬指节，没认真看美食店铺盘点的内容，挣扎了好一会儿，才闭着眼睛深吸一口气，点开了评论。

评论区里的人楚宜也认识，正是舒悬最好的朋友，也是昨晚 @ 她的人——

> 好友：你不是出差了吗？怎么还有时间更新微博？
> 手机用户 962452676：在出差的路上哈哈，少打了一个字，吃过。

确认了出差确有其事，楚宜松了一口气，至少，她没有借着出差的名头去见别人。

勉强过了第一关，楚宜的额头已经微微出了冷汗，他想停下，手却不自觉地继续向下翻着那个小号。

看清楚微博内容之后，楚宜的心揪得越来越紧，心脏的指针也不停地在"绝对不是真的"和"我没有自信她会永远爱我"之间来回摆动。

舒悬的小号里三句话不离"老婆"——

"老婆好可爱。"

"前几天趁老婆睡着捏了捏脸，手感好好。"

"以后跟老婆一起去！"

…………

他们曾经约会的地方、吃过饭的餐厅，舒悬都转发或者点赞过相关微博，留下了"以后一定要拉着老婆再去一次"的评论。

此时楚宜的心已经痛得快麻木了，他有些头晕目眩，呆坐在床边，思考是不是因为自己太过内敛，每次都不好意思回应舒悬的喜欢，所以她才会去找别人。

在短短几分钟里，楚宜的心思百转千回，从懊恼自己不善表达到难过为什么要发现这件事情，甚至已经考虑到该不该询问舒悬更爱自己还是更爱那个"老婆"。

不对……这样不对。

楚宜眼眶一热，他知道现在的自己已经昏了头，即便已经成为被放弃的那个，他也舍不得离开。

就算舒悬无数次抱住他告诉他要自信，他也无法完全做到，可能这就是舒悬会失望离开的原因吧。

楚宜拿起情侣水杯接了半杯水，喝了两口后才深呼吸平静下来，继续向前翻。

舒悬小号的更新不是很频繁，他很快就翻到了第一条，发送日期是三个月前的晚上十点——

　　　　手机用户962452676：我有老婆了！

楚宜握紧水杯，看着眼熟的日期，慢慢回忆起来。和舒悬有关的事他都记得很清楚，那天也不例外。

那天是周末，难得有空，两个人就在床上待得久了点。即便已经做过了最亲密的事情，楚宜还是会因为一些甜蜜的称呼而感觉不好意思。

舒悬托着下巴看他通红的脸，突然叫他："宝贝。"

楚宜浑身一僵，刚褪下去的热度又卷土重来，只感觉心脏和舌头都不是自己的了，手忙脚乱地转移话题。

就在他慌乱地提起另一件毫无关系的事时，舒悬把头埋进枕头里发出闷闷的笑声，然后背过身拿起手机打下了些什么。

难道就是这个时候，舒悬开始厌烦他的回避，决定去找别人的吗？

第一条微博有七条评论，真相似乎近在眼前了，于是楚宜颤抖着手，点开了评论——

　　好友：？

　　手机用户962452676：因为我男朋友太可爱了！被我叫宝贝都会不好意思，呜呜呜呜呜呜呜，我就好想叫他老婆哦！

　　好友：所以你让我看你小号就是看这个？把我骗进来杀？

　　好友：可恶！既然这么想叫那你就当面讲啊！

　　手机用户962452676：可我老婆很容易害羞，我当面叫的话他肯定会连耳朵都红透的。我很想这样叫，但我更舍不得看他有负担的可怜模样。

　　好友：别说了，爷已经饱了。

　　好友：对了，你起的这微博名到底是什么意思？看起来跟乱码似的。

　　手机用户962452676：你用九键打一下呢。

看完所有评论，楚宜的大脑一片空白，他调出九键，按照数字对应按下键盘——962452676。

半晌后，楚宜才长长地呼出一口气，得救一般向后倒在床上。

原来没有别人，原来就是他自己。女朋友喜欢的、爱的、想要一直在一起的，都只有他一个人。

揪着的心慢慢放下，楚宜仿佛劫后余生，想立刻向舒悬诉说自己有多爱她。他想要更大胆一点，更勇敢一点，用她喜欢的方式去表达爱意让她开心。

　　楚宜点进手机置顶消息，坚定地在聊天框里打下两个字，可三秒后，楚宜又撤回了。

　　"还是不好意思……"楚宜捂住通红的脸，"等她回来后当面讲吧。"

　　此时，刚下飞机的舒悬打开手机。

　　宝贝：老公。
　　"宝贝"撤回了一条消息。

　　恰巧看到这条消息的舒悬傻了，他撤回了什么？刚才在、在叫什么？！难道是被盗号了吗？

　　考虑到男朋友的害羞，舒悬只能想到这一种可能，赶忙朝对方拨过去一个视频电话。楚宜很快接了起来，脸上的红还没褪下去，目光躲闪地问怎么了。

　　舒悬不想吓到他，只是装作若无其事问他："你刚刚给我发消息了吗？我忙着拿行李呢，没看到。"

　　闻言，屏幕里的人松了口气，轻声说："发错了，没事，没看到……"

　　舒悬读懂了楚宜没说出口的半句话："没看到就好？是发错了还是发错人了？！"

　　舒悬硬挤出一个笑容，挂了电话呆呆地停在原地。

　　她现在很慌。

　　在家的男朋友好像劈腿了。

　　PS："962452676"用九键打出来是：我爱老婆。

上班时间不谈私事

江巧生无可恋地托着自己的下巴，排队等待着医生的诊断。

站在她前面的是一位抱着小孩的母亲，小孩子一岁多，正趴在妈妈的肩头好奇地看着这个姿势怪异的怪阿姨。

小孩子吃了一会儿手指，突然傻笑着拍打妈妈的肩膀，一条长长的口水丝也被勾了出来。

"呵呵……"江巧被小孩子拉出的那条长长的口水丝给逗笑了，但碍于自己张不开嘴的现状，只能僵硬地发出奇怪又猥琐的笑声。

但笑着笑着，江巧笑不出来了。

因为，她也流口水了。

排在前面的母子看完病道谢离开后，江巧单手捧着脸坐在了医生面前。

年轻的医生戴着防菌口罩，露出自己清俊的眉眼，江巧看到了他胸前的名牌，上面写着——柯黎。

柯医生填完诊断记录，扫了一眼江巧的姿势，训道："别卖萌。"

"啵四卖嗯，"江巧连苦笑都笑不出来，"四哈巴脱臼。"

柯黎："……"

他听懂江巧说的是"不是卖萌，是下巴脱臼"，但他是真没看出来。

这不是因为柯医生学艺不精，实在是之前接触过的下巴脱臼的病人都是老老实实、规规矩矩地托着自己的下巴，而不是像面前这个古灵精怪的小姑娘一样嫌姿势难看，擅自换成了一个卖萌捧脸的动作。

柯黎一扫病历："江巧，二十一岁，下巴怎么脱臼的？"

江巧十分悲痛，乌拉乌拉地比画着："次好克力。"

嗜巧克力如命的室友和她男朋友恋爱时间已经到了三周年，男朋友便买来世界各地几十种有名的巧克力当作礼物，堆了整整一桌子，室友吃不完，便邀请她们一起吃。

江巧随手拿了一块大的，努力张开嘴，想一口咬掉一大半。可那块巧克力没事，但她因为嘴巴张得太大，下巴脱臼了。

柯黎摇摇头，眉头皱得比医院的粗布窗帘还厉害，嘴上不饶人："馋鬼。"

但话虽这么说，动作却很轻柔。

他轻轻拉下江巧的手，捧起她的下巴在下颌骨处按了按："疼吗？"

柯黎和她离得太近，近到江巧都能看到他浓密的睫毛根部和他眼中傻乎乎的、张着嘴的自己。江巧呆呆地摇头："啵横。"

"不疼没关系，"柯医生弯弯眼睛，手上用力，"现在就疼了。"

"啊！！"惨叫声划破天际，排在后面的病人被吓得一哆嗦。

柯黎合上江巧的嘴巴，左右端详："现在试试咬合。"

疼痛很快过去，江巧试探着张开嘴巴又合上，张开又合上，重复几遍后惊喜地看着柯黎："好了！"

红润的嘴巴一张一合，柯黎漫不经心地扫了一眼，准备收回手时，突然觉得有一滴水落在了他的虎口处。

柯黎定睛看着那滴不明液体："……"

嘴角挂着口水的江巧干笑两声："现在说这是我喜悦的泪水还来得及吗？哈哈……"

　　自觉没脸见人，灰头土脸溜出门的江巧走到门外的时候，突然看到旁边的桌子上放着一本意见簿。

　　江巧翻开意见簿找到柯黎那页，发现那张纸被填得满满当当，连边边角角都写满了大姑娘、小伙子们的反馈意见。

　　看字体的话……大姑娘占百分之九十九。江巧东看看西看看，终于找到了一小块没写字的地方。

　　对于柯黎的反馈，江巧想了想，她打算写——一个看病很快的男人。

　　可刚落笔，因前两个字写得有点大，她数了数字数，觉得那一小块地方应该写不下，就做了些删减。

　　下班后，习惯性翻看意见簿的柯医生看着左下角的小字，忍不住磨了磨后槽牙——

　　　江巧：一个很快的男人。

　　没过几天，江巧又去了医院，不过这次不是下巴脱臼，是胳膊脱臼。今天江巧来得晚了，医院里没几个病人，前后也没什么人排队。

　　值班医生还是柯黎，柯黎抬眼看着可怜巴巴的江巧："胳膊脱臼？"

　　江巧愣愣地点头，因临近下班，柯黎便没戴口罩，好看的模样一览无遗，江巧一时间看得有点呆。

　　年轻的医生声音清越，说出来的话却不像他声音那样好听。

　　柯黎一边填病历一边吐槽："巧克力太重，拿的时候胳膊脱臼了？"

　　江巧很气，他怎么能这样怀疑自己："当然不是！你当我天天吃巧克力吗？"

柯黎处理过很多胳膊脱臼的患者，正熟门熟路地帮她接骨，闻言难得升起一点歉意，就听到她又道："这次是搬一箱巧克力味奶茶。"

柯黎："……"

巧的是，巧克力奶茶也是室友男朋友送给室友的。

室友惦记着自家姐妹，转送给她们一人一箱。江巧因床上放不下了，便想把自己那箱搬到柜子上，结果弯腰时胳膊猛一用力，只听"咔"一声，胳膊脱臼了。

眼看今天最后一位病人就是眼前的江小姐，柯黎转着笔分析："你觉得导致你两次脱臼的原因是什么？"

江巧试探回答："巧克力？"

柯黎摇头。

江巧思索片刻："我知道了。"

柯黎："说。"

江巧委屈："因为我单身。"

柯黎敲了敲桌子："我是说缺钙，你正经点。"

江巧："我回答得也挺正经的……你们这儿不能说吗？"

柯黎看了眼表："上班时间不能谈私事。"

江巧"哦"了一声，但她嘴巴却没停，还是努力地向柯黎展示她的"完美逻辑"——因为她单身，所以她不买巧克力给男朋友，也没有男朋友送的巧克力。因为她没有巧克力，所以室友才好心分给她……因为馋巧克力，才导致了脱臼。

江巧痛定思痛，决心这次出了医院就找一个乘着巧克力云来接她的如意郎君。

柯黎闻言，转着的笔顿了一下，抬眼又望了下手表。

该下班了。

柯黎缓缓道:"我也单身。"

江巧:"不是不能谈私事吗……哦,下班了。"

"是,下班了。"柯黎轻咳一声,凑近江巧,"那现在来谈谈我们的私事。"

江巧晕乎乎地站在柯黎身边,似乎还反应不过来自己来趟医院不仅接了骨,还接了段姻缘这件事。

待她清醒过来后,她翻开新的意见簿,在柯黎那页潇洒地写下了几个大字——

　　感谢柯黎医生,救我单身狗命。

发带弟弟

前些日子，我认识了一个比自己小五岁的男生。

他刚刚结束自己的大一生活，开始短期的暑期兼职，就在我常去的奶茶店。

那家奶茶店不是知名的连锁品牌，只是街边小巷中一家不知名的小店，平常顾客不多，之前的店员也只有老板一个人。

某天我下班经过，发现奶茶店门口贴了一张简单的招聘信息，因为老板要回老家一段时间，所以招人。

等第二天中午我推开店门后，发现店员已经由老板变成了那位弟弟。

由于他总是戴着发带，就叫他"发带弟弟"吧。

发带弟弟的个子很高，如果不是脸上还带着点儿少年气，单凭他的身高和声音，我可能会以为他和我同龄。

初次见面，发带弟弟看了我一眼，问："今天还是喝果汁吗？"

我受宠若惊："今天喝杧果汁，正常糖多加椰果，你认识我？"

"不认识。"发带弟弟摘下耳机，背过身去榨杧果汁，"老板说有位每天都涂着大红色口红的熟客。"

"不是每天，"我掏出手机回复工作消息，随口给自己正名，"我每天口红都涂的是不同颜色的哦。"

发带弟弟将果汁封好盖递给我，点了点头，认真道："知道了，我明天会注意你的口红色号和今天有什么区别的。"

第二天，发带弟弟落败："我看不出来。"

我指指嘴巴："今天涂的是葡萄红，昨天是西柚红。"

发带弟弟从柜台里拿出一串葡萄，又找出半个西柚，仔细对比后问我："你明天还会换口红颜色吗？"

我吸了口甜甜的杞果汁："会啊。"

发带弟弟笑了起来："那明天我继续观察。"

第三天，发带弟弟趴在桌上，盯着我的嘴唇看了半天，笃定道："今天的口红颜色是西瓜红。"

我无辜道："今天我没有涂口红哦。"

发带弟弟话不多，相处起来却很舒服，工作日中午的一个小时我都会在奶茶店度过。他似乎对猜口红颜色的游戏十分感兴趣，每天都会撑着头看我的嘴唇，最后说出一个八竿子打不着的颜色。

如果店里没有别的顾客，我们就会一起打游戏聊天，我让他叫我姐姐，但他怎么都不肯开口叫。

店里如果有别的顾客，我就会坐在椅子上看他的背影出神，等他做完工作再来和我聊天。

某天我猛然发觉，我好像喜欢他。

但喜欢一个比我小五岁的男生，太过冒险了。

他的大学生活才刚开始，身份证上的年份是二开头。而我工作已有一年，同龄人结婚，甚至生子的比比皆是。

他似乎也有点儿喜欢我，和我说话时笑的频率很高，我果汁里的椰果总会比别的顾客多一点。但这说明不了什么，他没有直说，我也不会问。

我还会去买果汁，但不会停留太久。

渐渐地，我们之间的交流就停在中午他静静观察我口红的那三十秒。

刚认识他不久时,某次店里的收款二维码出了问题,我就加了发带弟弟的微信把钱转给了他。而这些日子我已经悄悄地把他的朋友圈看了很多次,最新一条是他半个多月之前发的文字——

女孩子的口红色号也太难懂了吧。

不知道底下是不是有同学起哄,发带弟弟又评论了一条——

还没有女朋友。

再往前翻一条,是他发的证件照,没戴发带,额头很好看,底下还有我一个月前评论的"不戴发带的时候更帅一点"。

发带弟弟回:"在店里不戴发带的话,汗会掉进姐姐的果汁里。"

说来很奇怪,他在微信回复我时总是"姐姐、姐姐"的,但现实生活中却怎么都不肯叫。

我问他为什么,发带弟弟却叹气道:"我怕人误会啊。"

误会什么?觉得暧昧吗?

果然……不会喜欢我吧。

我太胆小了,决定放弃。

从小到大我都是一个很容易受挫的人,大考时做错一道题,从此看到相同类型的题都会紧张到手心冒汗;点到的外卖如果不好吃,那以后很长一段时间内都不会再点那家;初恋受挫后连着五年都对异性敬而远之,直到最近才重新体会到喜欢的感觉……

我站在奶茶店外想了很久,进去点了一杯柠檬汁,却没有说口味。但我口味偏甜，其实最喝不惯酸的东西。如果这杯柠檬汁酸到让我生畏，我大约会有很长一段时间不会再来这家店，等到心理阴影结束那天，发带弟弟估计也已经开学去了学校，今后我再也不会见到他。

发带弟弟也很疑惑我为什么会突然点从未试过的柠檬汁，他正想问，店内突然走进一群中学生，叽叽喳喳地点着不同口味的奶茶。发带弟弟忙起来，便没空再问我关于柠檬汁的事。

柠檬汁很快做好了，我去柜台拿，发带弟弟忙着给中学生的奶茶里放珍珠，头都没抬地对我说："你先等一等，我一会儿再猜口红色号。"

我点了点头，坐到一边。

那杯柠檬汁迟迟没有打开，我握着吸管想，等走出这家店再尝也不迟。

中学生们拿到奶茶后却没走，开始在店内的留言墙上贴便利贴。

为了吸引中学生，老板特意开辟了一小块地方让他们留言，但我从没仔细看过那片地方，偶尔眼神扫过也只能看到几个当红明星的名字。

那天发带弟弟看到我在看留言墙，还问我上面的是不是贴得太高了。

我点点头："嗯，看不见。"

因为店里有人，发带弟弟也不好坐过来和我聊天，我们一个坐在座位上，一个靠在柜台边，沉默地看那群活泼的中学生。

等到她们离开，我开始没话找话："那群女孩子都好小啊。"

我对发带弟弟感叹过无数次中学生朝气蓬勃，即使素面朝天，穿着最丑的校服，也是最青春的时候。

"比我小五岁，"发带弟弟坐过来，皱眉，"也还好吧。"

行吧，正好戳到我最不愿意想的痛处，比你小五岁，那比我就小十岁了！

发带弟弟又问："五岁年龄差，不大吧？"

我不想再讨论这个话题，胡乱地点点头："好了，猜我今天的口红颜色是什么吧。"

发带弟弟双臂撑在膝上，凑过来看了又看。

"猜不出来吗？"我问。

"等等，"发带弟弟从旁边的桌上拿起一包纸，轻轻地在我唇角擦了擦，他看了看，发现仍是白色的纸巾，道，"果然，今天没有涂口红。"

"我赢了，"发带弟弟小小地欢呼一声，"这次我来给你涂口红，你猜颜色吧。"

"我没带口红，"我迫不及待地想要离开，"下次吧。"

可发带弟弟却突然打了个响指："我带了！还是从没有开封用过的。"

他让我闭上眼睛，说要自己给我涂。我只想赶紧猜完口红色号离开，依言闭上眼睛，却感觉到眼眶陡然一热，是他把自己的发带摘下来蒙住了我的眼睛。

寂静中，我突然察觉哪里不对。

发带弟弟的两只手都捧着我的脸，那他怎么给我涂口红？

我正在胡思乱想的时候，忽然有什么东西碰到了我的唇角。

他亲完我之后，自己倒是紧张得不行，手掌轻轻发抖："不行，我等不及告诉你。现在的口红色号，是我。

"不叫你姐姐是不想被人误会我们是姐弟。

"不知道为什么，我总感觉如果今天不说出来，以后就没有机会了。"

　　我握住他的手蹭了蹭，心想，这个发带真的很吸水，酸涩的汗水是，甜蜜的眼泪也是。

　　我问："你还有什么要坦白的吗？"

　　发带弟弟拉起我的手，牵着我走了几步路："在最上面，你看不到的地方。"

　　我摘下发带，抬头看去，只见留言墙的最上面，都是同一个人的字迹——

　　女孩子的口红颜色好难猜。

　　不涂口红好像更好看。

　　喜欢喝甜的。

　　年龄差真的重要吗？

　　不想叫姐姐。

　　为什么不跟我说话了？

　　口红色号已经很久没变了……

　　如果我猜出口红颜色，是不是就不会再来了？

　　…………

　　发带弟弟悄悄握住我的手："你今天点柠檬汁的时候，我没来由觉得很心慌。"

　　我回握住他的手，打开那杯柠檬汁，暗暗下定决心，再酸我也不怕了，然后深吸一口气，猛喝了一口，却发觉竟是酸甜的。

　　"不酸吧？"发带弟弟凑过来，就着吸管尝了一口，"我知道你一贯喜欢喝甜的，就放了点糖。"

　　我眼眶一热，非常丢脸地抱住他："太甜了。"

　　其实我也是说你，我的发带弟弟。

普通恋爱

1.

王卿今年二十五岁,但她正在被十九岁的男孩子追求。这让她很苦恼,但这并不是说姜鹤不好。

姜鹤是那位十九岁的追求者的名字。他年轻俊朗,喜欢运动和音乐,行动力超强,无任何会减分的不良嗜好,身上的少年气与男人味勾兑得正好。

十六岁的王卿可能会喜欢像他这样的男生,但现在的王卿却有点难以招架。

因为……王卿只想找一个和自己一样普普通通的打工人。对方或许也在被脱发、失眠困扰,被拖延症和方案搅得焦头烂额,忙着应付甲方发来的新需求或家里的催婚电话……

总之,对方应该是二十五岁及以上的普通男人,而不是十九岁的男大学生。

手机振动一声,是姜鹤发来的微信。

姜鹤:真的不再考虑考虑我的告白?

王卿:我听你姐姐说你的前女友是校花?

姜鹤:应该是吧。

王卿:那些女孩子和你同龄吗?

姜鹤:没有"那些"……我就和同学在一起过半个月。

王卿：这样说可能会冒犯到你……

王卿：抱歉，请问你是在初恋那里受过伤，所以才来招惹我这个和青春漂亮一点不沾边的无趣打工人吗？

姜鹤：为什么这么说？

王卿没回他，过了一会儿，姜鹤打来语音电话，语气严肃。

姜鹤："我和初恋是和平分手，我对她是过去时，她对我也是过去时。"

王卿："对不起。"

姜鹤："你要对自己说对不起，为什么要说自己和青春漂亮不沾边？"

王卿："因为我的确不漂亮啊，而且我比你大六岁。"

姜鹤打断她："有六岁的差距又怎么样？我比你小六岁，还不是喜欢你？"

2.

姜鹤是王卿前同事的弟弟。

前同事辞职那天他开车来接，遇见了帮姐姐搬东西的王卿，三个人一块吃了顿饭。王卿当时沉浸在整个公司最聊得来的朋友要离职的坏心情中，根本没注意到这个比她小了六岁的弟弟。所以，当晚上前同事发来消息说弟弟想加她微信问件事情时，王卿也没察觉有什么不对。

王卿：弟弟你好，请问你要问我什么？

姜鹤：我想问你有没有男朋友。

姜鹤：姐姐，我想追你。

王卿不是没有幻想过和帅哥谈恋爱，但，是有限定词的帅哥。

比如……眼神不好、高度近视还不喜欢戴眼镜的。

因为这样，他每次看过来时就会像加了层高度美颜滤镜一样，看不清自己有点塌的鼻梁和稀疏的眉毛，这样才会毫无保留地倾注爱意。

但姜鹤帅得太有距离感，是她幻想都不敢幻想的那类。

她和姜鹤的事情拖拉了三个多月，二人一直都没能完全断掉。

她讲不出姜鹤任何适合在这个情境被放大的缺点，只能从自己身上找原因，但姜鹤将她的话一一驳回。

王卿："我比你大太多。"

姜鹤："我比你小六岁，还不是喜欢你？"

王卿："搞不懂你为什么喜欢我，我不好看，配不上你。"

姜鹤："我喜欢你的声音，喜欢你说话时总是真诚地直视对方的眼睛，喜欢你笑起来嘴角的弧度。就像你搞不清楚我为什么喜欢你一样，我也搞不懂为什么你会觉得自己不好看，觉得自己配不上我。"

王卿叹了口气："但我很累，不想谈一段不会有结果的恋爱。"

姜鹤："还没开始，怎么会确定没有结果？你不要找借口，你只需要问自己，你喜不喜欢我。"

说完全不喜欢是假的，王卿嘲弄般地扯起嘴角，谁没有对年轻漂亮的男孩子动心过一瞬？

她转而说："我最近在追星，那个男生和你差不多大，我叫他儿子。"

王卿追星追得心安理得，因为这种爱意注定无法平等，付出的感情也从不妄想得到回应。

可恋爱不同，不平等的恋爱会让人自卑到痛苦发疯，像灌满水的气球被疯狂挤压，总会有爆掉的那天。

姜鹤道:"我知道他。"

王卿:"你知道谁?"

姜鹤:"我们儿子。"

王卿沉默了一会儿,说:"别闹了。"

姜鹤:"我没闹,我姐跟我说你喜欢他后,我已经看了三个月他的视频了。我明白你为什么会喜欢他,他身上偶尔会流露出和你一样的敏感,还有让我非常头痛的不自信。"

王卿愣在无人的办公室,半晌后才回过神背包下楼。

也许是黑暗和姜鹤的细心让她有了些平日没有的勇气,王卿冲动地说出了心里话:"有时候我会很幼稚地想,如果你是外星人或是有魔法的王子,也许我会比现在更容易接受。毕竟身处魔法和童话世界里,英俊的王子爱上普通人的故事情节也是合理的。"

说完,她走出办公楼大门,却看到了靠在墙边的姜鹤。

王卿看到姜鹤,有些气闷:"你……"

姜鹤示意她别挂电话,也别过来:"姐姐,我明天就要回学校了,今天本来是想再来告白一次,但我现在真的生气了。"

3.

自上次通过电话后,王卿很长一段时间没再见到姜鹤。

前同事偷偷问她和自家弟弟怎么了,是不是王卿再次拒绝了他。毕竟之前他还很兴奋地说要去接王卿下班,然后告白,结果那天回来后却一直沉着脸不说话,第二天就跑回学校了。

王卿看着前同事,憋了半天,只说出了一句:"不是……"

其实那天,姜鹤还是送王卿回家了。只是一路上他都和王卿保持着十米的距离,也没说话。

姜鹤在目送王卿上楼后，才通过电话对王卿说："我真的很难过，但我不是难过你一直拒绝我，而是难过为什么你总是将目光聚焦在自己的缺点上，不停贬低自身，觉得自己哪里都不好。

"我也希望我有魔法。

"如果我有魔法，第一件事就是让你知道，你有多美丽。"

姜鹤回学校当晚，王卿收到了他的消息：今天有发现自己身上的优点吗？

王卿就算岔开话题回复他别的，他也只发这一句，坚持得要命。

于是当天晚上，王卿洗脸的时候认真地注视了自己的脸。

"不算白，但脸型长得不错。"她将这句话发过去后，得到了姜鹤发来的一句肯定。

第二天，姜鹤又发来这条消息：今天有发现自己身上的优点吗？

收到消息的时候王卿正在爬楼梯，灵光一闪想到自己体力不错，走路也很快。

后来，王卿察觉自己的手指也挺漂亮，脚踝的线条好看，听歌品味超好，头发算不上特别多但发质被夸过很多次，眼睛经常带笑所以会给人亲切感，嘴唇不化妆也是粉色的，看起来气色不错……

于是，王卿对找优点的游戏乐此不疲。她也渐渐发现，她没有自己想象中的那么差，也理解了姜鹤为什么会生气。

几天后，当王卿在二十六岁的第一秒接到姜鹤打来祝贺生日的电话时，王卿终于有勇气说出："我觉得自己很漂亮，有个二十岁的男朋友也不过分。"

电话那头突然一阵嘈杂，似乎是姜鹤不小心把手机摔在了地上，然后被室友捡了起来。

不知道是谁问了句"是嫂子吗",又是谁把水打翻在地,通话也被人在慌乱中挂断,握着手机的王卿忽然笑出了声。

几秒后,她收到同一个人的十几条消息。

姜鹤:对!

姜鹤:对!

姜鹤:对!

…………

PS:

我写的时候一直在想要不要让女主角这么自卑纠结,或许应该让她更爽快点做决定。

但后来和朋友聊过类似的话题,讲到文中的很多小烦恼可能也是很多人经历过的,所以还是遵从最开始的设定来写啦。

酒窝次方

1.

学校食堂里新开了一家黄焖鸡米饭，据说十分好吃。

早晨第三节课后，前座的小姑娘转头约姜酒中午放学一起跑快点，去吃那家人气很火爆的黄焖鸡。

前座见姜酒没反应，伸手挠了挠她的下巴："听论坛说很好吃啊。"

姜酒从桌下摸出一个果冻放进前座手里，然后给自己嘴里也塞了一个："我知道啊，论坛上的帖子是我写的。"

前座一愣："你原来的账号不是叫'闻香识酒'吗？换号了？"

"换了。"姜酒愁眉苦脸，嘴里黄桃味的果冻都不能让她开心了，"我偷偷跟你说啊。"

只见姜酒从课桌里掏出一个圆圆的小镜子，欲盖弥彰地照了照自己的脸，然后抿抿嘴，露出了一个小酒窝，慢腾腾地把镜子往右边移，直到照见右后方趴在桌子上睡觉的萧意久，姜酒才做贼似的把镜子收了回去。

确定萧意久没注意这边，她靠近竖起耳朵的前座，小声说："我发烤冷面照片的时候，不小心把拍的萧意久的照片也放上去了……"

高二的课程说紧不紧，说轻松也没多轻松。

姜酒算不上聪明伶俐，所以，要保持住班级前十就得比别人更努力点。枯燥无味的学校生活里除了不敢直说的原因，唯有美食能给她一些慰藉。

学校的论坛是已经毕业的学长和学姐做的，没有学校领导和老师在，基本上都是学生发言。所以有一段时间里，论坛的内容基本上都是少年少女在里面聊天……

直到有一天，一个叫"闻香识酒"的账号横空出世，硬是在论坛里占据了一席之地——

　　闻香识酒：A食堂二楼麻辣香锅测评。［图片］

　　闻香识酒：B食堂一楼过桥米线测评。［图片］

　　闻香识酒：学校周边小吃街测评。［图片］

　　…………

姜酒的名字虽然谐音"将就"，但她对吃的可是一点也不将就。因为哪里有好吃的，哪里就有姜酒的足迹。

前座是姜酒在班级里关系最好的小姐妹，自然知道她在论坛上的账号名称，前不久还看见她的新帖——

　　闻香识酒：学校门外新来的烤冷面小摊测评。［图片］

烤冷面是前座和姜酒一起去吃的，所以前座看见这个帖子就没点开。但没想到，姜酒就栽在这个帖子上了。

"丁零零"的上课铃声响起，物理老师踩着铃声走进班级，前座一肚子想问的话也问不出，只能憋着转回去上课。

姜酒深吸一口气，决定先把萧意久的事抛诸脑后。

物理老师拿着上节课随堂考的卷子，吩咐课代表每个人发一张，然后在老师讲题的同时，他们互相给同学批阅，批阅完再还给同学。好巧不巧，姜酒拿到的就是萧意久的卷子。

姜酒欲哭无泪，这是什么缘分？她现在最没办法面对的人就是萧意久。

还有什么比在论坛里发食物帖，结果却误贴上去一张照片还尴尬的事吗？

一个礼拜前——

闻香识酒：学校门外新来的烤冷面小摊测评。［图片］

姜酒附的图有"烤冷面的招牌图片""烤冷面"以及她偷偷在学校优秀学生公告栏拍的"萧意久证件照"。

这张被误放上去的证件照是姜酒前一晚拍的，她是特意等到同学们走得差不多了，才绕了个弯，蹑手蹑脚地跑去公告栏拍下的。

大晚上光线差，她特意开了闪光灯，结果拍出来的效果就是萧意久的证件照煞白一片且两眼放光……

姜酒本想回家后就删掉这张照片，结果写完作业就忘记了。第二天拉上前座一起去吃烤冷面，编辑帖子的时候一个不注意，就把这张闪瞎眼的萧意久也贴上去了。等到姜酒发现的时候，那个帖子已经有一百多个回复了……

现在帖子删是删了，但姜酒也不敢再上那个账号。后续她想安利黄焖鸡，但又不想被别人认出来，便只能重新开个账号，改一改语气——

伪装土豆的姜：天啦天啦，A食堂一楼的黄焖鸡还不错。

［图片］

虽然之前的事很尴尬，可在物理课上拿到了萧意久的卷子，姜酒还是忍不住开心，但又想捂脸忘掉自己做的蠢事。她挠了挠自己的小酒窝，装作无意地把一旁的橡皮碰掉。

姜酒弯腰去捡，偷偷地向后面看了一眼。萧意久正笑着和旁边的女生说话，他脸颊上也有浅浅的酒窝，看起来十分开心，还指了指人家的桌子。

姜酒飞速抓住橡皮坐了回去，后悔自己看了这么一眼。

呜呜……垃圾橡皮掉什么掉！

2.

该认真听讲的时候还是要认真听讲。

物理是姜酒的弱项，好几次都是勉强及格。但萧意久没什么弱项，物理更是次次年级前三。这次拿到萧意久的试卷，姜酒在心中暗暗给自己打气。

一定要比之前更认真地听讲！

三分钟后，姜酒：他的字写得好好看……

物理老师在征求学生们的意见后，主要挑了十几个问题来讲，姜酒边听边对答案，发现萧意久除了一个选择题空着，其他基本全对。

"你们别忘了跟以前一样，在卷子后面写上批卷人的姓名，然后拿到谁的卷子就还给谁。"物理老师话音刚落，下课铃声就响了。

教室里顿时乱成一片，姜酒拿着萧意久的卷子给自己打气，可刚站起来，转身就撞进了萧意久的怀里。

"我的？"萧意久低头，看着姜酒手里拿着的卷子，轻轻挑了挑眉，然后又拿起自己手中的卷子晃了晃，"好巧，我拿的也是你的。"

一边是 93 分，一边是 63 分。

姜酒别扭地拿过 63 分的卷子，然后把 93 分的卷子还给了萧意久。

"姜酒，你知道学校什么饭比较好吃吗？"萧意久问，"我帮别人买。"

"B 食堂一楼的过桥米线、A 食堂二楼的麻辣香锅，学校外面的小吃街有几家也不错……"涉及自己精通的领域，姜酒脱口而出一长串美食店铺，但转念又觉得这样是不是会给萧意久留下"能吃"的印象，便又亡羊补牢道，"其他的我也不太知道。"

萧意久闻言笑了笑，脸颊浅浅的酒窝又偷跑了出来："那学校门口的烤冷面怎么样？"

姜酒说起吃的来就没那么紧张了，脸颊一鼓一鼓的："麻辣口味的比较好吃，酸辣也可以，如果你朋友不吃香菜记得提前跟阿姨说，阿姨每次香菜都放超多的！"

萧意久抬手，顿住，转而拍了拍她的肩膀："谢了。"

其他的同学走了七七八八，前座整理完东西，转过来刚打算叫姜酒去吃饭，就看到姜酒轻轻抚摸着肩膀。

前座："噫——"

黄焖鸡米饭还是没赶上，两个人转投另一家味道还不错的麻辣烫。

姜酒一边吃一边傻笑，用筷子戳了戳碗里的油条："你说，我和萧意久是不是挺有缘分的？"

前座："说来听听。"

姜酒："我们高一就同班，高二也是同班。"

前座："我和你也是啊！我们班那谁、谁谁、那谁谁也都是啊。"

姜酒据理力争："我和他还都有酒窝。"

前座点头："这个我们倒是没有。"

姜酒拿出手机，翻出自己今天转的一条微博："有人说，脸上有酒窝的人都是因为前世不肯喝孟婆汤，被孟婆捏着脸喂的。"

姜酒摸了摸自己的酒窝，捧着脸："我和他前世说不定有一段可歌可泣的故事呢，后来投胎的时候都不想忘记，不肯喝孟婆汤，所以脸上都留下了被孟婆捏过的酒窝。"

前座默默道："他我不知道，但我知道你脸上的酒窝是怎么来的。"

姜酒："怎么来的？"

前座："喝完一碗还想再来一碗，汤都快被你喝完了，孟婆无奈之下只能捏着你的脸求你别喝了。"

姜酒："讨厌！我再去加点菜。"

午饭进食结束，姜酒和前座刚一进门，就看到萧意久正把烤冷面递给旁边的女生。

萧意久："一份有香菜，一份没香菜。"

女同学比了个 OK 的手势，匆匆忙忙地出去了。

萧意久一回头，正巧和姜酒四目相对，两个人都愣住了。

姜酒面不改色，慢慢走向自己的桌子。而前座则走在一边帮忙挡住萧意久的视线，扯扯姜酒的胳膊："同手同脚啦。"

姜酒趴在桌上，面朝窗外，眼眶红红的。

没关系，没关系，以后不吃烤冷面也没关系，我还有麻辣香锅、黄焖鸡。

宽大的校服短袖很丑，但是很吸汗，连眼泪也能照单全收。姜酒静静地难过了一会儿，又打起精神编辑美食帖子——

黄焖鸡旁边的麻辣烫还可以。［图片］

我好像知道前不久暴露萧意久的美食帖主是谁了！你想不想知道？ @意久

姜酒心里"哐当"一沉，刚点进去就看到了最新回复。

意久：我早就知道了，不用你多事，请删除。

她猛地坐起来，把那行字来来回回地看了好几遍，可再一刷新，那个帖子已经不见了。

自习课铃声响起，教导主任在外来回巡视，姜酒把手机塞回了课桌里。忽然，右后方飞来一个小纸团，正好砸在姜酒手里。

姜酒小心回头，见萧意久指指纸团，示意她展开。

姜酒展开纸条，上面只有一句话——

看物理卷子后面批卷人姓名。

姜酒从桌肚里拿出那张 63 分的物理试卷，翻到最后，只见批卷人姓名那一栏写了两个名字，其中一个被划掉了——

张裳。

萧意久。

这时，萧意久的小纸条又来了——

　　我用帮她带她和她朋友饭的条件换到批改你卷子的机会，不要误会我。

3.

姜酒从笔记本上撕下来一张纸，写了行字丢回去——

　　为什么要换我的卷子？

姜酒等了半天，没等到回复，因为教导主任敲了敲窗子，道："传纸条那俩人，有什么事下课后再谈啊。"

闻言，满堂哄笑，纷纷回过头找丢纸条的主人公。

姜酒赶紧埋头苦学，装作什么都不知道的样子，等教导主任走后，她才红着脸转头去看萧意久。

萧意久朝她眨眨眼，小声传递消息："放学再说。"

等到放学后，姜酒慢吞吞地收拾书包，突然肩上一热，只见萧意久弯腰悄声说："公告栏前见。"

跟前座打了声招呼，姜酒背着书包跑去公告栏，萧意久已经在那里等她了。

姜酒跟小姐妹在一起的时候从缘分说到酒窝，嘴巴动个不停，但真到了跟萧意久面对面谈的时候却突然词穷了。

姜酒低头扯了扯自己的衣服："……你怎么知道那个帖子？我记得你不玩论坛的。"

"前几天别人截图告诉我的。"萧意久说，"我不玩论坛，但是我玩微博，我记得你的微博账号就叫那个。"

姜酒干巴巴道："哦，那你是怎么知道我微博账号的？"

萧意久："高一的时候我坐你后面，听到你跟朋友交换微博名字互粉，后面就自己注册了微博关注你。"

姜酒想了想自己为数不多的粉丝，从里面扒拉出一个有点眼熟的僵尸粉："那个总给我点赞的是你？"

她的微博都是转发沙雕网友的，不怎么聊起现实生活中的事情，更别提自己的心事了。

如今才知道萧意久竟然悄悄关注自己这么久，姜酒有点后悔，早知道的话，她应该在微博里好好经营一下自己的！

"是我，该我问你了。"萧意久伸手敲了敲公告栏里自己的证件照，问姜酒，"怎么想起来拍这个？"

姜酒捏着双肩包的背带："好看。"

萧意久："我本人不好看吗？"

"好看，但是我不好意思拍，因为，"姜酒紧张地抿嘴，酒窝又露出来了，"偷拍不好嘛。"

萧意久："那你不要偷偷拍，光明正大地拍。"

姜酒稀里糊涂地掏出手机，"咔嚓"一声拍了张照片，又没关闪光灯。

萧意久捂着被闪光灯晃到的眼睛，无奈道："我知道那张闪瞎眼的证件照你是怎么拍出来的了。"

姜酒赶忙跑过去，很紧张地问："你没事吧？眼睛——"

萧意久反手抓住她的手，坐在一旁的台阶上："有事。"

姜酒吓得手脚冰凉："你、你看不到了？"

"嗯，看不到了。"萧意久煞有介事，"你再凑近点。"

姜酒理智觉得哪里不对，但脸已经凑了过去。

萧意久抬手，飞速戳了戳她的脸："现在看到了。"

被偷袭的姜酒脸开始涨红，伸手捂住下半张脸，半天抬不起头。

以为自己闹得过分了，萧意久蹲下去看姜酒："生气了吗？对不起，以后我不会……"

"没生气……"姜酒的声音闷闷的。

"没生气的话，"萧意久笑了笑说，"给我看看酒窝？"

姜酒紧闭着眼睛，睫毛微微颤动。她没挪开手，只是悄悄地张开手指，把左边的酒窝从指缝间露了出来。

"酒窝。"萧意久伸手戳了戳，然后他拉起姜酒放在膝盖上的右手，又碰了碰自己脸上浅浅的酒窝，"酒窝次方。"

不是小熊也不是小猫，是小熊猫！

　　X市某大学独自位于南郊，别说繁华商业区，周围连个美食城都没有，校门口的小摊稀稀拉拉的，只有两三个。

　　转投北郊大学城的烤鱿鱼摊主临走前叹气："我就纳闷，这里学生这么少，为什么鱿鱼还会少得那么快。结果那天我一回头，发现放在车旁边的鱿鱼被一个毛茸茸的小东西拖进林子里了……莫怪叔叔狠心要走，只是你们这儿完全就是荒郊野岭啊！"

　　鱿鱼大叔的离去让整个大学的学生颓丧许久，直到新生报到才重新振作起来。

　　因为，新生里有位帅哥。

　　陈景岚报到那天正巧下雨，他拖着个黑色行李箱，撑伞走进校门。

　　陈景岚身高腿长，刚进门就引起了别人的注意，他迷茫地左右看了会儿，随即走向新生询问处。

　　他随手抓了抓被飘进来的雨打湿的头发，低声问："请问，A宿舍怎么走？"

　　负责接待的学长学姐淡定地为他指路，然后镇定自若地低头在聊天群里发消息。

　　"天啊！！我自封的校草之位不保！"

　　"姐妹们，有个学弟，我相信大家都可以。"

…………

陈景岚找到宿舍，放好行李，拿了伞和手机出门，准备熟悉一下学校。他最先去的是操场，但因为下雨，操场上没什么人。学校操场建在半山腰，四周都是野生树木，许多叫不上来名字的树叶争先恐后地从操场围栏外伸进来，被雨水浇灌后更显郁郁葱葱。

陈景岚在操场绕了一圈，正想回宿舍时，余光扫到了某个墙角。那里的树叶左右摇晃，似乎是有什么东西在闹腾。他并不是一个好奇心重的人，但此时却莫名其妙地停住脚步，向那边走去。

拨开湿淋淋的树叶后，陈景岚看到了声音的来源，是一只圆脸的野生小熊猫。小熊猫的头卡在围栏上面，后腿和尾巴卡在围栏下面，嘴里叼着个熟透的果子傻傻地扑腾着。

陈景岚："……"

小熊猫似乎没注意到自己已经被人类发现，还在努力挣扎着，想从围栏里逃出。

它垂涎这颗果子许久，好不容易等它熟透，果子却落在了人类的大学里。小熊猫气势汹汹，只想努力把果子占为己有，好不容易把馋了许久的果子叼进了嘴里，可不知怎么的，它的头居然卡住了。再然后，为了把卡住的头拔出来，屁股也卡住了。

它卡的地方刚好是两个相邻的铁丝洞，又因它头圆肉多，所以挣扎了十几分钟都徒劳无功。

小熊猫挣扎累了，用力吸了吸嘴里果子的甜味，看着自己毛茸茸的脚和面前异性人类的运动鞋。

陈景岚把伞往前递了递，遮住小熊猫的半颗脑袋，眼睁睁地看着那张毛茸茸的、憨态可掬的脸上出现了一种名为"尴尬"的表情。

小熊猫不再挣扎，眼珠子左右转转，转而晃起了腿。

哈哈哈，只要我不尴尬，我就是在欣赏景色，才不是被卡住呢！

陈景岚看着这只十分有灵气的小熊猫，果断掏出手机，录了一段小视频发到了朋友圈——

景岚：可爱。[小熊猫晃腿.mp4]

陈景岚发完朋友圈，立刻蹲下来解救小熊猫。

小熊猫表面装得云淡风轻，但被陈景岚碰到的时候还是忍不住抖了抖。

陈景岚一顿，看着面前毛茸茸的小熊猫，它晃着腿的动作仿佛在说——呵呵人类，我只是在这里观赏景色罢了，还不快退下！

但与动作不符的是，它的眼神却表达着——救命啊！快来救驾！

栏杆处的铁丝网不是很紧，陈景岚伸手把铁丝掰开，留出空隙，然后轻轻戳了戳发呆的小熊猫的额头。

陈景岚："还不出去？"

小熊猫突然被他戳了下额头，牙关蓦地一松，果子掉在地上打了个转，然后它随即直愣愣地向后倒去，然后……倒吊在了铁丝网外面。

陈景岚扶额，忘了它屁股还卡着……

解救小熊猫屁股时，陈景岚忍不住摸了一把它的毛绒尾巴。恢复自由的小熊猫猛地蹿了出去，跑出一米后还是忍不住回头看了一眼救命恩人。

"不要你的果子了？"陈景岚蹲在雨里，掌中是小熊猫落下的食物，他抬头看向小熊猫，笑着捏捏果子，"它被雨打湿了。"

小熊猫：那是我的口水啊啊啊啊啊啊！

小熊猫跑了很远才停下，它三百余岁，竟然因为嘴馋被小小防护栏制裁，还被人类撞见！

简直是奇耻大辱！

小熊猫立刻在山里召集一众同族，探讨此事的处理方法。

小熊猫握拳："他拍下了我的丢脸视频，想必不用多久就会流传于世，我们小熊猫一族的风评又要无辜被害。"

同族一只憨憨的小熊猫伸出爪爪，在脖子上划了划，想示意"干掉他"。但它发现自己胖脑袋下面就是胸，根本没有脖子。

小熊猫看到它的动作后，疑惑道："你想说什么？"

找不到自己脖子的同族憨憨黯然离去："没什么。"

同族靠不住，小熊猫决定自己处理，只要让那个人类吃掉自己特制的果子，然后乖乖把手机交上来，它就可以把那段丢脸视频删掉了！

小熊猫一边谋划着自己的大计，一边每天去操场边，在树叶的掩护下寻找那个人类。

新生开学都要军训，小熊猫在一堆小绿人中准确无误地找到了那个人类。它听别人叫他陈景岚，也看到陈景岚的头发剪短，整个人显得更英俊，还看到陈景岚含笑往自己这边看了一眼。小熊猫鬼鬼祟祟地扯下几片叶子遮住自己，终于等到了他们军训结束。

小熊猫准备实行自己的计划，它没怎么变成过人类，只能去虚心求教老前辈。

老前辈嚼嚼烟丝："人类的寿命不比我们，你就变得年纪小些吧。"

小熊猫掰着手指头一算："年纪小？那我变成七十几岁吧。"

军训后有一小段假期，陈景岚家就在本市，当天就准备坐公交车回家。他刚坐下，公交车就上来了一位圆脸老太太。

陈景岚迟疑地看着自己的座位，一般车厢前部分两边的座位面对着车厢，还比其他的地方要高一些，老人坐可能不太方便。但车上又实在没有别的座位，所以陈景岚最后还是站起来给那位老太太让了座。

老太太坐过去，笑眯眯地问他："你几岁啦？"

陈景岚："十八。"

老太太咂咂嘴，从袋子里摸出一捧果子递给他："还是个小崽子呢，给你给你，刚摘的果子，不要嫌弃呀。"

身高一米八七，拥有六块腹肌的"小崽子"陈景岚推拒不了，只拿了一个："谢谢奶奶……"

回家的路程还剩十几站，陈景岚低头玩手机，视野里一双棕色小布鞋晃啊晃，吸引了他所有的注意。

刚刚他主动让座的老太太因脚触不到地面，所以坐在椅子上晃脚。这个场景过于眼熟，陈景岚不由得翻出自己的朋友圈又看了一遍小熊猫晃腿。

陈景岚：真可爱。

变成人的小熊猫看到陈景岚对着手机笑，忍不住直起身子偷偷瞄了一眼手机屏幕。

小熊猫：怎么又是我！

直到下车，陈景岚也没有吃小熊猫给的果子。小熊猫无精打采地回了森林，又去求助老前辈。

它描述了今天发生的事情，不解道："他怎么不吃我给的果子？吃掉之后一定会中招的！"

老前辈嚼着烟丝："我给你烟丝，你吃吗？"

小熊猫把头晃成了个拨浪鼓："不不不！"

老前辈："这就对了！谁让你变成七十多岁的人类的，这样你和他根本没有共同话题嘛。变成你自己的形态就可以了，你多观察观察年轻人类爱吃什么，再送他一次礼物。"

周末晚上，陈景岚刚回学校就被室友告知有个可爱的外校小姑娘正在操场等他。

室友们凑成一堆，学着小姑娘的样子眨巴眼："你、你们认识陈景岚这个人类吗？他回来了吗？还有还有，你们学校怎么从前门走去操场呀？"

经历过无数次被表白的陈景岚淡定前往，琢磨着怎么拒绝才最不伤他人的心。

有学生在操场打球、跑步、聊天，陈景岚按照室友的描述，找到了缩在操场角落里的小姑娘。

陈景岚看着转身背对着自己，不知道在鼓捣什么的小姑娘，心想：不得不说，室友们的形容很贴切——

一个看起来呆呆的、可爱又柔软、像毛茸茸的小动物的妹子。

小姑娘见到他后，眼前一亮。

陈景岚见她"嗒嗒嗒"地跑过来，递给自己一杯果汁："给你！"

陈景岚只觉得一阵青草香味扑鼻而来，他愣了一会儿，以前拒绝别人的话突然有些难说出口："你……"

他不懂自己怎么突然犹豫，只好僵硬地转移话题："你不是我们学校的学生吧？"

小姑娘点头，把手里的果汁又向前推了推，抿嘴："我，我翻山越岭过来的。"

所以就快点把这杯特制果汁喝掉！然后乖乖听话，把手机交给我。

陈景岚接过果汁，拿起吸管插好，在小姑娘期待的眼神中又把果汁塞回了它手里。

陈景岚："你喝吧。"

小姑娘捧着果汁，傻傻地听陈景岚转移话题。

陈景岚心里有点乱，不想直接拒绝，一时也不知道该怎么回复小姑娘的示好。他只好挑了个不重要的点讲："我们这里很偏僻，下次你不要这么晚来。"

"不偏僻啊……"小姑娘嘀咕，它在这里住了几百年，一直觉得这里是繁华区来着。

见小姑娘不信，陈景岚指了指他们站着的墙角边："你见过别的学校有野生动物吗？我们学校就有。"

他拿出手机调取视频，放给小姑娘看："上次这只贪吃的野生小熊猫在这儿叼着果子晃腿，其实是头和屁股卡住了……可爱吧？"

"咳咳，"陈景岚收回手机，"我想说的是，这里是荒郊野岭，你不用这么晚特地来找我，不安全。"

小姑娘慢悠悠地把果汁放在地上，举起两只手放在头边。

"知道就快回家吧，我送你去车站。"陈景岚看着她的动作，"这是投降吗？"

黑历史被一次次翻看的小熊猫忍不住了，咬牙扑了上去："不！是战斗！"

陈景岚带着拒绝的心思去，怀着微妙的心情回。

那个来表白的姑娘挠完他之后自己一头撞上铁丝网，然后捂着额头从另一边跑走了，连个名字都没留，任谁突然被个可爱的小姑娘挠了一爪子都会觉得奇怪吧？

陈景岚躺在床上辗转反侧，脑中都是今天的那个女生。

在今天之前，他对那个女生毫无印象，那她是怎么喜欢上自己的呢？

陈景岚问室友们是否见过她，得到的回答都是否定。

一个室友说："可能是在哪儿见过你，对你一见钟情了吧。"

陈景岚把他们之间的对话对室友重复了一遍，室友坐起来分析："人家听出来了你的婉言拒绝，生气了呗。"

"我没想拒绝，"陈景岚摸着自己发烫的耳根，"我是真的觉得她这么晚过来不安全。"

而且假如她真的是对自己一见钟情，他也能理解。

因为陈景岚自己……仿佛也对她一见钟情了。

后半夜才睡着的陈景岚早晨八点准时起床，洗漱完准备去晨跑，刚走到操场就看到了一个熟悉的身影。

只见昨天的小姑娘蹲在角落，正鬼鬼祟祟地掰着学校的铁丝网。

陈景岚走过去，蹲在她身边问："你……"

小姑娘被吓得一抖，直接坐在了地上，陈景岚伸手把她拉起来，问她："昨天没问，你叫什么名字？"

小熊猫其实是有名字的，它说："我叫绒尾。"

绒尾在屁股后面摸了个空，才想起来自己已经变成了人，她比画着："就是毛茸茸的尾巴的意思。"

陈景岚默念几遍："没有姓吗？"

对哦，人类好像都有姓。绒尾想了半天，想不起来一个除陈景岚外自己认识的别的人类，只好说："姓陈。"

陈景岚看着她被露水沁湿的鞋尖，语气软了下来："昨天说不要太晚来，但也别这么早过来。"

随后，绒尾将一杯热豆浆递向陈景岚，心虚道："给你送这个。"

这杯豆浆同样被施了法术，陈景岚喝掉之后就会乖乖听她的话。

可陈景岚依旧没喝，而是把豆浆还给绒尾："你先喝吧，等我一下。"

陈景岚跑去食堂买了一些早点，提回操场后，他远远看见绒尾的身影，她就坐在乒乓球台上，手里捧着豆浆，细细的小腿悬空晃啊晃。

陈景岚的心瞬间软得像那只小熊猫的尾巴，他把买来的早点递给绒尾："吃吧，我先跑会儿步。"

大部分人喜欢他的原因都是脸，陈景岚知道。以往他不觉得这有什么不对，现在遇到了绒尾，陈景岚的心情有点微妙。

他庆幸绒尾喜欢自己的脸，但又不希望绒尾只喜欢自己的脸。陈景岚想让绒尾更了解他，想让她更喜欢自己，就像自己想更了解绒尾，更喜欢她一样。

绒尾很黏他，几乎每天都要来。

陈景岚每次提出想送绒尾回家都会被拒绝，绒尾摇头："很近的，不用送。"

不是之前还说翻山越岭吗？陈景岚疑惑。

绒尾心想：是翻山越岭，翻后山，越铁丝岭。

除了最开始几次拿不准时间，后面绒尾都是趁中午吃饭时间来，她有时拿着根烤肠，有时捧着个煎饼果子，有时端着一碗螺蛳粉。

陈景岚："……"

"不用每次都带吃的来，"陈景岚刚打完一场篮球，手掌又烫又热，他轻轻拍了拍绒尾的脑袋，"自己想吃就吃掉。"

说实话，每次绒尾期待地把食物递给他时其实都在咽口水，看起来馋得要命。而且她总是穿着同一身衣服，也没有手机，应该是条件不太好……

陈景岚不忍心看她饿肚子，就通通让她自己吃掉，顺便再买点其他的食物投喂她。

绒尾端着一碗螺蛳粉坐在一边闷头吃，因为这个法术只对陈景岚有用，所以她吃了也没事，只是有时会感到很挫败。

他从没有接受过自己的食物，为什么呢？

绒尾搞不懂，但美食的香气让她无暇继续想下去，它晃了晃脑袋，在心里感叹道：啊，螺蛳粉好好吃。

陈景岚带绒尾看自己参加篮球赛，带绒尾去喝学校食堂的奶茶，带她去学校图书馆看书。

绒尾在场外叫他的名字给他加油，捧着陈景岚给自己买的奶茶用力吸珍珠，在学校图书馆借走一本听说很火爆的言情小说。

二人就这么稀里糊涂地变成了男女朋友。

他们坐在空教室聊天，陈景岚不喝奶茶，自己买了一瓶矿泉水。

绒尾看言情小说看得入迷，陈景岚跟她说自己去卫生间，暂时离开了。绒尾从书里抬起头，看向一边陈景岚喝了一口的矿泉水。

机会来了！它可以给这杯水施法！

绒尾眼睛一亮，小心翼翼地戳了戳瓶身，瓶子里的水随即晃了晃，显出一个淡色小熊猫的影子，然后归为平静。

施法成功了！

陈景岚回来时，绒尾已经重新沉浸在书里。

故事里的女主因为苦衷趁着男主醉酒带着他们的崽逃跑了，跑去外地五年后才被男主找到。

男主默默流泪："你为什么要趁着我醉酒做出这种事情？"

女主抽着烟："我也是有苦衷的啊！"

绒尾："……"

她就是那个有苦衷的女主，要趁着陈景岚中法术的时候删掉她的黑历史逃跑了。

陈景岚刚坐下，拿起水想润润嗓子。绒尾余光扫到后，来不及反应自己为什么要这么做，就抓住他的手把矿泉水往自己这边拽："我渴了，可以喝吗？"

"可以。"陈景岚松手，看着绒尾深吸一口气，"咕咚咕咚"把整整半瓶水一口气喝光了。

清甜的矿泉水流入喉咙，绒尾闭着眼睛悲哀地想：黑历史视频怕是删不掉了。

她发现，她不忍心对陈景岚出手，不想对他施法术，不想瞒着他、欺骗他……

难道……这就是喜欢吗？

陈景岚发现绒尾自从喝了水之后就变得闷闷不乐，不由得把水瓶来回看了好几遍。

这就是瓶普通矿泉水啊，她为什么不开心？

此时，绒尾正紧张地决定坦白。

"陈景岚，我很了解你。我知道你打篮球很好，身材很好，人也很好……还会给车上的老奶奶让座。"绒尾盯着自己的脚尖，"但你了解我吗？"

陈景岚敏锐地察觉到她声音很闷，问："怎么了？"

绒尾深吸一口气："你记得那只卡在操场的小熊猫吗？"

陈景岚有点摸不着头脑，不知道话题怎么到了这里："记得。"

绒尾从身后摸出自己故意露出来的尾巴："那就是我。"

陈景岚："啊？"

绒尾："给你酸果子的老奶奶也是我变的。"

陈景岚："啊？？"

绒尾："不要担心，不要担心，现在的我才是真的变成人的模样。"

绒尾一口气把所有的事情都告诉了陈景岚，然后收起耳朵和尾巴趴在桌上，不敢再看他："所以我最开始接近你只是想得到你的手机然后删掉那个视频……"

陈景岚叹了口气："那现在呢？喜欢我吗？"

绒尾揉揉脸："喜欢的。"

"我也喜欢你，所以就算你不对我施法，我也会乖乖听你话。"陈景岚笑起来，把自己的手机塞进了绒尾的手心，"虽然我觉得很可爱，但如果你觉得不好意思，就删掉吧。我希望你一直开心。"

绒尾坐起来，捧住他的手："陈景岚，你太好啦！我好喜欢你呀！"

删完黑历史的绒尾神清气爽，抱着陈景岚的胳膊不撒手。

陈景岚低头亲了亲她的耳朵："但你删掉了我一个可爱的视频，要还我一个更可爱的。"

绒尾直觉自己掉进了大坑："啊？"

陈景岚亲她嘴角："因为你喜欢我，所以你也要乖乖听话。"

当晚，陈景岚朋友圈又更新一条——

　　景岚：可爱。[绒尾侧坐在他腿上晃腿 .mp4]

追星女孩恋爱故事

1.

和新男朋友确定关系后第一次约会，我紧张得不停喝水。

人们口中"最适合谈恋爱"的年纪里我一直在追星，基本没和异性有过接触，更别说恋爱了，所以男朋友其实是我的初恋。

我们相识于一场电梯事故。

突停的电梯里只有我们两个人，手机没有信号，灯光忽明忽暗，等待救援的时间显得格外漫长。我抱着刚买的饮料不知所措，只能对着饮料包装上的爱豆小声念叨："妈妈好怕呀。"

印花自然不会回答，回答我的是当时还只是陌生人的男朋友。

他断错了句，认真安慰我："别怕，我们很快就会出去了，你马上就能见到阿姨了。"

我："哦哦哦，好……"

谢谢他安慰我，但是，该怎么跟他说明这里的"妈妈"指的是我本人呢？

2.

从电梯出去后，我们交换了联系方式。

相处了一段时间之后，他成为我的男朋友。

男朋友坐在对面问服务员是否可以再上一壶温水时，我低头假装在认真玩手机……其实就是单纯地在微博首页滑来滑去，一个字都没看进去。

服务员点点头离开了，男朋友见我一直低头刷微博，轻声问我："在玩微博？我可以看看吗？"

"啊？"我愣愣地道。

"我想多了解了解你。"男朋友倒了杯热水给我，"不可以也没关系，等你想分享给我的时候我再看。"

我想了想，自己的生活号上也没几条微博，便大方地把手机递给他："看吧，没关系。"

男朋友双手接过，认真地看起来。

五分钟后，我端着茶杯想：怎么还没有看完？我的生活号只有不到十条微博吧……

男朋友歪头看我："你特别喜欢某个明星吧？之前你买的饮料也是他代言的。"

我刚想说你不是知道吗，可看到手机屏幕后，一口水差点喷出来。

救命，我忘记切换账号了！他现在看的是我的追星号！

3.

我跟男朋友讲过我喜欢一个明星，但只是简单提了一下，没有刻意隐瞒。只是我本身就是一个较为佛系的追星人，平时很少在现实生活中提起追星，头像背景也从不用真人，平时也只会在用了七八年的追星号上偶尔发发爱豆的消息。

虽说是偶尔，但……

"老婆、崽崽、我宝、儿子……"男朋友认真地念出我对爱豆的一个个爱称，认真问我，"这些都在称呼他吗？"

"是爱称……"我面带微笑，心里已经扶额叹息，"我喜欢他五年了。"

爱意上头的时候对自己喜欢的爱豆有一些特别的爱称不是什么大事吧，哈哈……

男朋友摸摸脸颊，欲言又止："嗯……我可以问你一个问题吗？"

我："问吧。"

要是什么"追星有什么意思吗""过度追星是不是有病""你有这追星的时间还不如生个自己的孩子"等奇怪的问题他就完蛋了。

不过，我知道他不是会问这种问题的人。

果然，男朋友放下手机，用星星眼看着我："那我们恋爱五年后，我也能拥有这么多爱称吗？"

公主与少年

公主决定戒掉奶茶。

在每个喝过奶茶的夜里，他都再也抓不住一丝困意，只能陷在柔软的床上和窗外的星星共享自己的心跳声。

黑眼圈和法令纹不该太早出现在公主的脸上。毕竟他每天都要站在城堡的窗台前，让所有人看清楚他漂亮的脸蛋。

没错，他是公主，公主是"他"。

王国不需要一个多余的王子，却需要一个美貌的公主。

自从他留长头发假扮女生开始，公主的人生中便很少有能够称之为"放纵"的事情，他能够肆无忌惮地去做的事情只有穿着复杂华丽的裙子在窗台发呆。

一次，公主在不远处的街道看见一个面黄肌瘦的小乞丐。

小乞丐每天都在争抢食物，有时是和别的乞丐，有时是和流浪狗，虽然偶尔会失败，但大多数时候都会成功。

狼吞虎咽的小乞丐抬头看见了注视着自己的公主，吞咽的动作都停了一停。

公主紧张地将上身探出窗台，指着少年身后用口型说：小少年，后面有狗追，快跑。

小乞丐一愣，手忙脚乱地用手背蹭过嘴角，边跑边咧开嘴朝公主笑。

从那天起，小乞丐洗干净了脸，每天都去公主看得到的地方练正步。不仅如此，小乞丐还找了份能糊口的工作，变得勤奋热心。

公主就这样看着小乞丐慢慢长大，成为被阳光眷顾的少年。

但……怎么就是不长个儿呢？

这年，公主二十九岁。

因为秘密，他没办法出嫁，也不再每日都去窗台前。因为人们更热衷于讨论王国那位新的小公主，不再在意他。

某个夜里，公主久违地想喝奶茶，他唤了几声侍卫的名字，无人应答。

二十几年来，侍卫对他的态度一贯如此。

公主穿着睡袍起身去泡奶茶，推开门，看到屋外的人影后，手猛地一抖。当年的小乞丐，也就是如今的少年，正穿着侍卫服，静静地站在门外。

公主：“怎么是你？”

少年：“我今日才刚混入宫，申请来做公主的侍卫。”

公主：“那你怎么不出声？”

少年怨愤地看着他：“你叫的是别人的名字。”

公主倒也不生气，好声好气地道歉，轻声问少年的名字是什么。

少年很快就消气，告诉公主自己的名字后又说：“叫什么都没关系，反正我们很快就要改名换姓了。”

少年伸手箍住公主的腰，一把将惊愕的公主扛在肩上，灵活地顺着城堡外的藤蔓滑下。

公主：“你做什么？！”

少年：“带你离开这里。”

公主：“谢谢你，不过，我并不是公主……我的意思是，我不是女孩子。”

"我早就知道，在你弯腰告诉我身后有狗的那天，"少年道，"因为你的衣领实在太大了！"

少年的发带被藤蔓勾下，柔顺的长发蹭过公主的脸颊。

"没关系，"公主听见少年恢复柔软的嗓音，她说，"我也不是男孩子。"

我是你命定的人，请问是否有意和我一起普通又幸福地活着？

Tou Yue Liang Gei Ni

第六卷
亏凸月

代替和亲

1.

梦棠刚回宫，就听闻弟弟醒棣突然被父皇赐了婚。

偷跑出宫时换上的男儿装扮都来不及脱下，梦棠提着衣摆便跑去了皇弟的寝宫。

她和醒棣是双生子，名字是早早过世的母亲起的，一"梦"一"醒"，以"棠""棣"为名，愿二人和睦相伴。

幼时，梦棠和醒棣总是吵吵闹闹个没完，非要争个谁大谁小。

梦棠："你大！你是哥哥！你得给我扎风筝！"

醒棣："明明是你大！你是姐姐！快帮我做课业！"

十岁时，因梦棠长得快，比醒棣高了半寸，便心不甘情不愿地成了姐姐。可十五岁一过，醒棣就如同浇了肥的秧苗一般可劲往上蹿，轻轻松松地就高过了梦棠一头。

姐弟二人好不得、离不得，有时闹得鸡飞狗跳，有时又好得能穿一条裤子。

在梦棠心里，醒棣似乎一直都是小时候那个跟在自己身后的小尾巴。可他年初刚过十八，还是个乳臭未干的小屁孩，父皇怎么想着给他赐婚……

梦棠气喘吁吁地推开门："让你去祸害别的小姑娘……"

醒棣心里有事，没心思和她拌嘴，低头看着手中的地图："皇姐，你出宫次数多，来帮我看看哪里适合藏身。"

梦棠一掀袍子，坐在醒棣身边，皱眉问："你要逃婚？那……"

双生子的默契高于常人，梦棠刚一开口，醒棣就猜到她要问什么，于是给她添了杯茶："父皇那边虽是冲动之言，但如今圣旨已下，已经没有回旋的可能，你可知与我和亲的那位翩若公主，她比我还要年长五岁。"

梦棠饮下那杯茶："我知你品性，要逃亲绝不是因为五岁之差。你只是觉得在此之前你与她素不相识，要和陌生人过一辈子太过勉强。"

醒棣头疼地一扔地图，难得服软地趴在自家姐姐腿上："可是我若逃了婚，对翩若公主的名声也有碍。大婚当日新郎逃亲，就算她贵为公主，也难免被人戳脊梁骨……据探子回禀，因为她迟迟不成婚，背地里嚼她舌根的人已然很多了。"

锦上添花的事他做不了，但落井下石的那块石头，他也不想当。

少年对父皇的安排不满，不想牺牲自己的终身去完成父皇的冲动之言。但他毕竟生性善良，也不想无辜之人因为自己名节受损。

她这个弟弟虽然很多时候让人讨厌，但大致还是可爱的。

梦棠欣慰地戳了戳那张与自己有七分相似的脸，忽然计上心头。

她摸了摸自己特意画得粗了些的眉毛，问："醒棣，你觉得我们长得像吗？"

醒棣有气无力："皇姐，我们是双生子，我不像你像谁？"

"这就对了！"梦棠打了个响指，顺手弹了他一个脑瓜嘣，"这亲，我帮你成。"

醒棣闻言，一骨碌爬起来，捂着被弹红的额头："皇姐是说……你假扮我？"

梦棠道："父皇亲口许下的婚事，不能收回成命。但他如今也因轻易赐婚于你，对你心有愧疚，这是其一。

"我代你娶亲拜堂，免翩若公主受流言之苦。我和翩若公主同为女子，这场婚事充其量只是一场闹剧，谈不上什么丑闻，更不会对彼此有什么实质性伤害，这是其二。

"待风头过去，我们再来找父皇说明此事。父皇心中有愧，顶多是训斥我们胡闹。如此一来，这场婚事确实作不得数了。"

醒棣听得一愣一愣的，忍不住合掌叫好："皇姐真是狡……足智多谋！"

梦棠得意挑眉，压低声音学着少年的语气道："如何？还不快给哥哥我讲讲我那未婚妻？"

醒棣狗腿地掐着嗓子学梦棠的声音："妹妹我这就给你细细道来！"

随圣旨而来的还有翩若公主的画像，空白处附着她的简要信息以及醒棣自己差人打听到的情报。

翩若公主时年二十三岁，清秀可人，温婉大方，与同母所出的弟弟十分亲近。据悉，翩若公主迟迟不婚也与她那弟弟有关——曾有高人算过一卦，若是翩若公主先成婚，那她的弟弟必将孤独终老。

梦棠把记录着市井传言的纸扔到一边，伸手比画了下画上所写的翩若的身高。

对方比自己低五厘米。五厘米虽不多，但也够用了。届时梦棠在靴里再垫几层软垫，便能比翩若公主高出半头了。至于差醒棣的另外大半头，就以他不显高为理由糊弄过去。

婚事定得匆忙，两国之主都不想拂了对方面子，便约好同时出发，在两国交界处的繁华之地拜堂。

在宫里时，新郎官要醒棣自己来当，等出了城再悄悄换上梦棠。

梦棠小算盘打得响，画上说翩若公主温柔大方，等到了洞房花烛夜，她再表明身份跟翩若公主说明情况，对方或许也能理解她的无奈之举。

而且若市井传言是真，那翩若公主必定也是不想成亲的。

翩若是不想成亲。

因市井传言说得不对，那高人算卦极准，卦象表明——若翩若先成婚，那她的弟弟必将战死沙场。

起先翩若是不信的，自己的弟弟身为皇子，怎么会去领兵打仗？但五年前李惊鸿自请出战，隐瞒身份由小兵一路做到少将军，翩若想起那个卦象，便惶惶不可终日。

翩若不敢成婚，她怕自己的弟弟真的再也回不来。

李惊鸿劝过翩若无数次，翩若次次都说："我并无心悦之人，和谁成婚？倒是皇弟你有没有喜欢的姑娘？"

如今，翩若握紧圣旨，盯着自己那高大寡言的皇弟。

她的父亲，也就是本国皇帝从不信怪力乱神，对那个卦象更是嗤之以鼻，他道："被区区一个卦象困住的人，如何去破敌军的阵？"

这次定亲，皇帝想了很久。

对方那小子年纪虽小，但长相和品性都不错，和翩若可谓是门当户对，算是一门好亲事。

翩若急得绞紧帕子："惊鸿，皇姐不能嫁！"

李惊鸿问："是不能嫁还是不想嫁？若只是怕卦象成真……"

"我早知此卦，却还是选择上战场为国效力，皇姐知道为何吗？"李惊鸿握紧腰间佩剑，"我的命数，要同这剑一般，握在我自己掌中。"

见翩若眼眶红了，李惊鸿放轻了语气："若是皇姐不想嫁，便好好待在我府中，不必担心其余之事。

"我和你那便宜驸马同为男子，就算真拜了堂也不作数。"

李惊鸿沉声道："我替你嫁。"

2.

成亲当日，真正的翩若公主以告别皇弟为由在李惊鸿府中待了一炷香的时间。一炷香后，身着喜袍上花轿的人就变成了李惊鸿。

抬轿的人只觉肩上一沉，刚刚还轻轻松松抬起的花轿忽然变重不少。

轿外的轿夫摸不着头脑，轿内的李惊鸿也正在思考。他胸前没塞可笑的馒头，他的胸肌虽不夸张，但穿着喜服看，也够用。

据情报而言，萧醒棣身高一米七八，比他低六厘米。

这六厘米说来也不算什么，李惊鸿戴着特制凤冠，本就不如平常凤冠高，他身上的喜袍又特地做得大了些，到时弯腰屈腿，就可以完美抵充掉，说不定还会比萧醒棣低些。

若还有人有疑问，就以礼履跟高和女子本就显身量搪塞过去。

但李惊鸿千算万算，万万没想到，对方竟然谎报身高！

什么一米七八，按照对方腰的位置判断，来接他的新郎官明明只有一米七吧！什么好品性少年，明明是连身高都扯谎的骗子！

李惊鸿对这种欺瞒暗暗不齿，把自己本就弯着的腰又往下弯了几分。

但……还是比新郎高。

萧梦棠也万万没想到，邻国公主竟然谎报体重！

什么弱柳迎风，什么清秀可人！明明是高大威猛！力大无穷！

怎么会这样？

萧梦棠踮着脚好让自己显得高些，脸上的笑容都快支撑不住。

她握着新媳妇的手，对方手足足比她大上两圈，掌心还有一层厚厚的茧，走起路来虎虎生风，几乎是扯着她往前走。

萧梦棠：娘子，莫急……

一拜天地——

门外有朗朗晴空，萧梦棠：老天爷啊！

二拜高堂——

高堂都在皇宫没来，李惊鸿：父皇，这就是你办的好事！

夫妻对拜——

萧梦棠和李惊鸿："……"

送入洞房——

李惊鸿被喜婆和丫鬟拥着送入洞房，听她们讲了一堆新婚之夜什么该做、什么不该做的注意事项。好不容易等那些聒噪的人开门离去，李惊鸿坐在绣着鸳鸯的大红喜被上，开始思考一会儿要如何向萧醒棠解释目前的情况。

他伸手，想扯掉大红盖头，可手指触及那薄薄一层红绸的时候，脑中却突然出现喜婆的话："……啊？凤冠您自己来？可以是可以，但这红盖头啊，一定要新郎官亲手挑下来才行，这样才会和和满满……"

李惊鸿手一顿，拜堂成亲并非他所愿，拜堂的人也不是皇姐，然而"新娘子"这个称号上却始终挂着翩若的名。就算婚事终究要荒唐收场，他和外面的人也不会真成夫妻，但这喜帕……

还是等新郎自己来挑开吧。

李惊鸿站起来，摸索着喝了几杯酒。

美酒下肚，李惊鸿精神了些，连道两声"好酒"，便直接端起酒壶畅饮起来。

倘若放在平日，一壶酒顶多只能喝到他微醺。不过为了庆祝贵人新婚，负责采购的人特地买了此处最带劲的酒。

李惊鸿今日在喜轿上坐了太久，又空腹喝了一壶边城好酒，竟是醉了。

另一边，被不认识的官员、不熟的亲戚灌了一肚子酒的萧梦棠打发走了无关人员，拍拍自己缠成铁板一样硬的胸，扶着墙进了房。

新娘子平躺着，似乎睡得熟了。

萧梦棠"嘿嘿"两声，学着戏文里洞房花烛夜的男角的样子搓了搓手："小娘子？"

昏昏沉沉的李惊鸿听闻此声，脑中闪过片刻清明，抬手握住腰旁匕首。

"使不得，使不得！"萧梦棠一看蒙着红盖头的新娘子似乎要宽衣解带，脑子里乱成一团，却还想着拒绝，"我不碰你，我太累了，今晚我们就和衣而睡，等明早我再告诉你为什么……"

酒气上涌，李惊鸿扶额，心想算了，同为男子，睡一张床也无碍，万事等明早再说吧。

对方上床时摇摇晃晃站不稳，李惊鸿随手扶了一把对方的腰。

李惊鸿收回手后，迷迷糊糊地想：好细。

腰细得不堪一握，父皇找的这位驸马爷，到底行不行？

翌日，天光大亮。

府上的丫鬟和仆人都是新添的，二人怕事情败露也没有带贴身的下人来，于是李惊鸿睁开眼时，已经是中午了。

喜帕掉了大半，只勉强遮着他的眼睛，身旁的人发出窸窸窣窣的声音，似乎在脱衣服。

李惊鸿坐起来，估摸着开口："你……"

萧梦棠龇牙咧嘴地解着差点勒到她一命呜呼的束胸，没注意新娘子的声音。

她余光扫到旁边的新娘坐了起来，而新娘脸上还蒙着那可怜的喜帕，衣领松了些，露出胸前的薄薄线条。

比我还小点，也是可怜人啊。

但都睡了一晚上了也没怎么听到这位新娘说话，所以虽然看上去长得五大三粗的，但性格的确像画像上所说的那样温婉可人？

萧梦棠忙着解束胸，没多看那边。

她想起目前的情况，也不知道从何开始解释，索性随手拽过新娘的手掌按上自己的胸："放心，你有的我也有，你没有的我也没有，不必拘谨。"

李惊鸿愣了，他拿过长枪提过剑，什么场面没见过？

但如今的场面他是真没见过。

他僵硬地收回手，硬邦邦地说了两个字："我有。"

萧梦棠："……"

李惊鸿："……"

二人瞬间心领神会，明白了一切。

李惊鸿打量着面前的女子。

昨天早上打照面时，她与画像里的萧醒棣有九分像，但这九分里有她刻意画粗的眉毛、扎紧头发而微微上挑的眼尾、用炭笔画出却又因为睡了一觉而糊成一团的假胡子。

如今萧梦棠洗干净脸，恢复她原本的模样，就只剩六七分像，比起画像上的线条柔和可爱了些，是个杏仁眼的小姑娘。

而萧梦棠也在看李惊鸿。

李惊鸿和画像上的李翩若只有三分像，昨日萧梦棠一心认为自己牵着的新娘子是个女人，觉得她过于高大魁梧。

　　如今再看脱掉喜服仅着白色内袍的李惊鸿，才恍然大悟，身为将军，此等身材是再正常不过，而她暗戳戳和自己对比过的胸，竟是人家的胸肌……

　　想到此处，萧梦棠的脸不争气地红了。

　　李惊鸿也在看自己的手，他在战场上中了毒药时也没现在这么奇怪，一阵阵酥麻之感传来，停都停不下来。

　　这一切都是因为……

　　李惊鸿轻咳一声，收起被萧梦棠拽着的左手，背在身后，问："所以，你和我抱有同样的想法？"

　　萧梦棠点头："这是既不悔婚又能保全翩若公主名节的唯一方法。"

　　李惊鸿心情复杂："但昨日来的是我，我也没想到来的会是你。"

　　萧梦棠语塞，早知如此，当初不如直接通个气儿，这事就好办多了。现在自己娶了个男老婆，李惊鸿嫁了个女驸马。

　　成婚的是公主皇子没错，但两个人没一个是对的！

　　但还没等二人商量出个什么结果，门外的仆人便匆匆前来求见："皇上、皇上已经到城外了！"

　　萧梦棠和李惊鸿皆是一惊："哪个皇上？！"

　　"两个皇上！"

　　屋漏偏逢连夜雨，但这还没完，连夜雨后屋子直接塌了。

　　李惊鸿正想把喜服穿回去，萧梦棠却伸手阻止了他："你和翩若公主的身量差得太多，再遮掩也无用。如今只能赌一把，赌重重遮掩下，我父皇认不出男儿装的我。"

　　萧梦棠匆匆忙忙地拾起裹胸布，跳上床开始胡乱往身上缠："他们来得如此匆忙，也不知是为何。"

　　轻柔的红纱遮不住朦胧的人影，李惊鸿背过身，目光随意落在门上。

　　通报声越来越近，萧梦棠手忙脚乱，顾得了胸前顾不了背后，眼看就要来不及画眉绾发，她咬咬下唇唤李惊鸿："李……李惊鸿，你来帮我描眉。"

　　李惊鸿从床脚的外袍里翻出黛粉，用小指沾了些，目不斜视地看着萧梦棠的眉毛。

　　她自己的眉毛不淡，但比起男子还是细了些，所以需要填色。

　　萧梦棠整个人缩进被子里，双手在后，系着束胸的带子。不过是细细的两条带子而已，她却如何都系不好。

　　李惊鸿离她太近了，近到呼吸都要缠在一起，可呼吸都要缠在一起了，那两根带子还没缠在一起……

　　李惊鸿眉头紧锁，薄唇抿着，似乎在做什么了不起的大事，手中的黛粉似有千斤重。幸好只是单纯加粗眉毛，没什么技术含量，李惊鸿描完萧梦棠的眉毛，又去替她画胡子。萧梦棠的脸很烫，李惊鸿的手也很烫，他不敢多停，匆匆一抹便大功告成。

　　在门被推开、二人弹开的瞬间，萧梦棠的衣服也穿好了。

　　床帐落下，李惊鸿波澜不惊地站起来行礼："儿臣拜见父皇。"

　　门口的人久久没有回应，李惊鸿抬头，看着面前两位像见了鬼的皇帝。

　　看来……还不知道？

　　李惊鸿思索一二，一撩衣袍："对，是儿臣自作主张替皇姐成亲，请父皇责罚。"

　　李惊鸿的父皇半口气没喘上来，指着他问："你、你昨晚在哪儿睡的？"

　　"就在此屋。但萧醒棣和我同为男子，同床共枕一晚也无妨。"

萧梦棠躺在床上，压低喉咙："儿臣拜见父皇，昨夜同李兄相谈甚欢，儿臣贪杯喝多了酒，怕酒气冲到父皇……"

萧梦棠隔着一层朦胧红纱看着父皇，总觉得十分不对劲。

怎么不说话？

她还想开口，门口的皇帝却气得发抖，猛地一拍桌子，连皇帝架子都不端了："萧醒棣！你给老子滚出来！"

萧梦棠浑身一颤，正想硬着头皮出去，门口却突然出现了另一个身影。

此时，穿着公主齐胸长裙的萧醒棣恨不能找个地缝钻进去："皇姐……我今天忘记刮胡子，被父皇发现了……"

萧梦棠："……"

怪不得总觉得怪异，原来两位皇上知道新郎换成了她，但不知道新娘已经变成了李惊鸿。

现在，他们两个自曝了！

3.

这事说来有些凑巧。

萧醒棣娶亲，萧梦棠作为与他最亲的姐姐，按理来说一定会忙前忙后。但他们姐弟凑一起鬼点子多，皇帝怕多生事端，索性下令成亲那天萧梦棠不许出宫。

不用出门自然也不怕事情败露，姐弟二人一击掌——这不正是"想睡觉就有人递枕头"吗！

当日，萧醒棣从车队脱身后由偏门进了皇宫，在姐姐的寝宫睡得天昏地暗。

皇帝批完奏折，听闻婚事进行得尚算顺利，而公主似是心情烦闷，一整天未出过屋。

想到这个女儿，皇帝面有愧色，叹了口气："醒棣大婚之日她却被朕禁足，心中定有委屈，明早……朕去看看她。"

萧醒棣半梦半醒间，感觉有人在床边看着自己。

小宫女跪在脚边哭哭啼啼："陛下，奴婢也不知道公主、公主……"

父皇来了！

萧醒棣立刻惊醒，暗自庆幸自己昨晚换好衣服后提前扑了粉、散了发，现在躺在床上也看不清身高。

他学着姐姐的样子，捏着兰花指，拨拨刘海，矫揉造作道："父皇，你怎么来了？"

皇帝面色黑如锅底，紧盯冒出胡茬的"女儿"："你真觉得自己的装扮天衣无缝？"

萧皇帝那边鸡飞狗跳，李皇帝那里也不好过。

李翩若和李惊鸿姐弟情深，李翩若出嫁，李惊鸿并未随行已经很是蹊跷，而暗地派去护送翩若公主的小将回来后眼神躲闪，支支吾吾，只说似乎在拜堂的时候看见了将军。

李皇帝敲着椅背，总觉得哪里不对。李惊鸿潜入婚礼现场想做什么？担忧李惊鸿冲动之下劫婚，李皇帝匆匆出行，在城门口和怒气冲冲的萧皇帝撞了个正着。

一听隔壁国的小崽子竟然做出换人成亲的荒唐事，李皇帝松了一口气，看起来自家的劫婚之事也没那么严重。

听闻隔壁李惊鸿有意劫亲悔婚的萧皇帝也脸色稍霁，都是半斤八两，半斤八两。

两位皇帝各怀心事，一进门就撞见了穿着喜服的李惊鸿。

新娘子李惊鸿："没错，我是和新郎一起睡的。"

新郎官萧梦棠："睡了一晚，我身体不适。"

皇帝们："……"

萧梦棠和李惊鸿一个跪在地上，一个跪在床上，老老实实地交代了昨天的事。

孤男寡女，同床共枕。

完了。

两位皇帝怎么看对方怎么不爽，忍不住出言讽刺——

"我就不信了，你儿少年将军，酒量这么差？莫不是借酒装疯吧！"

"那我儿身材高大，哪里像个女子？公主这都分辨不来？分明是心悦于他！"

萧梦棠和李惊鸿眼观鼻、鼻观心，听两个贵为皇帝的老父亲扔掉架子，撸起袖子开始斗嘴，但谁都没说赢。

"既然如此，"李惊鸿郑重俯身，额头抵上地面，"儿臣想……求娶梦棠公主。"

寡言谨慎的李惊鸿难得冲动一次，语言都没组织好，他真正想说的是——想娶。

李惊鸿说出口的，都是他想要的，也是他志在必得的。

"既然如此？"萧皇帝刚遭受了打击，很是敏感，"怎么叫'既然如此'？怎么'如此'了？你对梦棠做了什么？！你们难道已经有肌肤……肌肤……"

李惊鸿手指微微一动。

这……算有吗？

但他的迟疑在萧皇帝眼中便成了默认，萧皇帝脚步虚浮，忍不住向前一步："你这个、你这个……"

李皇帝深吸一口气，挥掌："登徒子！"

眼见李惊鸿想硬生生受下一掌，萧梦棠情急之下咬牙道："是我主动的！"

床是两个人一起睡的，哪有只让李惊鸿一人受罚的道理？现在只希望两位皇帝能看在双方都有错的分上，从轻处罚。

皇帝们也很心累，现在生米已经煮成熟饭，还能怎么办？只能将错就错吃两碗白米饭了。

"醒棣和翩若的亲事再议，但你们的亲事，板上钉钉了。"

短短几个时辰中发生的事太多，两位皇帝都有些承受不住，由随行侍卫扶着去院中小亭歇息。

李惊鸿去后院换衣裳，房中萧梦棠姐弟对坐，半晌无人说话。

萧醒棣心里难受得很："皇姐，都怪我。"

萧梦棠唤人上了壶热茶，她回忆起昨晚高大魁梧的新娘子，忍不住抿嘴笑："怪你什么？谁都想不到李惊鸿会替姐代嫁。"

萧醒棣猛地站起来："可是为了我，牺牲你——"

萧梦棠摆摆手："这门婚事，我是乐意的，李惊鸿……他还不错。"

萧醒棣立刻想歪："什么不错？！"

萧梦棠踹了萧醒棣一脚："人不错。"

萧梦棠不是那种会为了繁文缛节而赔上自己一生的人，她应下婚事只是因为……她有点儿喜欢李惊鸿了。

可能是因为脸吧，谁知道呢。

李惊鸿换好衣服后，在回廊中听到了萧醒棣的豪言壮语。

萧醒棣："那李惊鸿要是敢欺负皇姐你，我就'咔嚓'一刀下去，让他再也——"

萧梦棠:"不至于不至于。"

李惊鸿:"……"

亲事决定得匆忙,两位皇帝连夜派人将还没来得及贴出去的告示上的两国"皇子"和"公主"的位置换掉。

这也导致有的地方误报,变成"皇子和皇子成亲""公主和公主成亲",瞬间引起一阵热议。此事暂且不提,鉴于婚已经成过一次,再大张旗鼓办一次实为不妥,萧梦棠与李惊鸿不谋而合,提议成亲时只需双方亲近之人在场见证。

婚事本定在三日后,但萧梦棠却迟疑道:"能不能迟些?"

李惊鸿下意识看向萧梦棠,这是后悔了?

"不是后悔。"萧梦棠感觉到他的视线,小声道,"我只是觉得,我们需要培养一下感情。"

经过一番商议,婚事最终定在三月后。在此段时间内,他们仍住在这座宅子里,不过需要分房睡。

待皇帝们各自回宫,李惊鸿低头询问萧梦棠:"感情之事,如何培养?"

萧梦棠想了想:"今日先陪我去逛街吧,我要买些东西。"

李惊鸿点头:"买什么?"

萧梦棠随口道:"替醒棣买一把称手的刀。"

李惊鸿:"……"

李惊鸿很少和女子贴得如此近。

他和李翩若感情甚笃,但毕竟差了两岁,他能沉默地保护皇姐,在她流泪时递上手帕,却不会像萧家双生子那样毫无顾忌地拥抱安慰。后来上了战场，身旁都是并肩作战的兄弟，再亲近也只会勾着肩、搭着背。力气都不敢放重地碰着女子的肩，今天还是头一遭。

最开始他们二人只是并肩而行，后来萧梦棠被过路的人撞到，他去护着，就莫名其妙地变成了这个姿势。

萧梦棠瞥了眼横在自己肩后的左臂，李惊鸿没有搂，只是轻轻挨着。但其动作之僵硬，表情之肃穆，说实话，萧梦棠觉得自己是正在被他羁押的犯人。

最后，送给萧醒棣的刀是李惊鸿选的，随刀附赠的还有一封书信——

　　　此刀注定要蒙尘。

时间流逝，相处了大半月，二人都少了初识时的拘谨。

萧梦棠染了蔻丹，问李惊鸿：“好不好看？”

李惊鸿老实点头：“好看。”

萧梦棠凑近：“右手我自己染不好，你帮我染，好不好？”

见李惊鸿皱眉，萧梦棠想了想，李惊鸿贵为皇子，又是将军，哪有让他帮自己染蔻丹的道理？于是收回手：“算了，还是我自己来吧。”

“不是不愿，”李惊鸿捏起小小一个刷子，笨拙地捧着她的手，“我怕自己染的不好看。”

萧梦棠朝他卖乖：“红色而已，能难看到哪里去呀？”

次日，前来看望皇姐的萧醒棣一惊：“姐，你指甲被门夹了？”

这大半月内，李翩若也来过几次。

她和萧梦棠甚是投缘，越看这个弟妹越喜欢，忍不住把李惊鸿的底都翻了个光。

李翩若："惊鸿小时候可调皮了，夫子留下的课业他从来不写。"

萧梦棠："萧醒棣也是！"

李翩若："课上夫子问起，他还强词夺理。"

萧梦棠："萧醒棣也是！"

李翩若："说他都记住了，写来何用？"

萧梦棠："萧醒棣……萧醒棣说，写课业哪有掏鸟蛋好玩！"

果然，天下弟弟一个样。

待李翩若走后，萧梦棠问李惊鸿："姐姐说你自小记忆力超群，是真的吗？"

李惊鸿没过多谦虚，只是点了点头。

萧梦棠来了兴趣，手肘撑在桌上，双手捧着脸："那我考考你，我对你说的第六句话是什么？"

李惊鸿回忆了片刻，表情变得甚是精彩。

"不记得了？"萧梦棠也只是随口说了个数字，没指望他真的想起来，"不记得也罢，也许不是什么重要的话。"

"你说……"李惊鸿一个字一个字地把话蹦出来，"我没有的你也没有，不必拘谨。"

萧梦棠："……"

怎么偏偏是这句！

气氛一时有些尴尬。

那日的"豪言壮语"似乎还萦绕在耳边，萧梦棠耳根发烫，拍拍桌面，使小性子："不许想，快忘掉。"

李惊鸿立刻点头："已经忘了。"

萧梦棠半信半疑："你是不是在骗我？"

李惊鸿面不改色地扯谎："真的忘了，我记东西快，忘掉自然也快。"

他自认回答得天衣无缝，谁知萧梦棠却不怎么开心的样子，李惊鸿拿不准她到底想不想让自己忘，思索间突然有下属求见。

临出去前，李惊鸿听到萧梦棠在小声嘟囔："那他见了别人，是不是也会很快就忘记我？"

李惊鸿凌乱了，这是为什么？为什么谈个恋爱处处有陷阱？

4.

距大婚之日只剩不到一个月，萧梦棠突然有些紧张，紧张到不敢见李惊鸿的面。

恰巧今日下雨出行不便，萧梦棠便以身体不适为由名正言顺地躺在床上，但躺在床上却一直在想李惊鸿。

她和李惊鸿之间始终差了点什么，喜欢是有的，但是似乎不够。

她躺在屋里不出来，也没见到李惊鸿。

据丫鬟说，李惊鸿曾在早晨问过她公主在做什么。

丫鬟根据萧梦棠的吩咐，回李惊鸿道："公主不喜欢听雨声，每逢雨天，公主都会闷闷不乐，不想见人。"

李惊鸿若有所思，只说了一句："嗯，我知道了，让公主好好休息。"

萧梦棠深知这秋雨下起来没完没了，这样一来，她就能理直气壮地待在房间里，思考她和李惊鸿之间的感情。

深夜，萧梦棠熄了灯后还是睡不着，在床上滚来滚去。李惊鸿很好，她说不想见人，李惊鸿就不来见她。

可是……她不是不想见他。

唉，烦。

淅淅沥沥中，门外隐隐有敲击之声，那声音很轻很轻，隐在雨中，若是萧梦棠在睡梦中，估计都听不到这个声音。

雨声变轻了，但很奇怪，不像是雨势变小，倒像是雨被什么隔开了。

萧梦棠披着外衣推开门，只见门前走廊向外，有一架梯子，而李惊鸿正扛着些防水的木材向上爬。

萧梦棠看到了他，忍不住走向前，抬头问他："你在做什么？"

察觉外袍掉在了地上，她没管。

对方也看到了她，李惊鸿跳下梯子时没站稳，晃了一晃。他放下木材走进屋檐，留下一串湿脚印："吵醒你了？"

他本来只是想给萧梦棠的屋顶多加固一层，好让雨声变小，后来起了私心，又想把整个院子都遮住。

等到没有了雨声，萧梦棠会不会出来走走，见见他？

李惊鸿特意挑在萧梦棠房间熄灯后才开始，也刻意放轻了声音，但萧梦棠还是被他吵醒了。

他抹了一把顺着下巴流下的雨水，低头拾起从萧梦棠肩膀滑落的外袍："抱歉，我明日再做吧。"

拾起外袍后，他才想起自己的手是湿的。

这下拿着也不是，给萧梦棠披着也不是，李惊鸿只好又说了一遍："抱歉。"

萧梦棠微张着嘴，似是愣住了。她从未见过李惊鸿如此手足无措的样子，哪怕他穿着可笑的特制喜服坐在床上时，哪怕他跪下向父皇求婚时，也从没这么狼狈。

如今看着犹如落水大狗狗一般的李惊鸿，萧梦棠很清楚地知道——

她好喜欢啊！

坠入爱河只需要一瞬间。

李惊鸿只是突然觉得原本就很可爱的萧梦棠变得更可爱了，萧梦棠也觉得李惊鸿可爱。

吃午饭的李惊鸿，像进食的大狗狗；练剑的李惊鸿，像玩树枝的大狗狗；看着她笑的李惊鸿，就是李惊鸿。

萧醒棣来找萧梦棠玩，目睹她含情脉脉看着李惊鸿的场景。

噫——萧醒棣生怕他被自家姐姐影响，改变了对李惊鸿的看法，连忙瞪大眼睛多看了几眼。还好，在他眼里，李惊鸿仍只是一位有点帅的兄弟。

萧醒棣刚出门就碰上了李翩若的轿子。

李翩若面色如常，对萧醒棣颔首示意，捏着帕子与他擦肩而过。倒是萧醒棣十分不自在，虽然二人都没去成亲，但毕竟是定过亲的关系，他叫住李翩若："翩若……姐姐。"

李翩若回头："醒棣弟弟。"

萧醒棣挠挠脸颊，不好意思道："他们现在正在玩闹……"

呕，什么玩闹？是打情骂俏。

他在旁边看得起了一身鸡皮疙瘩，忍不住告辞，退出这个充斥着恋爱酸臭味的二人世界。李翩若心思细腻，瞬间理解了萧醒棣的言外之意，她点了点头，准备返回轿上。

"翩若姐姐，来都来了……"萧醒棣脱口而出，"要不要去逛逛街？"

5.

成婚前夕，李惊鸿收到了一封信，连夜赶回军中。

李惊鸿和萧梦棠能代表两国结姻，是因为两国都崇尚和平，但

周边其他小国并非如此，

总有人虎视眈眈地想侵占他国土地。

而信上便是说，西边要有敌军潜入城中，伺机屠城。

萧梦棠刚歇下，听闻李惊鸿要走，又爬了起来。

李惊鸿替她拢好外袍，他没时间说多余的话，于是说了一句此刻最想讲的，他认真地问萧梦棠："我可以亲你吗？"

萧梦棠握紧他的手掌："回来再亲。"

这一去就是半月。

战报大捷，敌方溃不成军，只剩将领匆匆逃窜，李惊鸿独自追踪。后来消息断在一片林子里，皇帝派去的人将整个林子搜了个遍，没找到敌军将领的尸体，也没找到李惊鸿。

萧梦棠和李翩若坐立难安。萧醒棣赶来，见她们不吃不喝、面色憔悴，握住李惊鸿送他的刀，安慰道："我跟父皇说过了，今晚我连夜去找。"

萧梦棠看向他的脸，像是想通了什么："好。"

翌日，李翩若敲开萧梦棠的门，就看见被扒了外袍，绑在床上堵住嘴的萧醒棣："唔唔唔……翩若姐姐！"

夜里有雨，李惊鸿已经在隐蔽的山洞里待了三个晚上。

那个将领将他引到此处，拼尽全力刺了他一刀后狂笑道："这里是我早就找好的埋骨之地，真是天助我也。这场大雨会掩盖掉所有痕迹，我会在黄泉路上好好等你，哈哈哈……"

三天滴水未进，李惊鸿的嘴唇已经干得微微起了皮，稍微扯一下就痛得要命。他算着日子，今天本该是他和萧梦棠大婚的日子。

可怎么还在下雨？她是不是还把自己关在屋子里不出门？

雨快停吧，让她出门晒晒阳光……

"李惊鸿！！"

似乎听到有人在叫他的名字，李惊鸿以为自己幻听，自嘲一笑。

可直到又一声真切的声音传来："李！惊！鸿！"

他全身没了力气，再怎么握拳也撑不起身体，只能急切地转着眼珠，直到脸颊蹭了泥水的萧梦棠凑过来，小姑娘焦急的脸出现在他眼前。

李惊鸿动动嘴唇，想问她怎么跑来了，但他发不出任何声音。

萧梦棠朝他嘴里喂了几颗药丸，又灌了几口水，忍着眼泪跪在地上帮他处理伤口，看到李惊鸿胸前的伤时忍不住咬紧牙关。她擦擦眼泪，抽出怀里从萧醒棣那里顺来的刀，找到一旁的敌军将领，探手发现还有微弱的呼吸，于是按住不停发抖的右手，深呼吸一口气，刺了下去。

用雨水冲洗干净刀身后，萧梦棠回到李惊鸿身边。李惊鸿恢复了点力气，缓缓抬手。萧梦棠以为他要对自己说话，急忙俯身。

萧梦棠感受到那双手稳稳地罩在她耳边，只听李惊鸿哑着嗓子，道："雨。"

雨声……

不想你听到雨声不开心。

萧梦棠知道他想说什么，再也忍不住，回握住他的手掌。

一滴滚烫的眼泪落在李惊鸿眼角，柔软的嘴唇落在了他的唇上。

雨声渐缓，萧梦棠扶着李惊鸿慢慢走出林子。路过一片被雨水冲刷后的石子路时，萧梦棠脚下一滑，连带着李惊鸿一起扑倒在水里。摔倒之际，李惊鸿用尽全力侧身，护住了萧梦棠的头。但他胸口的伤却被牵扯到，忍不住闷哼一声。

萧梦棠顾不上自己，哽咽着，连声问："你没事吧？痛吗？是我不好，害你摔倒……”

李惊鸿下巴抵在她肩膀："你没有不好，这不是摔倒，这是……一拜天地。"

后来，李惊鸿问萧梦棠，当初是怎么找到他的。

萧梦棠说："我也不知道啊。"

只是冥冥之中，好像有微弱的声音从山洞的方向传来。

"梦棠，汪汪。"

再后来。

萧醒棣吞吞吐吐："姐，你说我要跟翩若在一起的话，你和姐夫该怎么叫我啊？是继续叫我弟弟呢，还是叫我姐夫啊？"

萧梦棠："你觉得呢？"

萧醒棣："嘿嘿，我觉得……你们决定。"

萧梦棠："好的，蠢狗。"

恋爱症状

　　杨椿刚出生时生了一场小病，拖拖拉拉的，一直好不利索。

　　杨奶奶着急得不行，托人找来个算命先生，那先生掐指一算："这女娃儿五行缺木啊！"

　　老家门前刚好种了一棵杨树和一棵香椿树，一家人一合计，原本定好的名字当天就改成了"杨椿"。

　　杨椿青春期时对这个名字十分不满："同样是姓杨，有人叫杨柳，而有的人却叫杨椿……"

　　耳背的杨奶奶从厨房里探出头："吃不吃香椿炒鸡蛋？！"

　　杨椿脆生生地应她："多放香椿！"

　　…………

　　就这样，杨椿活蹦乱跳地长到了二十岁，从未生过什么大病。可今年刚过，她就患上了腹痛的毛病，只好请了个假去看医生。她到医院的时候医生恰好换班，和蔼的中年女大夫变成了一个摸着左胸口发呆的年轻男医生。

　　杨椿看着他虔诚的姿势，心想：怎么？给她看病前还要宣誓？

　　琼钰一摸空空的胸口口袋，确定自己确实把医生名牌忘在了餐厅。

　　他抬眼看了看可怜巴巴的病人，将口罩摘了下来，问她："描述一下病情。"

　　杨椿把病历放在桌子上，嘴一张，就开始叽里呱啦地说一大堆：

"肚子痛不消化，多半是肺热……"

琼钰听着这略微耳熟的台词，咳嗽了一声："别背广告词……"

杨椿开始组织语言："哦，就是腹部闷闷痛痛的，吃掉的东西也不能很好消化。"

"你小学时扩句一定学得不错。"琼钰在病历上写下几个字，指了指她衣服，"上衣掀一下。"

"掀多少？"杨椿把怀里的棉衣放到一边，掀完开衫掀毛衣，掀完毛衣掀衬衫，掀完衬衫掀保暖背心……

看着她像剥洋葱一样不停地掀衣服，琼钰刚喝的一口茶差点儿呛到嗓子里："咳……够了。"

按完肚皮，琼钰给杨椿开了药："是消化不良，最近多吃些好消化的东西，也要多喝水。然后拿着病历去付款拿药就可以了。"

杨椿双手捧起病历，对着那几行龙飞凤舞的字犯了难，她只勉强能辨认出医生的姓。

琼钰一看她这模样就知道她在想什么："放心，药房看得懂。"

"哦哦，"杨椿松了口气，目光逮住自己唯一认出来的字不放，她犹豫着看向医生，"医生，您这姓挺特殊。"

琼钰不以为意："经常有人这么说。"

"这姓真特别！"得到回复后，确认自己没看错的杨椿感激地挥挥手，"那我去抓药了。谢谢你啊，球大夫！"

琼钰："？"

学期末的体检每年都很折磨人。

学校没什么可以征用的空教室，大多项目都得在室外做。

夏天还好，要是冬天裹得圆不溜秋地往室外一站等着抽血，活像排队等待进锅的肉丸子似的。

前头血管细的室友紧张得半天都没抽出血来，杨椿饿得蔫头耷脑，恨不能直接蹿到护士面前大吼一声："我和我室友情同姐妹，血浓于水，抽我也是一样的！"

琼钰远远看到一个怒目圆睁、双手握拳，似乎和小小针头有着不共戴天之仇的女学生，觉得有点眼熟。

走近一看，原来是那天叫错他名字的病人。

好不容易抽完室友的，终于到了杨椿。

见护士小姐抹了把头顶的汗，杨椿安慰她："别紧张，我不怕抽血。"

可当针头刺过来时，杨椿泪光闪闪，把头转向一边："我真的不怕，呜呜……"

这一转头，恰巧和琼钰对视。

回忆起叫错名字的乌龙事件，杨椿缓缓把头转向另一边，装作没看见琼钰："不怕不怕。哈哈。"

抽血是上午的最后一个项目，抽完血的杨椿和室友直奔食堂，吃完饭后又买了一根芝士烤肠。

琼钰来买水，正好看到站在烤肠机前的杨椿，随口问道："最近身体怎么样？"

杨椿缓缓竖起大拇指："特别好！腰不酸，腿不疼，连上六层楼都不费劲了！"

琼钰："你怎么记得住这么多广告词……"

杨椿小声嘟囔："能听出来这是广告词，琼医生记住的也不少。"

小卖部老板用包装袋装好烤肠递给杨椿，后者则一脸幸福地接过，打开包装闻了闻幸福的味道。

琼钰听到她的小声吐槽，被噎得半天没话，只好说："你们回去休息吧，记得下午还有测视力和身高、体重的项目。"

身高……体重？

手里的烤肠似乎突然变得烫手起来，杨椿推让给室友："我消化不良，恐怕不行。"

室友也推让回去："我口腔溃疡，无福消受。"

杨椿手握一根烫手烤肠，秉持着不能浪费食物的优良品德，"大方"地将烤肠塞进了琼钰手中。

杨椿："琼医生，我请你吃！"

八百年没有吃过烤肠的琼钰："谢了……"

琼钰走后，八卦的室友："你对那个医生是不是有意思啊？"

杨椿捂住耳朵："什么意思？我不知道你说的意思是什么意思，我只知道'意思'这个词能有很多种意思！"

寒假，杨椿跟室友出去旅了个游后才回家。

她刚提着箱子进楼道，就看到家里的门开着，里面一堆人聊得热火朝天，似乎是给她安排了一场相亲。

杨奶奶握着一个男人的手，慈祥可亲地翻着相册："你爷爷奶奶跟我是老相识，他们都是大好人啊！你看，这是我们当年的合照。你爷爷奶奶几十年前搬走了，好久不回来。今天你回来祭祖，我觉得眼熟一问，还真是老琼的孙子！真是长得一表人才，性格也很好……这个是我娃儿，她打电话说等会儿就回来，你刚好见见她，看看她怎么样……"

提着箱子的杨椿推开门，丢下行李箱就往奶奶腿上扑："奶奶，您孙女才二十岁啊！我还没有吃够你做的香椿炒蛋，我才不想嫁去别人家啊！"

杨奶奶蒙了，一不小心吐露心声："什么嫁不嫁的……人家是医生，我跟他混熟了好让他免费看看你最近身体怎么样！"

"又见面了，"从杨奶奶口中听完了杨椿的黑历史，琼钰心情愉悦地补充道，"算是面诊，还不算相亲。"

…………

客厅里一片欢声笑语，杨椿委委屈屈地坐在沙发边，看着琼钰跟杨奶奶聊得火热。

杨椿竖起耳朵听着，原来琼钰名字的由来和她差不多。

杨椿五行缺木，家里人就给她的名字补了一棵香椿树。琼钰命格缺玉，家里长辈便做主给他起了一个和玉相关的名字。

同病相怜啊。

杨椿时不时瞟一眼脱掉外套只穿着黑毛衣的琼钰的侧脸，脸颊有点热，她欲言又止地看着奶奶——奶奶，你真的一点让我和他相亲的意思都没有吗？

琼钰看着渐黑的天色起身告别。

杨奶奶眼神不好，让杨椿送他出巷口。杨椿裹了件大衣，跟在琼钰身后出门。外面风很大，琼钰往旁边偏了偏，替杨椿挡住风。

路过杨家门口的两棵树时，琼钰问："这就是你名字里的那两棵树？"

"你的名字是玉。"杨椿指指琼钰，又指了指自己，"我的名字是树。"

她挪了挪，贴着琼钰站着，闭上眼睛，一阵凉风吹过："我们站在一起就是玉树临风。"

琼钰看着少女不知是被风吹红还是出于什么其他原因而发烫的脸颊，心里软得出奇。

刚刚自己鬼使神差地跟着杨奶奶去她家，除了对爷爷奶奶的曾经好奇，还有杨奶奶口中名叫"杨椿"的孙女的原因。

"我们站在一起？"琼钰咳嗽一声，迂回问她，"考虑一下吗？不要'站'……"

不要"站"这个字。

杨椿奇怪地看他一眼，拉着他的袖子蹲下："不要站？那蹲着？"

琼钰跟她一起蹲着："也不是。"

脑子转不过弯来的杨椿："那你想怎么样！不要站也不要蹲，你难道想躺下……"

琼钰扶额："我是说，我们在一起，怎么样？"

"好啊。"杨椿面色如常，很快答应。

…………

快走出巷口时，忍了一路的杨椿终于忍不住伸手拽住了琼钰的袖口："医生，我心跳有点快，嘿嘿。"

琼钰抓住她的手，让她摸到自己的心跳："是恋爱初期症状，正常。"

杨椿："那恋爱中期和后期会有什么症状呢？"

"琼医生并未接触过此等案例，"琼钰捏了捏她的手指，"特此邀请你一起观察。"

男狐狸

公主带回一只男狐狸，就住在寝宫。

小侍女们看到过男狐狸搂着公主不撒手，气得凑在一堆编派他，单押又双押——

"不端茶倒水，不洗衣叠被。"

"连出门晒晒太阳都叫热又喊累。"

"每天都窝在软榻上吃零嘴，困了打盹儿，醒了又睡。"

"公主是看上他那花拳绣腿，还是喜欢他啥都不会？"

"还是将军和我们公主最为相配……唉，你们见过将军没？有没有狐狸这么美？"

…………

狐狸似是听到了她们的吐槽，托着脸，冲着她们无辜地眨眨眼。

小侍女们一静，又红着脸叽叽喳喳道："你是公主的呀，不能水性杨花！"

公主目前虽然还是公主，但成为女皇也是迟早的事。

皇帝糊涂得要命，听信谗言，要除掉功高盖主的将军。将军一没，朝中大乱，皇帝终于慌了，称病出宫养老。于是公主开始每天忙碌地奔波在朝堂和后宫，处理父皇留下的烂摊子。

夜里，公主疲惫地回了宫。她路过靠着墙睡得正香的小侍女，解下披风盖在她们身上。

　　狐狸靠在床榻上，懒洋洋地起身帮她换衣裳，顺便告状："你宫里的小姑娘都编派我。"

　　公主捏着他的下巴："我看看……嗯，还是个人样，变出狐狸尾巴瞧瞧？"

　　狐狸眼都没眨："出门忘戴尾巴了。"

　　喝过几盏茶后，公主拍了拍狐狸的肩膀，替小侍女们说话："我们计划周密，小姑娘们连宫门都没出过，哪知道你啊？"

　　狐狸："谁说不知道？"

　　公主："她们认出你是诈死的将军了？"

　　狐狸："不，她们晓得我是你的驸马。"

卖鱼

我是街上卖鱼的小贩，但生意不怎么好。

捕来的鱼小是一方面，还有一个原因是摊子总被掀。

据我爹说，在他和爷爷摆摊的时候就很难平平安安地收摊，不是一群人莫名其妙地打起来，踹翻了我们家的摊子案板，就是有人英雄救美，一脚把受惊马匹或是猥琐流氓一脚踢进我们家的鱼桶。

和现在的情况一模一样。

我问爹："爹啊，我们不能换个地方摆摊吗？"

爹抽着旱烟："这块地是你爷爷当年买来的，不在这儿摆能去哪儿摆？"

我又说："那我们不能做些其他营生吗？卖鱼真的没前途。"

爹拍了拍我的肩："这你不用担心，咱家日子不会过不下去的。你没发现我总是晚上背着大口袋出门吗？咱家可有祖传副业！"

我震惊："爹，晚上的副业……该不会是去拦路抢劫吧？！"

爹："胡说八道！且听我跟你细细道来。"

原来，以前在爷爷摆摊的时候，有几个年轻人打架掀了我家鱼摊。说是打架，其实就是三个人单方面挑衅一个人，又一起被一个人教训了一番。

那时爷爷还只是租的摊子，哭天抢地地冲上去质问。赢了的那个人只是掸掸袖子走近，递给我爷爷一块金子，说："你的摊子我租了。"

爷爷："可这不是我的摊子……"

那人又说："那你去买，我再租。"

那人说是要租摊子，其实只是每天来打打架，掀了我爷爷的摊子。

爷爷问他为什么每天都来掀，他说："打架不掀点儿啥没意思。"

日子一天一天过去，那人却在五十年前的某一天后再也不来打架了，转而每晚都将爷爷每天卖不出去的鱼通通买下来。

爷爷老了，卖鱼送鱼的人就变成了爹爹。现在爹爹年纪也大了，马上就该我了。

爹爹："其实，那个人应该是个神仙。"

我："怎么，他给爷爷的金子是树叶变的？"

爹爹："是真金子，你爷爷咬出印了的！"

我："那是怎么看出来的？"

爹爹捡了根树枝在地上画："他这些年的长相就没变过，不信你明天自己看他是不是长这样。"

今天是我第一次去送鱼的日子。

我背着一大袋鱼，爬上了父亲所说的山坡，树下果真有个人在等我。

那人红衣飘飘，跟索命的鬼似的，我掉头就想跑。谁知那人听见动静，瞬间就出现在了我眼前。

我："你五官这么端正，一定不是我爹画的那个人！"

那人："王大壮是你什么人？"

我："爷爷。"

那人："王二壮是你什么人？"

我:"爹爹。"

那人:"好吧,那王三壮——"

我:"我叫王清河。"

那人:"啊?"

我:"难不成你就是那个神仙?"

那人:"嗯,我叫虞惘。"

我:"渔网,这是您要的鱼。"

虞惘:"这是给你的钱。"

和红衣男鬼……啊呸,男神交易完毕后,我当即准备回家。

可他看着满袋子的小鱼,突然叹了口气:"小鱼……"

我起了一身鸡皮疙瘩,忍不住回头:"大人,叫这么肉麻干吗?"

虞惘:"我叫你了?"

我:"我小名就叫小鱼啊!"

虞惘:"……"

这时,虞惘的袖中突然飞出一根红绸,然后毫不客气地将我卷了起来。我瞬间惊慌失措,这场面我在鬼怪画本里见过,但下一幕不是我被吸成人干,就是我被吊死!

想到这里,我的头果断一歪。

虞惘看到我的样子也傻了:"你吐舌头干吗?"

我:"摆好姿势慷慨就义。"

虞惘:"就什么义?谁要杀你!"

我:"那你干吗突然用红布缠我?"

虞惘:"懒得走过去跟你说。"

我:"说啥?"

虞惘:"五十年前,师父为我卜卦,算我的姻缘,只有四个字。"

我:"不会是红衣女鬼吧!"

虞惘："对，就是王家小鱼！"

敢情虞惘不再在我们的摊前打架，是他以为自己的姻缘在我们家卖的鱼身上，我还以为他长大成熟、悔过自新了呢！

不过不管怎么说，他似乎认定了他的姻缘就是我。

我还是想挣扎一下的："说不定是真的小鱼呢，你再想想？"

虞惘一撒手将鱼全丢进水里："好。"

三秒后。

虞惘："我觉得就是你。"

我："……"

这么一折腾，天都快亮了。

我带着跟屁虫虞惘走下山，正好碰上在山脚下捞鱼的爹爹。

我："爹，用渔网捞小鱼呢？"

我爹没理我，问虞惘："神仙，你怎么下山了？"

虞惘扣住我的肩："爹，虞惘捞小鱼呢。"

年上感

1.

宋麟同杨曦做了很久的朋友，在此之前，他们是普通同学。

在上高中之前，杨曦特别讨厌自己的名字。她的名字笔画很多，每次在书上和作业本上写名字都要写很久。

她的字迹不算很好看，"杨"字勉勉强强还算工整，一旦写到复杂的"曦"字，这个汉字就仿佛变成了某种古老的神秘符号，每个部分都伸出四肢，叫嚣着要爬出那短短的一行横线，占领整个地球，冲出太阳系。

杨曦每写一次，都有一种想将名字改成"杨西"的冲动。但上高中之后，杨曦没那么讨厌她的名字了。

一是因为笔画太多所以讨厌这个理由过于幼稚；二是班级里有了另一个叫宋麟的同学，而"麟"字的笔画数，比起"曦"字也不遑多让；三则是宋麟成了她的同桌，包揽了她除考试外所有需要写名字的场合。

那段时间，杨曦最喜欢说的话就是："宋麟，你太好了！以后你不想写了跟我说，我来帮你写。"

宋麟总是说"好"，但从来没让杨曦动过手。

宋麟总是很安静，他戴着一副薄薄的眼镜，握笔的姿势很好看，像是某个动画片里人气颇高的男二。

但现实中，喜欢宋麟的人没那么多。

人们总是在讨论他那破旧的家、两个弟弟和一个妹妹……

只有杨曦愿意和他聊点别的东西。

早读，杨曦鬼鬼祟祟地啃着烤饼夹鸡排。

杨曦："宋麟，帮我看着点儿老师。"

数学课，杨曦被一堆不太熟的数字殴打得头晕眼花，哭丧着脸。

杨曦："这个怎么写啊，宋麟……"

晚自习，杨曦趴在桌上睡得昏天暗地，手里无意识地攥着宋麟的校服一角。宋麟看了一会儿她的睡颜后，小心翼翼地起身，关上了半开的窗。

虽然是同龄，但宋麟照顾家里的弟弟妹妹照顾惯了，对着杨曦总有种年上感。很多人打趣他们，说宋麟像大了杨曦两三岁的哥哥。

哥哥或许还会和妹妹打打闹闹，但宋麟不会。

2.

杨曦的高考成绩比宋麟略高了十几分。

她偏科严重，语文和英语较好，数学偏弱。而宋麟第一天去考场时出了些状况，迟到了十分钟左右，打乱了做题节奏，有些发挥失常。杨曦后来才知道，就连高考当天，宋麟都在某个早餐店当帮工。

杨曦很早就想离家去上大学了，二话没说就选择了某个外省大学。她问宋麟准备去哪所学校，宋麟的目光在她的志愿单上一掠而过，抿了抿薄唇，说出了省内一所大学的名字。

杨曦露出一副哭唧唧的表情："我的同桌啊，没有你我该怎么办！"

宋麟笑着碰了碰她的脑袋，没用力："都成年了，还不喜欢写自己的名字啊？"

杨曦叹了口气，收起那副不着调的模样，朝他张开双臂，眼神清澈："大学就不在一个城市了，抱一个。"

宋麟看了她好一会儿，才慢慢伸出手，环住了她的肩膀，手心和她背的相触面积不超过一平方厘米的那种。

下一秒，杨曦用力回抱，柔软的脸颊贴在宋麟锁骨处，小声抗议："你那叫什么抱啊！一点也对不起我们这三年的革命友谊！"

杨曦不觉得这个拥抱有什么不对，但宋麟做了很久的心理建设，才敢轻轻用下巴蹭了蹭她柔软的发顶。

她是友谊，但他不是。

3.

大学时，他们的联系也没断过。

杨曦放假回来，和女同学约着见面，没想到去的快餐店恰好是宋麟兼职的地方。

她拉着女同学点了两份下午茶，趁着没顾客的时候拉宋麟过来，三个人小声聊天，到天快黑了才拉着女同学去看电影，潇洒地说"拜拜"。

大学毕业，宋麟找了份薪资不错的工作，弟弟妹妹的学业也上了正轨，不用他操太多心。

得知这些事后，杨曦倒是比他还开心："你太累了，终于可以歇歇了。"

杨曦读了研究生，目前还在苦苦地做实验。

她什么都跟宋麟说，说她忘记早上八点有实验要做，急急忙忙没吃早餐就去实验室；说某个实验太变态，她每天都被折磨得死去活来，勉强才能进行下去；说宿舍的窗户坏了，一到晚上就呼呼直刮冷风，某个学长知道了非要帮她们换。

宋麟买了一些早餐小蛋糕寄到杨曦学校，说是庆祝她实验成功。

至于窗户……

宋麟给杨曦发了条消息："我到你学校门口了。"

杨曦看到消息跑了出去，傻乎乎地问："你特地来给我修窗户吗？我们女生宿舍男生不能进的。"

宋麟穿了身黑色的长外套，戴着副金丝边眼镜，和穿着毛绒睡衣和毛毛拖鞋的杨曦相比……像是个关心侄女的二叔。

有认识杨曦的女生远远瞧见，大声打趣："杨曦，这是你男朋友？原来你喜欢这样的成熟哥哥！"

杨曦扭头想要反驳："可恶，瞎说什么呢！我要澄清一下，哼！"

宋麟轻轻握住她的手，终于将想说的话说完整："不是你喜欢这样的，是这样的人喜欢你。"

杨曦的脸瞬间爆红，蒙了半天，张了张嘴："啊，不过我还是要澄清一下……"

宋麟垂下眼，听到杨曦大声否认的声音："什么成熟哥哥！我和我男朋友是同岁！同岁！"

猫系男和犬系女

猫系男很怕麻烦。

他最近有些疲惫，因为公司新来的女实习生实在太太太像一只黏人的小狗了。

猫系男以前也不是没有遇到过过度热情的人，但一般来说，只要他黑下脸对待，对方应该很快就会意识到他的不爽，然后自觉地和他保持距离。

但实习生从未和他有过什么身体接触，只是小步跟在他身后，求知若渴地用笔记本记下他说的每一句重点。

猫系男也知道是因为自己平时身边太过冷清，所以当实习生出现，他才会觉得有些黏人。但在别人看来，这似乎连亲近都算不上，只是正常的同事关系。

其实，公司给实习生安排的是另外一位资深员工，但第二天那名员工就请了产假，很久不能来公司。

同期新人都已经被安排好了，只有实习生眼巴巴地看着别人老带新，每天看起来都很渴望拥有一个归宿。

实习生头发微卷，看起来蓬松又柔软，耳边和刘海还夹着几个花里胡哨的小卡子。

猫系男路过她的工位，用余光扫了一眼，觉得她很像网络上很多人喜欢的马尔济斯犬。

后来，公司把她交给了猫系男。

在会议室里，猫系男见到了实习生。

"师父！"这位热情的马尔济斯"汪"了一声，"谢谢你愿意收留我！"

猫系男默默离远了些，黑着脸道："叫我名字就好。"

听说猫系男从来没有带过新人，实习生更激动了。不知道别的老带新是什么工作模式，猫系男自从接下这个任务起，每天上班时间除了吃饭、去卫生间，和实习生的距离从不会超过十米。

猫系男每次回头，都能看到实习生跟在身后，小小一团，头顶还夹着个狗狗形状的发卡，眼里充满求知欲："所以这样设置是不是更好呢？汪！"

猫系男额角一跳，把自己幻想出来的狗叫踢出脑海，又冷脸道："以用户角度来看是很好，但公司绝对不会通过。"

实习生的表情随着他的话从喜转悲："为什么呢？"

猫系男："不赚钱。"

实习生有些怅然："啊，忘记公司是冷酷的资本家了，那我只好……"

猫系男扯了扯嘴角，本以为天真的小狗要说出什么推翻资本家的话来，但实习生只是握了握拳，道："那我……努力当好冷酷资本的'狗腿子'！"

"狗腿子"计划颇见成效。

实习生的很多创意都很贴合公司需求，相较而言，对用户倒是没那么注重了。

猫系男皱起眉，他明明是想让实习生尽快成长为能独当一面的人，但当他发现对方真的有成为职场老油条的潜质时，猫系男却微妙地有些不爽。

似乎是在见证一只白色的小狗滚进泥潭。

他纠结片刻，敲了敲实习生的桌子，示意她跟自己去天台。天台上没什么人，垃圾桶旁有几个烟蒂。

猫系男直截了当地开口："你不能再这样下去。"

实习生心虚道："被你发现啦！"

猫系男看着她被风吹乱的头发，不甚熟悉地准备展开一场关于"初心"的讨论，却听见实习生开口。

她从嘴里勾出一缕头发："呸……我在论坛用的，用的都是马甲。"

原来，实习生一边在公司当"资本狗腿子"，一边开了马甲在论坛和用户探讨一些可以钻的空子和提示他们部分能合理利用的漏洞。

猫系男："……"

碰到双面狗了。

不过这种行为也很危险，是存在违约风险的。

猫系男冷着脸教育了实习生一通，让她当场注销账号，实习生一脸灰地点头。

猫系男伸出手，纡尊降贵地拍了拍她的脑袋，隐晦道："工作……也不需要那么努力。"

大家都在摸鱼而已，没有几个人真正为公司鞠躬尽瘁。

猫系男还想说些什么，随意扫了实习生的手机一眼，愣住："等等，你的用户名叫什么？"

实习生手忙脚乱地挡住屏幕，但一切为时已晚。

猫系男脸色一黑，念出了那八个字："辑吧猫首席大弟子。"

PS：暹罗猫会因为温度下降从脸开始变黑，所以有网友叫它逻辑猫,后来便也有网友叫它辑吧猫。

因为猫系男总是黑着脸、冷着脸,所以实习生觉得他像暹罗猫。

实习生的"辑吧猫首席大弟子"账号被勒令注销之后,表面上规规矩矩地在社交软件上备注着猫系男的全名,实际上又偷偷摸摸地注册了好几个类似的用户名。

狡兔三窟,很好。

在公司摸鱼上网时,只要旁边的猫系男一动,实习生就会鬼鬼祟祟地切换屏幕,假装自己在认真工作。猫系男将她的小动作尽收眼底,假装没发现,起身去茶水间。

茶水间,有另外一对师徒正在这儿聊天:"师父,刚刚你发我那个工作需求……"

猫系男接水的动作一顿,他回忆起实习生唯一叫过的那次"师父",突然感觉被这样称呼好像也不错。

回到工位,猫系男轻咳一声,找到工作软件上实习生的聊天框,旁敲侧击道:以前你怎么称呼我的?

实习生:你不是看到过吗? [猫猫对手指.gif]

猫系男:别的!

实习生大惊:"煤老板金牌助理"这个账号也被你看到了?

猫系男心累:算了……

半个月后,公司公示了这一批实习生的转正名单。猫系男第一时间打开,看到实习生的名字后才放下心来。

他调出办公平台里实习生的聊天框,简简单单发去两个字:恭喜。

那条消息很快已读，隔壁工位突然传来窸窸窣窣的动静。不多时，实习生驾驶着办公椅悄悄地赶到。

实习生凑近，小声说："嘿嘿，同喜同喜！谢谢师父悉心教导！"说完又用腿蹬着地板滑了回去。

猫系男听到想听的，过了几秒才反应过来，急匆匆地别过目光，低声转移话题："喀，是老板也很看好你。"

半个钟头后，实习生的头像闪了闪，猫系男点开聊天框，不出所料是实习生发来的消息，她说她中午有些事情，今天就不和他一起吃午饭啦，还发了一个"猫猫吃鱼"的表情包。

猫系男听其他同事说过转正成功的实习生今天中午有聚餐，对于这条消息也有了心理准备，冷着脸回了个"1"。

他想，一个人吃饭而已，以前也一直是这样的，没什么大不了。

午餐时间，猫系男盯着面前与往常一模一样的午饭，忽然感到有些难以下咽。

习惯了身边有人陪着，的确是会孤独。

秉持着不能浪费的原则，猫系男艰难地吃光了午饭。他回到工位，见其他去聚餐的人都回来了，唯独不见实习生。

中午休息时间还没过，猫系男给实习生发了条消息，言简意赅：？

实习生早就摸清了他发来的各种各样的符号的意义，第一时间回复：我在天台，马上就回去。

猫系男盯着对话框看了半晌，确定真的没有后续消息，没有颜文字，也没有可可爱爱、奇奇怪怪的表情。

这很奇怪，就像小狗总叼着自己喜欢的玩具，实习生每次发消息都会跟一个颜文字或者表情包，就像她的小尾巴。

但这次却什么都没有。

猫系男"腾"的一下站起身，大跨步走出办公区，去往天台。

推开门，他就看到实习生正趴在栏杆上揉眼睛。

原来实习生今天所谓的安排并不是去参加成功转正的庆祝会，而是陪一个被筛下去的女生收拾行李。那个女生收到消息没过多久就离开了公司，实习生赶过去陪她把东西送上快递车，又目送她搭地铁离开，才回到公司。

过早的离别让实习生很惆怅，回到公司看到朋友空了的工位又难受起来，看还没到上班时间，就独自上天台吹吹风。

猫系男站在实习生身边，很快意识到一个问题，他说了声"稍等"，转身快步走下天台。

实习生迷茫地"啊"了一声，呆呆地看着他离去的背影。

五分钟后，猫系男提着从便利店买来的午餐去而复返，微喘着气将袋子递给她："你没吃饭。"

实习生出生在很有爱的家庭，自小到大感受到的都是满满的爱意，在这种氛围下长大的她不惧任何小挫折，摔倒了也会慢慢爬起来。她很容易就能感受到其他人的善意，也很会直接地表达自己的情绪。

在猫系男急匆匆地给她带来午餐后，实习生感动得"嗷呜"一声扑了过去。

实习生："呜呜，好喜欢你！"

猫系男气还没喘匀，胸前就遭到了一记小狗乱撞，差点没站稳。实习生蓬松柔软的头发就蹭在猫系男下巴上，让他的脖颈到耳朵都痒得不行。

猫系男僵硬地拍了拍实习生肩膀："好了，我也……我也喜欢你，吃饭吧。"

实习生点头："嗯！"

实习生不挑食，吃什么都很香，她一会儿吃吃这个，一会儿吃吃那个，毫无规律。

猫系男盯着看了一会儿，突然皱起眉头来。

"扑通、扑通、扑通"，他的心跳也毫无规律。

这几天，猫系男一直在走神，意识到自己好像喜欢上实习生的他尝到了许多前所未有的情绪。

睡前在想，上班在想，连和实习生一起吃饭都在想。

他压下心头的焦躁，矛盾地思考着该如何在实习生不会感到被冒犯的情况下向她说明自己的喜欢。突然，猫系男肩头一沉，他侧头垂目，看向靠在自己肩膀上的毛茸茸的脑袋。

猫系男伸手去托她的脑袋："怎么吃饭都能睡着……"

实习生突然出声："我没睡着啊。"

猫系男一愣，实习生保持着靠在他肩头的动作，仰头眨着大眼睛看他："男女朋友这样做不是很正常吗？"

经过一番解释后，猫系男才知道，实习生竟然在天台那一天之后就默认他们已经在一起了！

实习生挠头："我说了喜欢你，你也说了喜欢我，不是吗？"

猫系男："是，但是……"

猫系男挫败地扶额，他工作能力虽然出众，但恋爱经验匮乏，脾气还差，不太确定自己是否能成为一名合格的男朋友，给实习生美好的恋爱体验。

实习生脑袋上的发卡贴在他脸侧，将他冰得清醒过来。

猫系男深吸一口气，做出一个决定。

他告诉实习生，她不必很快答应，这个月就当作是他的恋爱实习期，转正与否都由她来选择。

实习生捧脸想了一会儿，说："可以啊。"

但想都不用想，实习肯定会通过的。

她靠近猫系男耳边，偷笑道："因为老板我很看好你哦。"

爱情无错

寒霜是天轩宗大弟子。

三年前，师尊闭关，年纪小的弟子们唯恐忘记师尊的模样，便央求见过师尊最多次的寒霜绘一幅师父的画像。

寒霜应下来，夜里在灯下提笔，却总不知要将第一笔落在哪儿。

寒霜始终画不出师父的模样。

她将此事暂且搁置，下山去做另一件事——四师妹于月前下山捉妖迟迟未归，二师弟前去寻找，却得知其已在山下成家的消息。

四师妹托二师弟带回了佩剑和门派玉牌。

修道之人不会断情绝欲，寻找道侣也是常有的事，只是四师妹此举无异于放弃修道，选择做回一个普通人。

圆月高悬，寒霜静静地伫立在院中。

屋内烛火已经熄了很久，半晌后，门开了，已做妇人装扮的四师妹推门出来，唤了她一句："大师姐。"

寒霜将玉牌递给她，只道："收回去吧。"

四师妹刚进门派时还是个瘦瘦矮矮的小姑娘，如今已经出落得比寒霜还要高。

她没有伸手去接玉牌，而是说起了一桩旧事："师姐，你做什么事都会留退路，包括感情。"

寒霜曾于十年前经历过一次情劫。那年她十七，从妖怪手中救出了一个羸弱书生。

那书生自称苏州人士，进京赶考途中不慎被妖掠去，幸好得寒霜搭救。

寒霜自小在山上长大，除了师尊和师弟，从未见过几个男人。她虽面上不显，却常常对过分热情的书生感到不知所措。

书生吃准了她，穷追猛打再三追求，终于逼得寒霜松了口。

寒霜同那书生从十八岁纠缠至二十岁，直至撞见他同别人定亲才清醒过来。

书生先是道他仍爱着寒霜，再说他这么做只因他年岁渐长，不能陪着寒霜一起耗下去。他要传宗接代，可寒霜一直都不肯放弃修道，与他成亲生儿育女。

寒霜从未要求过书生什么，她深知自己将大部分心力都放在了修道上，经常冷落书生，便也提过分开，是书生总持着那一副深情模样，不愿放手。

至于放弃修道……

寒霜失魂落魄地想，她曾向师尊提过，也交还了玉牌。师尊手中握着她的玉牌，长发如瀑，常年弯起的唇角此时却紧抿着。

寒霜三岁那年被师尊抱回师门，十余载过去，师尊长相一如初见那日。

她不敢抬头。

师尊起身，一步一步向她走来，将玉牌放回了她手中，声音温柔："无论你要去哪里，何时而归，我都在这儿。"

此话一出，寒霜就再也不忍让师尊失望了。

当日的谈话寒霜和师尊都没有告诉别人，所以无论是书生，还是知道这段感情的师弟师妹，都以为寒霜与人谈着恋爱时也从未想过放弃修道。

只要她腻了，就可以继续做她天资卓越的大师姐，四师妹也是这样认为的。

但寒霜告诉了四师妹接下来的事。

不过三年，书生便再度纠缠，只因觉得妻子操持家务人老珠黄。寒霜不堪其扰，最后是师尊出手，摆平了此事……

四师妹闻言愕然，寒霜将玉牌系在她腰上，垂眼道："我此来不是劝你离开他。爱人无错，只是三千大道，你总得给自己一个回头的机会。"

寒霜借着这个姿势，轻轻抱了抱四师妹，她道："此次下山，我也想通了一件事。"

深夜。

寒霜提着灯，慢慢往山上走。

一片树叶打着转落在她脚边，寒霜像是感觉到什么，回头望去。她怎么也画不出的人此时正在树下，温温柔柔地站在那儿。

三年前，师尊心魔由寒霜而起，不得不闭关修炼。只是他偶尔会被心魔附体，在某个春日或是冬日悄然出现，遥遥地望一眼寒霜。

寒霜一直不敢面对他，直到现在，她走近师尊，目光落在师尊眼下的那一点泪痣上。

她极少笑，此时却忍不住勾起唇角："知道从哪儿画起了。"

入魔的师尊尚有些不清醒，只是轻声唤她名字。

"爱人无错，"寒霜踮脚吻住师尊，道，"所以，再爱一次也没关系。"

娃娃亲

1.

妙烟准备干点坏事。

她是魔教教主的女儿，身边都是些臭名昭著的魔头，于是顺理成章地，妙烟长大后也变成了一个女魔头。

近些日子江湖风平浪静，无论是正派还是魔教都一团和气，妙烟觉得有些无聊。最近自家老爹又在旁敲侧击，跟妙烟提起她曾有个出生前就定好的娃娃亲。

妙烟抓了两把瓜子，边嗑边想：男人嘛，要用抢的才有意思。

像她爹娘那样，两个坏蛋在一起，最多被人狠狠地骂一句："好一对恶贯满盈的雌雄双煞！"

可一对夫妻要是一好一坏，众人的情绪就要复杂有趣得多了。

所以，妙烟决定实行"魔头必修课"的最后一课——欺男霸女。

啊不，欺男霸男。

妙烟看上了清风派的大弟子沈流光。沈流光已过弱冠之年，长相俊美，为人和善，武功极高，在同龄人之间颇有威信。

妙烟藏身于婆娑树影之中，满意地看向负手前行的沈流光。

肩宽，腰细，腿长……很好，她喜欢。

事不宜迟，妙烟立刻出手，趁沈流光不备点了他的穴道，怪笑着将人扛在肩上，一路扛回了老巢。

　　灯下看美人着实更美，被绑的沈流光动弹不得，一袭白衣躺在纯黑缎面的锦被上，眼神清澈，面颊微红。

　　妙烟坐在床边揉了揉肩膀，俯身看他，几缕调皮的长发垂下，发梢碰到了沈流光的唇角。沈流光羞愤地闭上眼，胸膛微微起伏，看起来着实被气得不轻。妙烟越发觉得有意思，也顾不上发酸的肩膀，伸手就要去解他的腰带……

　　忽然魔教教主一掌拍开门，前脚踩进屋内，痛心疾首道："女儿啊！你可是有婚约的……啊，是小光啊，那没事了。"

　　魔教教主刚迈进屋的前脚瞬间退回屋外，转身走了。

　　妙烟："啊？"

　　她低头，看向床上外衫半敞的沈流光。

　　后者似乎也演够了，挑了挑眉慢慢坐起，握住妙烟的手将属于正派弟子的外衫狠狠拉开——

　　里面赫然是一件印着魔教标识的纯黑内衫。

　　妙烟："啊？"

2.

　　沈流光自小就有个远大的抱负。

　　他要从内部了解敌人，再找出方法，不用一招一式就让他们痛苦不堪。

　　七岁那年，他潜入某名门正派，成为门派掌门之徒的首席弟子。十余年后，当年的徒弟变成了掌门，沈流光也摇身一变成了清风派大弟子。

　　在这十余年的卧底生涯中，沈流光每日都会在门派的白袍之下穿一身魔教黑衣，就是为了时时提醒自己不忘使命！

妙烟："你……"

沈流光瞥见桌上嗑了一半的瓜子，笑道："教主没跟你说过？我们有婚约。"

"哦，猜到了。"妙烟兴致缺缺，替他把衣服合拢，又道，"父母之命，媒妁之言真没劲，反正你不欠我的，我也不欠你的，我们还是一拍两散，我另抢他人吧。"

"你嗑的那些瓜子都是我从门派内偷运出来的，"沈流光笑道，"你欠我颇多啊，小烟。"

妙烟大惊失色："什么？！"

她最爱嗑瓜子，可魔教的名声太臭，最出名的那家瓜子供应商有正派庇护，拒绝向魔教送货。

两年前，妙烟屋中莫名出现了一袋瓜子，妙烟绕了一圈发现旁人都没有，还以为是下山的老娘费尽千辛万苦搞到的，含泪唱了三天"世上只有娘亲好"。

后来，教主夫人郑重澄清："我只是下山办个事儿，没有时间买瓜子。"

瓜子虽然来路不明，但味道极好，妙烟吃都吃了，也不再纠结了。

反正又吃不死。

如今沈流光承认瓜子是他带来的，妙烟吃人嘴短，又不想负责任，便转移话题："你穿成这样就不怕被人发现？"

沈流光倚在床头："即便被发现了，我也准备好了万全的解释。"

妙烟："什么解释？"

沈流光："黑色耐脏。"

3.

妙烟本想趁没人注意时将沈流光送回，然后当一切都没发生过，哪知清风派大弟子被魔教妖女掳走的消息已经飞速扩散开来。她同沈流光藏在无人注意的角落，听来来往往的门派弟子们低声讨论此事——

"大师兄落入那女魔头手里，一定很痛苦！"

"天色不早，你们说女魔头会怎样对待大师兄呢？"

"大师兄一定已经……"

…………

妙烟越听越离谱，用胳膊肘戳了戳沈流光："他们怎么光说不救？"

沈流光伸手将妙烟颊旁的树枝拨开："我知道自己一定会有离开的这天，便跟师弟师妹们说过多次'人各有命，不必纠结'之类的话，如此潜移默化，他们大约也不会再冲动……"

妙烟点点头，但没过多久，门派弟子们似乎打起了精神，又说了几句——

"也不知道师父和师叔他们能不能成功将大师兄救出来。"

"是啊，他们已经出发一个时辰了。"

"希望师父和师叔能成功。"

沈流光："失策……忘记还有师父和师叔了。"

魔教外，两派人泾渭分明，一方是魔教教主和教主夫人，一方是正派长老。他们交手多次，从未分出过胜负，索性不打了。

正派长老声音洪亮，正气凛然："放了沈流光！放了沈流光！放了沈流光！"

教主和夫人仰天狂笑，阴阳怪气："他是我女婿！他是我女婿！他是我女婿！"

魔教内，听着震天响的口号，妙烟狠狠皱眉："现在怎么办？他们也太扰民了。"

沈流光腾出只手，替她也捂住耳朵："我们出去吧。"

"出去后该怎么说？"妙烟不甘示弱，也替他捂住一边，"现在这种情况，不放你回去，你师父定不会善罢甘休！可放了你，我又没有面子。"

沈流光思索片刻，略微松开手掌，俯身靠近妙烟耳侧："这样呢？"

…………

门派外声音渐弱，大抵是都喊累了。

妙烟收回手，若有所思。

沈流光问道："如何？"

妙烟："你耳朵好软。"

沈流光一愣，脸颊突然跃上一抹红，他笑着说："耳朵软的男人听话。"

4.

天色转暗，两派人谁都不肯认输，声音嘶哑，一遍一遍地重复着。

妙烟伸手覆在沈流光喉咙之上："都停！"

众人猛地转头看来，妙烟双眼微眯："你们不必白费力气，沈流光已经是我的人了。"

正派长老："你……"

沈流光眼神微动，艰涩道："师父……"

妙烟又道："他身上已经被我种下了情蛊，每月一二三四五六七八九十……三十一日都必须和我在一块儿，否则就会蛊发而亡！"

魔教教主夫人："真是我的亲女儿。"

妙烟："什么？"

魔教教主似乎想起了什么，沧桑道："女儿，你青出于蓝而胜于蓝啊。"

妙烟又道："此蛊无药可解，你们想让他回去等死的话，我也可以放了他。"

正派长老含泪离去："徒儿，保护好自己，多……补补。"

…………

一场大战消弭于无形，而这就是妙烟和沈流光商讨出来的对策。

沈流光道："如此，你既能保住女魔头的名声，我又顺理成章地成为正派不能言说的痛。"

妙烟忍不住鼓掌："你这个人真不简单啊。"

多日后，武林大会即将举行。妙烟准备独自去凑热闹，刚出门就被沈流光拦住。

后者换了身衣服，是魔教喜欢的黑红双色，头发高高束起，黑色面罩将下半张脸遮得严严实实。这身衣服禁欲诱人得紧，妙烟一时看呆，回过神来已经带上了沈流光。

他们大大咧咧地坐在房檐上看热闹，顺便聊聊严肃的话题。

妙烟看了又看："你这身打扮倒是十分带劲。"

沈流光："有没有想娶我的冲动？"

毕竟最开始就是看上了沈流光的美色，妙烟也不扭捏，勾了勾他的下巴，凑近了看："反正是挺想的。"

"行吧，小美人。"妙烟抬手，将沈流光的面罩取下，凑过去亲了一口，道，"回去让我爹准备准备婚事。"

妙烟叹气："唉，就是以后可能都没有瓜子儿吃了。"

沈流光搂住她："莫怕，我有渠道。"

他们在楼顶的动静虽不大，但还是被眼尖的人发现："是妖女！旁边的人是……大师兄！"

众人猛地抬头，清风派掌门怒喝一声，拍桌起身："妖女，你还敢来！"

妙烟拉着沈流光起身，心道糟糕，她不是清风派掌门的对手，沈流光也不好对其师父出手。

看来，今天要吃个大亏了。

此时，沈流光低声道："扯扯我衣襟。"

妙烟下意识动了动手，沈流光的领口忽然散开，那清风派掌门的脸上突然露出震惊、错愕、痛苦、欣慰等神色，动作瞬间一顿。

妙烟瞅准时机带着沈流光飞速逃离，直到确认安全后才停下。

妙烟擦了擦额角的汗，问："你衣服里有什么？你师父看到后表情那么复杂。"

沈流光笑着扯开黑色外衫，里面是一件印着清风派标志的纯白内衫。

第七卷
下弦月

自我攻略百分百

1.

身为女大学生的乐意目前的人生中只有三件烦恼的事 —— 每天饭点吃什么？她的 CP 什么时候公开？以及……

讲台上，老师正在调整投影，乐意立起笔记本挡住自己的脸，假装不经意地回头。

果然，又撞上了程悠行的目光。

程悠行独自坐在教室最后一排的角落，见乐意回头，他一愣，立刻低头回避目光，将头顶的鸭舌帽压得再低了些。

乐意困惑地看了他几秒，然后慢慢把头转了回去，这第三件烦恼的事就是——

同班的社恐同学怎么总是偷看自己？

其实也并不是让她会有负担和不舒服的目光，只是程悠行平时独来独往，和大多数同学都保持着仅知道彼此姓名的陌生关系，很少见他长时间注意某个人。

该不会……是哪里不小心得罪他了吧？

乐意思来想去，从大脑角落中拖出几次"有互动"的交集。

某次在路上碰到，她向程悠行打招呼，程悠行似乎没想到，愣了几秒，在与她擦肩而过的瞬间才低声说了句"早上好"。又或是午餐时，她在食堂靠窗位置看着情节虐人的剪辑潸然泪下，用手背抹了又抹，面前突然出现一只骨节分明的手。程悠行没有看她，只是轻轻将手中的餐巾纸递给她，也不等乐意说一声"谢谢"便匆匆离去。还有就是……班会那次？快递站那次？还是体育课那次？

乐意撑着脑袋，想来想去也没觉出什么不对劲，等她回过神来时，笔记本上已经写下了"程悠行"三个字。

"奇怪，我写人家名字干吗？"乐意小声嘀咕着，脸莫名有些发热，连忙翻过了那一页。

意识到落在他身上的目光收回，程悠行才松了一口气，默念着乐意的名字，也回忆起了那场班会。

刚开学那会儿每周都有例行班会，为了确保全员到齐，班里采取了较为传统的签到方式——手写签到。

程悠行有点社恐，刻意避开了通知里的下午一点钟，十二点半就到了教室。他出门前忘记戴鸭舌帽，略长的刘海半遮住眉毛，露出半张英俊的脸。

教室内空无一人，唯有讲桌上放了本笔记本充当签到工具。

程悠行拿起笔，在笔记本上签上自己的大名，像往常一样走到最后一排角落的位置，趴在桌上自闭，顺便补补觉。

不知过了多久，同学们基本上已经到齐，教室里的声音也逐渐变得嘈杂。程悠行被吵醒，捏了捏鼻梁，清醒过来后，发现眼前有张纸条。

程悠行愣了一下，环顾四周，想问问这是谁的。但他稍微有些社恐，不怎么擅长和人打交道，只要和人目光对上就觉得坐立难安，更别说要开口问别人了，就只好迟疑着打开了纸条，想从中得到些线索。

纸条展开的瞬间，程悠行脑中响起"嗡"的一声。

上面是他和一个女生的名字，以及中间一个爱心轮廓的符号，爱心符号中还被划了一道，犹如丘比特的穿心剑。

乐意……

程悠行记得这个女生，她笑起来眼睛弯弯的，总是元气满满，很……很可爱，很好看，也很善良。

而且她……她此刻就坐在他身前！

程悠行猛地收回放在桌上的手，连抬头看看乐意的背影都足够让他坐立难安。

他不知道这张纸条是谁的恶作剧，也不知道该如何处理这张纸条，只好动作僵硬地将它叠回原样放回原处。

程悠行的脑中一片空白。

例会结束后，同学们三三两两地走出教室，室友们坐在外侧先行出去，乐意也看完了最新的视频剪辑，依依不舍地关掉屏幕，将耳机放回口袋，摸索了一番突然意识到——欸？口袋里的东西呢？

乐意弯腰在地上搜寻一番，又起身抖了抖衣服，正纳闷的时候，余光扫到了身后的桌上。

程悠行在她站起来的瞬间就下意识趴下装睡，只露出来一点通红的耳朵尖。

"啊，在这里。"他听到乐意似乎松了口气，随后是细微的动静，桌上的纸条好像是被人轻轻拿起，装回了那件浅蓝色的衣服口袋。

班级里很安静，几乎不剩几个人。

程悠行趴在桌上，他能清晰地听到自己的心跳声，以及乐意叫他名字的声音。

"散会啦，大家都走了，"乐意小声提醒他，"可以回寝室了。"

程悠行抬头，只露出一双眼睛，跟乐意对视两秒后还是忍不住移开目光，"嗯"了一声，低声道谢。

他起身走出教室，跟在乐意身后没说话。

乐意低头看到程悠行比自己大出一圈的影子，莫名觉得他像漫画里某种神秘又厉害，还不和人亲近的大型犬。但她又觉得这个想法有点冒犯，敲敲脑袋让自己别想了，回头跟程悠行说了声"拜拜"，便向等在外面的室友跑去。

程悠行站在原处看她离开，才有心思继续想刚刚的那张纸条。

最开始，他以为那张纸条是别人的恶作剧，后来发现的确是乐意的，又不确定对方这样做的原因。

程悠行犹豫了一会儿，掏出手机上网，匿名提问：两个人名字中间加一个爱心符号是什么意思？

得到的结果全部都是——

不是爱和喜欢还能是什么意思？

结婚典礼新郎新娘名字之间也会加爱心。

这还用问？

…………

程悠行盯着"爱"和"喜欢"这几个字看了许久，然后慢腾腾地捂住了脸。

他没有喜欢过人，不懂爱是什么感觉，但此刻却因为一张纸条感到控制不住的心动。

乐意大概、也许、可能喜欢他。

2.

程悠行没有声张。

一是因为乐意并没有直接说明，他只能当作不知道；二是内心最深处一直有道声音否认道——她怎么会喜欢你？一定是误会。

渐渐地，第二道声音占据了上风，让他不要再胡思乱想，忘掉这件事。

程悠行似乎就这么忘了。

而另一边，人逢喜事精神爽。

乐意嗑的 CP 不仅有官方合唱，最近还放出了双人小剧场。每天有糖吃，这是什么神仙日子啊！

学校快递站发来短信，提醒她有新快递签收。乐意查了下订单，发现是之前买的 CP 向棉花娃娃到了，欢呼一声立刻下楼。

棉花娃娃预售了三个多月，又经历了多次物流延迟，拖了大半年才成功到达。乐意早已经买好衣服和配饰，就等它们了。

快递站人头攒动，乐意报了自己的手机号，却没找到对应的快递。

老板看了眼乐意展示的图片，又查了下监控，发现是被一个陌生男人趁老板帮其他同学查件时拿走的。

那个人似乎是早有预谋，特地避开了摄像头，找也无从找起。老板提出要赔偿，乐意看向他皲裂的手和局促的表情，摇了摇头说"没关系，也不是很贵"，便消沉地从快递站出来了。

她揉了揉眼睛，一个没注意，撞到了一个人的胸膛。

乐意吸了吸鼻子："抱歉……"

"乐意，"程悠行也没想到会在这里遇见乐意，更何况还是少见的，如此低落的模样，他有点担心，迟疑着问她，"怎么了？"

不问还好，一旦有人关心，乐意心里那点委屈就忍不住直往外冒。

或许是出于对这个"神秘又厉害的同学"的信任，乐意含着泪说："我快递丢了。"

"我等了很久很久的，"乐意越说越难过，用手背擦了擦眼泪，"已经绝版了，现在、现在也买不到……"

程悠行想安慰她，又笨拙得不知该怎么办，冷静下来后隔着外套轻轻拍了拍乐意的背安慰，但也没敢多碰。

他说："带我去看看。"

快递代收点内，好心老板又放了监控视频。

程悠行弯腰握着鼠标，聚精会神地将那段画面看了许多遍。

乐意凑过去和他一起看，害怕太大声会打扰到他，便带着气音小声问："小程同学，看出什么了吗？"

程悠行被这个称呼叫得耳热，直起身指着画面中的陌生男子道："他出了快递站后向左拐，是校门的方向，应该是个校外人。他拿起快递时还观察了几秒包装，或许是觉得这个价值比较高，大约等不到回家就会拆开对外兜售。"

乐意点头同意，程悠行看了眼时间："天色不早了，你先回寝室，我出校门找找。"

乐意忙道："我陪你一起去吧！毕竟是我的快递。"

"嗯，"程悠行转头，才发现二人之间的距离已经非常近，连乐意鼻尖的小痣都看得到，他忍不住仓皇转头，"好……好的。"

出了校门，乐意本想兵分两路，但程悠行担心不安全，还是提议一起找。

或许是上天听到了乐意内心的呼唤，走出大约七八百米，程悠行突然大步向前，从不远处的垃圾桶里拉出了撕得破破烂烂的快递箱和一个脏兮兮的棉花娃娃。

程悠行回头，朗声："乐意！"

乐意眼前一亮，小跑过来，接过那个娃娃："是这个！还有……"

程悠行毫不犹豫低下头，伸手在脏污的垃圾桶里翻找。

乐意连忙走上去："我来吧。"

她也伸进去掏啊掏，摸到了一个温热的东西。

程悠行轻咳一声："我摸到了另一个，你……抓住了我的手。"

乐意："啊啊啊抱歉！"

两个棉花娃娃都被从垃圾箱里拯救了出来，虽然已经脏得不成样子，但失而复得的喜悦还是让乐意开心得不得了。

"好可爱啊，"她笑着用自己手里的那个小娃娃去亲亲程悠行手里的那个，弯着眼睛道，"你们两个，快和我一起谢谢小程同学。"

程悠行目光一直跟着她，心想：真的很可爱。

那天过后，乐意提出好多次要感谢程悠行，但都没找到时间。

直到上体育课，同学们两两一对记录仰卧起坐数据时，程悠行落单了。

往常都会有老师来帮他按腿，可今天老师不知为何和隔壁的体育老师聊起了天，一点没有要停下的意思。

打断不太熟悉的老师的对话对程悠行来说有些困难，他迈步不前，只能插着口袋站在原地，表面高冷，实则不知神游何处。

"没有人帮你计数吗？"他听到女孩子略有些不稳的呼吸声，侧身低头，放在口袋里的手指微微缩了一下。

是乐意。

乐意在旁边的场地打羽毛球，室内体育馆并不冷，她穿了一身浅蓝色的运动套装，手里拿着个刚捡回来的羽毛球。

程悠行迟疑着点了点头，乐意冲他笑了一下："我帮你吧？"

其他同学也注意到了这边，男生们发出善意的哄笑声，小声调侃着叫老师看。

老师回头，也笑了下："别给你男朋友放水啊。"

程悠行张了张嘴，下意识否认道："不是男朋友。"

乐意似乎没想到会是这个场面，有点囧，却没离开："才不会放水啦老师。"

她没反驳男朋友的事。

久违的声音又在程悠行耳边炸响，他不可置信地想：她、她好像真的喜欢我……

一百五十个仰卧起坐程悠行不知道自己是怎么做完的，他只记得乐意的目光一刻都没有从他身上移开。

而每次起身，他都会看到乐意含着笑意的漂亮眼睛。

3.

后来每次周会，程悠行都会不自觉地搜寻乐意的身影。

他发现对方十次有八次都坐在自己身前，另外两次则是座位被提前占了，乐意退而求其次坐在了倒数第三排。

嘈杂声中，程悠行艰难地辨别乐意的声音。他听到乐意的室友们问她怎么从来不在社交软件上发 CP 的相关内容。

乐意说："我就这样自己默默喜欢也挺好的呀，发太多会打扰到别人。"

程悠行立刻想到了那张纸条，自动补充了前因后果。

因为喜欢，所以会写下纸条，但因为不想打扰到他，所以不会告诉他。

寝室内，程悠行洗过脸后，审视着镜中的自己。

他一直都有些不够自信，不觉得自己有什么出类拔萃的地方，也从不关心外表，但他获得了一份炙热的爱意，且这份爱意来自他从未奢想过的美好。

他贫瘠的人生终于迎来了甘霖，而降下这场温柔雨的人，就是乐意。

就像她会为了不打扰到他而放轻声音，会在散会后提醒他回寝室，会在他落单时出现，乐意一直都是这样，温柔可爱。

为了不辜负这份喜欢，程悠行决定做出改变。

不管是外表还是为人处世方面，他都要做到更好，才配得上乐意的喜欢。

于是下一次的周会上，同学们在讨论要不要更换签到方式而陷入僵局时，后排突然响起了一道略有些低沉的声音。

程悠行："我可以做一个线上签到的小程序。"

众人的目光投向他，程悠行顿时觉得头皮发麻，忍不住想收回手遁地，可他也对上了乐意的目光。

乐意笑着看他，眼中流露出一些好奇和赞许。

霎时间，周围所有声音似乎都被隔绝在外，程悠行只听得到自己的心跳声。

程悠行：她好可爱……可这样可爱的她，竟然喜欢我。

而此时的乐意正在和室友小声八卦："你们有没有发现，程悠行最近好像变开朗了？穿衣风格也换了，之前总是穿黑色，今天竟然穿了浅蓝色……不过浅蓝色也好适合他哦！"

室友："比起这个，你这么注意人家，有没有发现他刚刚一直在看你？"

乐意迟钝："欸？看我了吗？该不会是我八卦人家被他听到了吧？"

"其实不只刚刚哦，我刚进教室的时候就看到他在看你，"室友但笑不语，"喀喀喀，你自己想想吧。"

故事回到了开头那一幕，乐意发现室友说的没错，程悠行的确是总在看自己。直到她回寝室都在想，奇怪，人会在什么情况下频繁地望向另一个人呢？

实在找不出答案的乐意翻了个身，打开视频网站看 CP 的视频。

"呜呜！为什么总看着对方啊！你们的眼神一点也不清白，果然是在瞒着我们谈恋爱，臭情侣！"

签到小程序很快就上线了，程悠行在群里发了链接，又放了简单的攻略让大家登录后自由换头像。

乐意点进去后，发现小程序的界面很简洁，功能简单却不粗糙，还贴心地设置了常坐区域选择与在线提醒。

她点击更换头像，却不小心点进了一张自拍——那是一张她素颜，头发凌乱，鼓着脸指脸上痘痘的随手自拍，本来是发在家庭群向爸妈撒娇用的，此时却不小心上传到了小程序上。

她手忙脚乱地点删除，却怎么都删不掉，急得都快哭了，这时程悠行的私聊突然发了过来。

YX：遇到什么问题了吗？

YX：我在调整后台，见你一直在线。

YX：是头像上传错了吗？

乐意乐意的：是的……我不会改。

乐意乐意的：怎么办？

YX：你下楼，我去帮你改。

晚八点，女生宿舍楼外。

乐意裹了件厚厚的毛绒睡衣，脚趾不安地在毛绒拖鞋里抓紧又松开。程悠行比她高出一头还多，弯着腰，靠得很近地指导她怎么点开头像侧面的按键，怎么更换头像，怎么删除历史头像。

乐意一步步跟着教程走，在最终成功的瞬间忍不住仰起头，开心道："好了好了！"

程悠行注视着她，眼中也盛满了笑意。

乐意不知怎的，突然觉得有些脸热，低下头小声说："谢谢你，专门跑一趟。"

路灯的灯光洒在乐意的脸颊，像温柔的日光，又像她自己本身就在发光。

程悠行看了很久，只觉得胸膛都要热化了，心也快跳了出来，终于还是忍不住说："没关系，能见到你我很开心，我……也喜欢你。"

乐意眨了眨眼，像是没听清楚，过了半分钟，才迟钝地、缓缓地"欸"了一声。

她听程悠行说起那张纸条，迷迷糊糊地理解了半天，才得知这是个误会……

那张纸条的确是她写的，但不是那种意思啊！

4.

那天开班会，室友们结伴去买奶茶，问乐意喝不喝。

乐意戴上耳机摆了摆手："我的 CP 已经够甜啦！"

于是她肩负起了帮整个寝室签到的责任。

她最近每天都被甜得冒爱心泡泡，到了教室，耳机里还在循环播放 CP 的合唱曲。教室里很安静，乐意看到角落的程悠行，也放轻了脚步。耳机里的歌正播放到高潮，她晕乎乎地拉过笔记本，准备写下自己的名字，可刚写下一笔就反应过来自己写错了。

什么签到不签到的，她只记得嗑 CP 了，潇洒地画了个爱心。

乐意只好在刚写错的地方随便涂了一笔，重新写上了自己的名字。

或许是程悠行潇洒的字后跟着一坨黑太碍眼，又或许是签到名单刚开始就被涂黑了一块不太好看，乐意左看看右看看，索性将那张纸撕了下来，重新把程悠行和自己以及室友的名字写了上去。

至于被撕下来的纸，她左右看了看，没找到垃圾桶，就直接叠了叠塞进口袋。

乐意环顾四周，瞄准了程悠行身前的位置。

每次班会都是班委和活跃分子的场合，身为一条咸鱼，最适合坐在靠窗倒数第二排的位置了！

她轻手轻脚地坐在程悠行正前方，按亮手机看了看。不错，位置好，光线佳，适合在开会的时候自由摸鱼。

教室陆陆续续地开始进人，乐意的室友们也来了。

乐意不想打扰到程悠行，只能紧闭嘴巴，站起来侧着身子跟她们招手示意，动作间外套口袋被拉扯开，叠好的纸块就恰好落在了后面的课桌上。那时的乐意没注意到，只是忙着用唇语跟室友示意有人在睡觉，动作可以放轻一点点。再后来就是发现纸条落在后座，她还庆幸程悠行睡着了没看到……原来不仅看到了，还误会了！

还有体育课帮忙计数，是对他帮自己找棉花娃娃的小小感谢。至于为什么没反驳……

乐意心里有点慌，小声说："你不是反驳过了吗？"

将一切都说出来后，乐意下意识看了程悠行一眼，发现他整个人都僵住了。事实上，如果程悠行能够选择，他会直接遁入地底，再也不出来。

原来一切都是他误会了，乐意并不喜欢他。

无论雨水还是阳光，都不是……

程悠行垂着头，淡淡笑了："不是给我的啊。"

乐意也手足无措起来，张了张口不知道说什么，心里悲鸣着都怪自己当时写错字："程悠行……"

"没事，"程悠行声音闷闷的，"你回去吧，是我搞错了，对不起。"

说罢，他便离开了，一直没回头。

程悠行似乎又变回了原来的样子。

他很少说话，也很少在群内发言，除了上课和开会，乐意几乎碰不到他。她每次回头，看到的都是程悠行戴着鸭舌帽，看不清表情的模样。

久而久之，乐意闷闷不乐得连 CP 视频都没心情看了。

室友"啧"了一声，问："现在换你偷看他了？你们俩这是什么情趣？"

乐意没法和盘托出，只能挑拣着问："如果你不小心让一个人产生了误会，应该怎样让他原谅你啊？"

"如果你让我产生了误会，想向我负荆请罪的话就帮我跑腿买奶茶，"室友毫无负担地把主角换成了乐意，"如果是你让程悠行产生了误会，那就去撒个娇亲亲他。"

乐意的耳朵都烧起来了："你在说什么！"

室友早看透了他们这一来一回的拉拉扯扯："臭情侣间欲擒故纵的把戏，你嗑 CP 的时候那么清醒，怎么到自己身上就看不清了呢？"

乐意低头看向自己的笔记本，那里不知何时都写满了"程悠行"，密密麻麻的，覆盖住了她给 CP 画的小人。

经常会想到对方，是因为喜欢；忍不住想看对方，是因为喜欢；会为对方的反应牵肠挂肚，是喜欢。

当时在爱心上画着的那条线，不只击中了程悠行，也击中了乐意。

"看窗外，下雪了！"教室里有人喊道。

所有人都站起身向窗外看去，乐意若有所感，转头看向不远处的最后一排。当众人都在看雪的时候，程悠行在看她。

乐意收回目光，坐回原位，翻开笔记本。程悠行的目光黯淡了下来，片刻后，他眼前出现了少女摊开的手掌，掌心是一张折好的纸。

乐意："程悠行，拆开它好不好？"

程悠行拿起那张薄薄的纸，展开，只见两个名字之间，是一颗爱心。

爱心之中，一支箭由左往右贯穿，将两个名字连接在一起。

乐意："上次是假的，这次是真的。"

程悠行不太敢相信，迟迟没有开口。

乐意："需要我的翻译吗？"

程悠行起身，低头看她："嗯。"

乐意："这就是两个人互相喜欢对方的意思。"

程悠行俯身，微凉的唇碰到了乐意柔软的嘴唇，一触即分，谁也没注意到。

乐意和他拉了会儿手，脸上的红才褪下去："我们一会儿一起去看雪好不好？"

程悠行："好，看很多很多场雪。"

奈何

十来岁时，我曾听人讲过一个故事。

人们寿命已尽，由鬼差牵引至奈何桥上时总会对今生想做却又未做之事心存遗憾。但无论此时有多不甘心，都无可奈何，这也是"奈何桥"名称的由来。

但也有极少数人能获得上天垂怜，拥有再来一次弥补遗憾的机会。

我不觉得我会是这幸运的少数人之一 —— 我无父无母，生来便是孤身一人，如同海上漂泊的孤舟。

那时我便想着，今生一定要不留遗憾，起码不要在将要转世投胎之时再后悔。我一定要仗剑天涯，闯出一番事业，成为顶天立地的大英雄。

我十七岁出山，踌躇满志，然后……在十八岁遇到了我的妻子。妻子腿脚不好，不怎么出门，总是坐在门口侍弄花草。我在看见她的那一秒就沦陷了，那时的我不知这是情爱，将什么闯荡江湖全都忘得一干二净，脑子里都是想同她再多待一点时间，哪怕只是撑着脑袋看她浇花也好。

在她大大方方看过来时，我便叼着狗尾巴草移开目光，假装观察别的地方。

她的眼睛比我在夜晚看过的所有星辰还要好看，我不敢直视。

如此这般半年后，我终于开窍，她也成了我的妻子。

我们在这座山下小城成亲，又在不久后有了孩子。之后我所有的时间都用来和妻儿在一起，年少时的梦想也都随之远去。

回首这一生，似乎过得不算穷困潦倒，但说一句庸庸碌碌也不过分。

人总是喜欢在多年后怀念过去，我也不例外。

我同妻子并排躺在躺椅上聊天，妻子从未出过这个小镇，只从孩子口中听说过外面的世界。我叹了口气，开玩笑似的提起那个年少时仗剑江湖的梦想，后来将其完全抛诸脑后，现在想想也有些后悔。

此时的妻子已满头银发，闻言轻轻柔柔地笑了一下。

她低头捏了捏腿，说："如果有来生，那就去吧。"

妻子比我早离开，我悲伤过度，也在不久之后随她而去。

不知是不是上天开了个玩笑，踏上奈何桥的那刻，我回忆起这辈子的缺憾，下一秒竟然真的成了那幸运的少数人。

我重回十八岁，站在树下看向我的妻子。她对上我的目光，什么话都没有说，只是温柔地笑了笑，而后低下了头。

我手指忍不住轻颤——只这一秒，我就看出她也经历过前世，而她同样知道我重来一遭。

但妻子不与我相认，大约是觉得今生的我会弥补前世未曾离开小镇的遗憾。只要不和她产生交集，我便会按照原本的打算离开这里，去更大的世界。所以此时不曾对上的目光，大约会是我们见的最后一面吧。

但她只猜对了一半。

我是后悔了，但我的遗憾却不止这些。

我深吸一口气，大步流星地走向妻子，在她微微茫然与惊慌的目光中走近，握住她的手。

我上辈子无法宣之于口的遗憾，是没有让妻子看到更美丽的景色。当年我意识到这点时已经不再年少，只剩一把老骨头，无法再带她出门。

但此时我正年少，于是我说："我的肩膀不算太结实，但恰好背得动你，要同我……一起去小镇外看看吗？"

我曾期望自己能做个英雄，怎奈何……如今更愿意成为载着星星的孤舟。

忠犬

大小姐在城里的风评一直不怎么样。

说起她，大部分人都会摇头叹息，说她自小锦衣玉食，被惯出一身坏毛病，比不上二小姐知书达礼，又没有小公子嘴甜可爱。

这些流言蜚语大小姐都知道，但懒得搭理。

她昨晚刚从二小姐那里抢来了一位俊俏侍卫，此时正穿着一身红裙子倚在小榻上，剥着糖炒栗子，懒洋洋地问侍卫问题。

大小姐："你在她那儿一般都做什么？"

侍卫垂目，老老实实道："守夜。"

大小姐："只守夜？"

侍卫："偶尔二小姐出门逛街会让我随行。"

大小姐往嘴里丢了颗栗子："那以后可没这么轻松了。"

侍卫抬头，直视大小姐双眼，认真道："任凭大小姐差遣。"

这并不是大小姐和侍卫的初遇。

五年前，大小姐在大街上捡了个被"拍花子"拐卖的孤儿，但一觉醒来后，那小乞丐又不见了。

大小姐本以为他跑了，伤心了好一阵，后来才知道小乞丐是被管家放去庄子做了几年工，今年才进到府中当侍卫。而从一开始，侍卫就是为她而来，只是阴差阳错被派去了二小姐院内。

得知这一切的大小姐立刻把侍卫抢了回来，发现自己捡的小玩意儿依旧认主，大小姐很是满意，轻哼一声："跟了本小姐，要学会揉肩、揉脚、揉腿，还得天天给我倒洗脚水。"

侍卫："好，我什么都会为小姐做。"

大小姐："什么都做？那我让你杀人呢？"

侍卫坚定道："万死不辞。"

大小姐赞许点头："很好，杀人的事先放一边，来给我剥栗子。"

侍卫似乎已经做好了为大小姐杀人的准备。

他每日都会在院中练剑，一天都不落下，只要有人同大小姐起了冲突，侍卫就会向大小姐投去目光。

杀还是不杀？

大小姐回回都摇头。

今日也是如此，城内有名的纨绔调戏了大小姐几句，还说了些很过分的话。大小姐面不改色，三言两语地撑了回去。纨绔丢了面子，嘴里不干不净，却瑟缩着不敢轻举妄动。

大小姐察觉他的畏惧，回头看，才发现身后的侍卫握紧了手中的剑，杀气腾腾，只是一直没有得到她的指示，才忍着没动。

大小姐伸手背在身后，轻戳侍卫的手。

侍卫眉头紧皱，收敛起杀意，刚刚还嚣张跋扈的人立刻双腿发软，拔腿就跑。

回到院子里，大小姐又跟没骨头似的躺在榻上，她脱了鞋，轻轻踢侍卫的小腿。

侍卫的表情没什么变化，半跪下来替她捏腿。

大小姐和他相处那么久，自然知道他心情不佳，收回腿，坐起身，捏着侍卫下巴："还不开心？"

侍卫："他对小姐出言不逊！"

大小姐漫不经心地用手指蹭了蹭侍卫的脸颊："是，但还不至于杀了他。他家三代为官，你对他下手，官兵势必会查到我这儿。到时，我们只能做一对亡命天涯的野鸳鸯了。"

侍卫先是为自己没考虑到利害关系而懊恼，随后又因后一句脸上晕上了一层薄红。

侍卫浑身绷紧，还想说什么："小姐……"

大小姐靠近，呵气如兰："亡命天涯不必，当一对鸳鸯就够了。"

写实派作家

我认识一位写实派作家。

她写携手半生的爱人终成怨侣,她写曾托付信任的好友终成仇敌。她笔下有炊烟升起——忙了一整天的工匠手背皲裂,只带回来几十块酬劳;嫁人的姑娘眼角含泪,背着幼子在厨房忙碌;重病在床的妇人眼睛浑浊地看向窗外……

"人生好苦啊,"作家说,"所以我要将它忠实地记录下来。"

说这话时,她正吃着五十块钱的鸡爪煲,仅有的配菜是萝卜和白菜。我夹走最后的鸡爪,问她作品里完全不会出现怎样的角色。

她遗憾地盯着我的筷子,告诉我:"完美的人。"

我无法忽视她的目光,叹了口气,把鸡爪伸向前递到她面前:"如果不介意,请吃吧。"

作家出生于某个不幸福的家庭,见证过许多不幸福的人生,怎么样都想象不出一个完美的角色。

就像恩爱夫妻走到最后总会同床异梦,站上高位的人也将曾经的梦想和初心抛诸脑后。

忠贞不渝?坚定不移?

不存在的。

聊到最后,作家有些困,我毕竟是异性,不能在她家待太晚,替她披上毛毯后,起身洗了碗就离开了。

而作家勾住了我的小指摇了摇,权当感谢。

我常用作家的故事配啤酒。

看一看，缓一缓，再翻几页别人写的无脑小甜文，这样才能冲淡一点苦。

可今日我发现，啤酒有点甜？

奇怪，不对啊。

变了味道的，好像是作家的新书。

我爬上老旧小区的三楼，敲响了作家的门。

她绾起头发，穿着件印着卡通贴画的短袖，整个人都透露出一种我从未从她身上感受过的甜蜜。

不会吧，难道她也谈恋爱了？

作家神清气爽，从沙发缝里摸出一个发卡，将刘海胡乱夹起。我们又点了鸡爪煲，配了两罐啤酒。

我喝下一口酒，她说："我喜欢上了一个人。"

奇怪……酒怎么好像又变苦了？

我放下啤酒，去戳萝卜："一个完美的人？"

她说："不是，一个不完美，但很可爱的人。"

提起喜欢的人，作家似乎来了很多灵感，她故事中那些令人眼眶酸楚的文字统统有了新的解读。

只剩几十块钱酬劳的工匠，口袋里放着为妻女买的礼物；在厨房忙碌的姑娘拿出手机，收到了能去大城市工作的消息；重病在床的妇人看向窗外，恰好能瞧见一片蓝天。

作家也许久没有再吃外卖，而是自己尝试做一日三餐。

她说："我从未想过会有如此规律健康的生活。"

我为她感到高兴，又忍不住问："所以，你喜欢的人知道你的改变吗？"

她托腮："知道。"

吃过饭，作家又困了，打着哈欠。

我拿起碗筷，去厨房洗了碗，站在水龙头前思考自己是否还有为她盖上毛毯的资格。

谁知作家只是打了个哈欠，却没睡。她起身，悄无声息出现在我身后，伸手勾住我的小指。

她轻轻地说："忘了说，谢谢你，为我的枯燥人生注入一点儿带着烟火气的浪漫。"

专属模特

　　男模特在健身房锻炼后脱下背心准备去洗澡，却被某摄影者偷拍了一组照片发到网上。

　　虽然没露出关键部位，但上半身从肱二头肌到胸肌再到腹肌全都暴露在镜头之下。摄影者把偷拍的照片分成好几条发，加起来被转了几万条。

　　摄影者的文案写得很狡猾，几乎所有人都觉得这是一组约拍而非偷拍。

　　维权的事闹得挺不愉快的，模特不喜欢这种未经允许的行为，虽然占理，却架不住对方惯会偷换概念。

　　偷拍的人翻遍了模特的微博，发现模特在做拍摄的工作之后，硬生生地给他扣了一顶"想红的小网红白嫖流量还不满足"的帽子。

　　模特最烦网上那些是是非非，也懒得辩驳，便打算卸载微博好清静一下。但他没想到，半路会杀出来一个正义小粉丝，摆出他几年前登上某大牌杂志的图片和摄影者在朋友微博下炫耀自己偷拍到帅哥的评论，以三寸不烂之舌一举扭转风向，又骂得那位摄影者关闭了评论，发微博道歉。

　　与此同时，被这场闹剧吸引来的人也越来越多，模特的微博粉丝涨了十来万。

　　模特还是到晚上才发现这件事，私信了小粉丝道谢。他不知道如何才能表达谢意，就去看了小粉丝的微博，想看看能不能从中找出些蛛丝马迹，投其所好地送一些礼物。

可刚打开小粉丝的主页，他就被满屏的肌肉晃了眼，而且感觉还很眼熟。

他划过那些自己被摄影者偷拍发出来的照片，又仔细看了看小粉丝的转发文案——

人体绘画参考。

小粉丝的私信很快回了过来，她说："没事，我就是看不了帅哥被欺负！"

模特说："善良的小画家，如果你需要绘画参考，我可以单独拍给你。"

小画家愣了一下，似乎在纠结："其实我……"

模特："我还做过手模。"

模特随即又发了一张自己手的照片。

看到那双骨节分明的手，小画家立刻改了口风："其实我正准备多画画手部练习！"

模特："好，那我做你的专属模特。"

模特做得很称职，几乎是有求必应，只要是小画家微博转发了什么别的人体照片，他都会立刻拍一张差不多的发给她。

虽然没有过度裸露肌肤，但也很勾人。小画家回了个表情。

模特："怎么样？"

小画家："在想彩虹屁中，勿扰。"

模特："简单夸两句。"

小画家："我和你一起去搬木头，搬到一半我没劲儿了。你说你有，可以借我一点。我感动地竖起大拇指，你真带劲啊！"

模特："厉害……"

闲聊时，小画家问模特为什么不把这些图发到微博上，模特觉得麻烦。

小画家："拍这么好看就发呀，一定会火的！"

于是，模特随手整理了一个合集，发到了微博上。果然如小画家所料，他的图很快就火了，不少画手来要授权作绘画参考，有几张还转发颇多。

模特给 @ 他的都点了个赞，还在其中一条的评论区里抓到了小画家。

小画家：模特和太太的画都好好看！喜欢！

他觉得很好笑，截图去问小画家："怎么不评论我的，反倒跑去画手那里卖萌？"

不知道为什么，小画家回复得很慢，过了好一会儿才回："我想多夸奖夸奖画手太太，拜托她们多画画你……"

模特："嗯？"

小画家："对不起，其实我不太会画画……你发给我的图我都存在了手机里，但是从来没有画出来过一张。"

小画家："是一个总是不交稿的博主教给我的，她说只要转发这些图片时光明正大地写上'人体绘画参考'，大家就都会觉得你正直又好学，根本不会觉得你在……"

小画家："我错了。"

模特："我知道，我后来有翻过你的相册，你只会画歪头歪脑的小鸭子和胖头胖脑的火柴人。不过后来，我给你发照片也不是为了让你画我……"

模特："是想让你多喜欢我一点。"

网恋

余音正在和一位没有见过面的同事网恋。

他们相识于公司内部人员搭建的匿名交流小程序，两人在某个讨论公司年会的帖子下先后回复，并以此为话题聊了几十层还意犹未尽，便通过站内私信加上了微信号。

公司内部工作联系几乎只用钉钉，尽管余音微信的联系人里有大概十来个关系还不错的同事，但都是同部门的。

不同部门的异性同事，"S 先生"还是第一个。

余音微信名叫袅袅，头像是一只穿着衣服的小胖鸟，同她的名字十分贴切。

S 先生人如其名，从头像到简介都很简单——头像一片漆黑，简介一片空白，朋友圈三天可见。

简单打了声招呼后，余音自来熟地问 S 先生是哪个部门的，然后又补了句"怕暴露不说也没关系"，毕竟以前公司内部就出现过小程序暴露后引发的尴尬事件。

S 先生并没多说什么，只发了个"一只头套塑料袋的呆呆小狗"的表情。

余音见状回复给他一个"微笑小猫"。

气氛凝滞，余音心想果然不能瞎加网友联系方式，不然很容易变得尴尬。这时，S 先生突然提起了刚刚在论坛里讨论的话题。

S 先生：每年年会都会有许愿环节吗？

余音：是，开始前每个人会写下一张便利贴丢进箱子里。可以匿名，也可以不匿名，主持人会随便抽一张读出来。

余音：我每年都是实名求涨工资。

余音：话说，你会许什么愿望？

S先生：目前还想不到，不过我有个喜欢的物品，不知道它是否属于公司。

余音：什么？

S先生：你知道公司天台吗？那里有个花盆。虽然花盆很大，但里面只种了小小的一棵仙人掌。

余音：好巧……那盆仙人掌是我种的。

余音：我买错花盆尺寸了，没地方放，就放到了天台，有时间会去看看。

余音：没想到除了我，还有人看到了它，你喜欢的话我送给你好了。

S先生：谢谢，不过它可以就放在天台上，那里很适合它生长，我下次去帮它浇浇水。

余音：咳，它是模型。

以那盆仙人掌为契机，余音和S先生又聊了些别的话题，余音还贴心地避开了和现实生活有关的话题。

但S先生率先道歉：对不起，我有些好奇你的生活，刚刚……鬼使神差地点进了你的朋友圈，看到了你的照片。

余音猜到应该是一张周末随手拍的毛绒兔子睡衣照：没关系，发出来就是给人看的嘛。

S先生：我们应该没有共友。

余音：我也觉得没有。

S 先生：我可以评论吗？

余音：随意啊！你怎么这么小心翼翼？

余音切出聊天界面，刷新朋友圈，不多时便看到了那条新评论提醒——

      S 先生：[兔兔表情]

余音盯着这只兔子看了半天，又去找 S 先生：好简单的一个评论。

S 先生：这个表情很可爱，所以想把它留在你的评论区。

余音摸了摸发烫的耳垂，点进 S 先生的朋友圈，发现他的朋友圈由三天可见变成了公开状态。而唯一的那条朋友圈，拍的是用大盆装的小仙人掌，还是模型仙人掌。

余音也给 S 先生评论了一个仙人掌的表情。

半个月后，余音早就将年会这件事忘了个干净，反而天天和 S 先生聊天。

S 先生的性格很好，几乎不会出现什么负面情绪或是急躁的时候，余音和他聊天很舒服。

又因为工作上没什么交集，向 S 先生吐槽公司不合理的安排也毫无负担。

S 先生每次都会静静倾听，冷不丁地回复一个可爱的表情或更可爱的想法，余音从他那里收集到不少表情。她最爱的是一只捧着花束的小狗，喜欢到还特地截下来当朋友圈配图发。但这一截，余音发现了了不得的事情。

她敲了敲 S 先生，放大截出的那部分：这里有一行小字，你发现没！

余音：收到 99 次小狗送的花就要和小狗结婚。

余音：哈哈……我们互发了好多次，应该没有超过 99 次吧？

S 先生很久没说话，余音以为他害羞了，正想转移话题，S 先生又发来了一个小狗捧花。

S 先生：第九十九次。

余音：你要和我结婚吗？不可以哦。

S 先生：好……知道了。

余音打开修图软件，将图上的"结婚"两个字改掉，发了出去：收到 99 次小狗送的花就要和小狗谈恋爱。

余音：再怎么样也要先谈恋爱。

就这样，余音和 S 先生谈起了网恋。

网恋的下一步似乎就是奔现，他们约定在年会那天见面，在此之前保留神秘感，不告诉对方自己的长相和真名。

和当网友的 S 先生不同，成为网恋对象的 S 先生似乎要更可爱一些。

他无师自通地学会了修改表情包，把余音二创的小狗玫瑰花表情包又改成了年会倒计时，每天发一次。

S 先生：再收到 10 次小狗的花就到年会了。

S 先生：再收到 5 次小狗的花就到年会了。

S 先生：再收到 1 次小狗的花就到年会了。

余音也不厌其烦地一次又一次回复：收到小狗的花了。

年会当天，主持人在台上随机抽取员工在年会开始前投进箱内的许愿贴。

余音手机收到 S 先生发来的图片，打开看了看——一只骨节分明的手掌微曲，轻轻触碰了下塑料仙人掌。

　　余音立刻起身溜了出去，她推开天台的门，只见昏暗月光下，身着西装的男人抬起头。

　　S 先生整个人很高大，却有一种温顺又温柔的气质。他一手触碰着那盆塑料仙人掌，一手抱着束玫瑰花，漂亮的眼睛望向余音。

　　S 先生："我是单昀。"

　　余音忍不住脸颊发烫："余音。"

　　单昀抿了抿唇，将花递给余音的时候，手指还有些轻颤："今年我的年会愿望……"

　　突然余音的手机屏幕闪烁，是同事发来一条消息。

　　同事：天啊！有人的愿望居然是……

　　这时，清朗的声音随夜风传进余音耳朵里——

　　"和袅袅谈很久的恋爱，然后结婚。"

好好吃饭

　　云穗是山上不知名的小神仙。

　　她的本体是一株稻穗，收稻子时被遗忘在田地里一个不起眼的角落，一直到枯萎落进泥中都没有人发现。

　　要知道，每一粒粮食的追求就是被人类吃掉，填饱他们的肚子啊！

　　几百年过去，云穗因缘际会修炼成了神仙，却还一直对这件事耿耿于怀。

　　古往今来，每个神仙都有一个使命，云穗猜想，她的使命可能就和当初被遗落在地里的命运有关。

　　她盘腿坐在树下思考了几分钟，小声唤出土地公，向他打听了几件事。

　　次日，云穗便出现在了城内的某家公司门口。

　　云穗许久不下山，记忆中的城市并不像现在这样高楼林立。而如今，她入目皆是繁华冰冷的大楼，行色匆匆的人们脸上也不带温度。

　　云穗有点尿，默默收回伸出去的脚。她拍了拍台阶的土，找了个小角落坐下，低头玩自己的头发，把它们分成一缕一缕的，编出形似麦穗的辫子。

　　"陈峪，你要跟我们一起去吃饭吗？"办公楼入口传来人类的聊天声，云穗听到熟悉的名字，紧张地站起身探头看。

"算了，我没胃口。"连日的工作让陈峪没心情考虑口腹之欲，打算去便利店随便买些关东煮当午餐，"我随便吃点垫垫肚子，你们去吃吧。"

打了声招呼与同事分开后，陈峪皱眉，捏捏山根，缓了会儿疲惫，准备去便利店，可刚转过身，却突然被人拦住了去路。

眼前的少女个头到陈峪肩膀往下一点，发尾编了几个俏皮的小辫儿，看起来也就十八九岁的样子。

少女叉着腰，气呼呼地看他，道："不许吃没有营养的东西！"

陈峪愣住，左右张望，发现左边有家新开业的卖盖浇饭的饭店，猜测她是来抢关东煮生意的同行："嗯……请问你是来宣传盖浇饭的吗？"

少女的头摇得像个拨浪鼓："我是来监督你好好吃饭的！"

二人最终还是去了便利店。

在少女板着脸再三要求下，陈峪给自己点了一份荤素均衡的快餐，转头又帮她要了一份。

云穗化形多年，早就不用进食，闻言立刻摆手："我不吃！"

陈峪不容她拒绝："监督我的前提是你自己也能做到好好吃饭。"

云穗被他绕了进去："那好吧……"

便利店就餐区只剩下窗边的座位，恰好坐得下两个人。

就在不久之前，陈峪已经被云穗抓着科普了她与他之间的"孽缘"——云穗多年前被人遗忘在乡间，而当初遗忘她的人正是陈峪祖上的某位长辈。

时过境迁，当时的田地已经盖起高楼大厦，云穗顺着那点儿线索，从土地公那里打听到了陈峪的消息。

她此次前来，就是为了监督陈峪好好吃饭，不能剩下一颗粮食。

陈峪原本不太相信这些怪力乱神之事，听云穗说起这些玄之又玄的事，也只觉得是小姑娘看种田小说看入迷了。

直到云穗当着他的面变成了一粒米，一粒洁白饱满的、有手掌大小的米粒。面前的米粒上则冒出了一双豆豆眼和一张圆圆的嘴巴，小嘴还在继续说个不停。

陈峪惊魂未定，向后退了一步，不远处传来高跟鞋踩在地板上的清脆响声，陈峪也不知道自己当时在想什么，一弯腰，抄起那粒米便躲进了楼梯间。

他低头看着手里像个小挂件一样的米，半天没说话，似乎在重塑世界观。

过了会儿，云穗变回了人形，整个人趴在陈峪胸前，仰着头得意地问他："现在信了吗？"

陈峪这才意识到他们之间的距离过近，如梦初醒般松开了她。

便利店的快餐味道只能称之为一般。

陈峪心里还在想这件奇妙的事，食不知味，抬头看向云穗，发现她也吃得差不多了。

云穗此时正在奋力同麻婆豆腐战斗，一口接着一口，快速消灭掉沾满酱汁的米饭，最后将小碗汤一饮而尽，咂了咂嘴，好像不是很满意的样子："不是很新鲜啊。"

陈峪其实根本尝不出饭菜有什么好坏，他以往觉得做饭带到公司太麻烦，基本上都是用外卖和快餐解决。

但现在不行了。

云穗擦擦嘴巴，严肃道："从此之后……做饭给你吃。"

中间那个字被她含混略过，陈峪下意识觉得云穗的意思是她来做给自己吃，又觉得不可能，就"嗯"了一声，看向她。

果然，云穗挠挠脸，不太好意思地说："你做饭给你自己吃，我不太会做。"

下班后，陈峪走出公司，在台阶处看到了撑着脑袋打盹儿的云穗。他走过去，轻轻拍了拍云穗的脑袋："走吧，不是说要陪我去超市买菜？"

中午二人约定，云穗会陪陈峪去超市挑选新鲜又好吃的食材，而陈峪每晚则抽出一个小时做好第二天中午的午饭。等约定结成，陈峪的小指被云穗的小指勾住晃了晃，陈峪才有一种被绕进坑里的感觉。

可能是因为本体与食物有关，云穗对食品区的兴趣极高，拉着陈峪直奔超市三楼。她只需要凑近闻闻或是观察几秒，就能说出食材的新鲜程度。每说几句，云穗还会回头看看陈峪，脸上写满了"快夸我快夸我"的表情。

陈峪只好满足她的小骄傲，道："你好厉害。"

回过神来，陈峪已经买了两三百块钱的食材。

他神情复杂地低头，看着一脸满足地喝酸奶的云穗，心想：这粒米，怕不是超市派来的卧底吧？

陈峪的家是在公司附近租的一室一厅。

虽然是独居，但屋内被收拾得很干净，尤其是厨房——往常除了冰箱，陈峪从不碰这里的其他东西。

云穗左看看，右看看，又眼巴巴地望向陈峪："什么时候开始做饭呢？"

陈峪被她盯得没办法，西装都没脱就套上了围裙，开始洗菜、切菜、热油、淘米……他不常做，厨艺却不差，只有最开始稍显生疏，后续单手颠勺时已经十分熟练。

云穗在旁鼓掌，给他加油。

热腾腾的饭菜出锅，陈峪把它盛进便当盒，等凉了之后再放进冰箱。

云穗蹲在客厅看他养的富贵竹，听到他的脚步声，回头问："可以把我也种在你家吗？"

陈峪脚底一滑，差点摔倒，连忙护住手里的盘子，不敢相信自己听到的："你说什么？"

"也不用太复杂啦，一个花盆，放点土就可以……"云穗的目光从陈峪脸上滑落，锁定他手中香气四溢的饭菜，"不是明天吃吗？"

陈峪弯腰将饭菜放在茶几上，招手让她来吃："你挑的菜，当然要第一个给你尝，明天中午的饭也有你的份。"

云穗吃光了一盘，对陈峪的手艺赞不绝口。

她吃完饭有点撑，想揉肚子，又不太好意思在陈峪面前揉，轻咳一声："注意，我要变身了。"

陈峪眼皮一跳，下一秒就见沙发上的小姑娘消失了，取而代之的是一粒胖乎乎的米。

陈峪："……"

别人是"饱暖思淫欲"，云穗却是"饱暖起睡意"，过了没一会儿就大剌剌地摊着肚皮躺在沙发上睡着了。

陈峪看了那粒米一会儿，然后从房间找出一块柔软的小枕巾，给云穗盖好。

一人一"米"的同居生活就此开始。

陈峪每晚做完第二天的午餐后，都会盛出来一些给云穗当晚餐，两个人一个在客厅吃饭，一个在卧室做简单的俯卧撑锻炼，谁也不打扰谁。

中午的时候，云穗也会来找陈峪，陪着他吃午餐，两个人会把饭菜吃得干干净净，一粒米也不剩。

云穗提过一句的花盆，陈峪也放在了心上。

他担心普通的花盆云穗住起来会不舒服，便特地在网上定做了一个，还定制了小毯子和小枕头。云穗很喜欢这个礼物，人形时也会抱着它跑来跑去。

陈峪最近饮食规律，春风得意，无论是心情还是对待工作的态度都比以前积极许多。

当然，下班回家也是。

同事打趣他是不是家里有老婆在等，他摇摇头，心里想的却是：唉，如果是就好了。

其他人换了话题，又聊起了韩餐和日料，问陈峪觉得怎么样。但他心里想着云穗，没太听清楚同事在说什么，随便附和了两句就和他们告别了。

云穗带给他的正面影响不只是饮食上的，她让陈峪黑漆漆的冰冷屋子充满了温暖的光，也让陈峪的胃和心脏一起暖和了起来。

如果云穗能一直不走就好了。他侧头看向身边陪他回家的云穗，这么想道。

可刚回到家，云穗就说："我要走了。"

陈峪嘴角的微笑瞬间僵在了脸上。云穗以为陈峪没听清，又重复了一遍："我要走了。"

语气好像还有点闷闷不乐。

"啊？"陈峪刚换好拖鞋，放下公文包，慢吞吞地走向沙发，"为什么突然要走？"

与此同时，陈峪的大脑飞速运转，寻找着能合理留下云穗的理由——

说自己还是有浪费食物的可怕想法？

还是用美食诱惑留下她？

又或者用美色？

如果……管用的话。

云穗垂头丧气："我今天偷听你同事讲话了，对不起。"

陈峪一怔，同事谈话？难道是"家里有老婆在等"这句吗？！

想到云穗可能会因为这句话觉得不舒服，陈峪心下空了一块，深吸一口气准备道歉，顺便再、再悄悄表明心迹。

谁知云穗说："我不应该勉强你天天都吃蔬菜配米饭，还要求你把米饭全都吃光光，明明你更喜欢吃其他食物的……"

陈峪要说的话刚到喉咙，就又咽了回去，他略一思索，惊讶道："是因为喜欢的食物那个话题？"

云穗点点头，看向陈峪英俊的脸。

她也好舍不得陈峪，但如果，如果她只能给陈峪带来压力，连吃饭都不能吃喜欢的食物……

那她还是离开吧。云穗含泪想。

"我觉得米饭很好，炒菜配饭也很好，我吃多久都不会腻。"陈峪这才明白只是个误会，深吸一口气，鼓起勇气覆上云穗的手，"因为我喜欢的人，是一粒很可爱的米。"

云穗呆呆地看他，脸颊慢慢染上一层薄红，想了好一会儿，才往旁边蹭了蹭，靠进他怀里，小声说："米也很喜欢你。"

"很喜欢，"云穗强调，"想一直陪你好好吃饭的喜欢。"

两个人静静抱了一会儿，陈峪低头问她："今晚想吃什么？"

云穗欢呼一声："蛋炒饭！"

　　有时候，饭菜的味道似乎和那个陪你吃饭的人有关，那你碰到那个人了吗？

　　无论什么天气，什么季节，都不要忘记好好吃饭哦。

Tou Yue Liang Gei Ni

狼藉人设

奶茶店没什么生意，黎媚打扫完店内卫生后便无事可做，趴在柜台上刷短视频。

在这个流量爆炸的时代，任何消息都能被冠上夺人眼球的标题，配以"适合"或是"不适合"的配乐，做成几十秒的短视频发布在平台上。

代表点赞的红色爱心疯涨，一轮又一轮的事件冲上热搜，转而又被新的热门视频取代……

黎媚的奶茶店叫"阿妹奶茶店"，位于某中学附近，顾客大多数都是十来岁的初高中生，也是短视频软件的拥趸。

去年年末，有位顾客在某软件上发布了在黎媚店内喝奶茶的视频，意外获得了几千个赞，为奶茶店招揽了几十位新客。

黎媚请那位女学生喝了一周奶茶，也思考起利用短视频宣传的可能性。

店里除了黎媚，只有一个兼职的小姑娘，两个人都不会太复杂的拍摄和剪辑。

二人一商量，买了个固定手机的支架，主要拍摄奶茶制作流程，再偶尔由黎媚拍摄一些介绍店内新品的视频。

黎媚转念一想，又去隔壁印刷店定制了活动海报——首次关注账号即可获赠一杯麦香奶茶，发布宣传视频超过百赞可以免单。

如今半年过去，名为"附中隔壁阿妹奶茶店"的账号运营顺利，在短视频平台上已经有了三千多粉丝。

最近放假，学生们都不在学校，整条街的生意都清闲了不少。兼职工请了个长假出去旅游，店里只剩黎媚一人，冬日午后的阳光洒进来，黎媚刷视频刷得昏昏欲睡。

各平台热搜都被娱乐消息承包，夹杂着零星的网红事件——某网红牵扯进一场暧昧事件被公司解约，有人扒出他的真实姓名和年龄，开始了新一轮的讨伐。

黎媚闭着眼睛听了会儿视频里机械电子音毫无感情的控诉，小声骂了句"渣男"。

突然，店门口的风铃发出一阵清脆的"叮咚"声。

黎媚一激灵，瞌睡虫瞬间不见踪影。

有人推开店门，黎媚将手机收了起来，说了声："欢迎光临。"

进门的客人身量很高，风铃尾部甚至碰到了他的帽子。他穿了身长至小腿的黑色羽绒服，鸭舌帽压得很低，下半张脸也被黑色口罩遮住，浑身的肌肤只有一双苍白修长的手露在空气中。

黎媚在这里开了大半年店，从未见过这么高挑的人，像是……从漫画里走出来的。

客人在柜台前站定，轻声开口，声音很低，带了一点哑："请问有没有咖啡？冰美式。"

黎媚盘下店面不久，做的大多是奶茶，还没做过咖啡，闻言不太好意思："不好意思，店里没有冰美式。"

客人露出来的一小撮头发带着点小卷，是漂亮的深咖色。黎媚看了几眼，又听他说："算了，什么咖啡都可以。"

"我没做过咖啡……"一连拒绝客人两次，黎媚有点儿难为情，想了想说，"速溶的可以吗？可能不太好喝。"

客人很好说话："没关系。"

黎媚松了口气，脱了围裙从柜台里出来："好，那我去隔壁小卖部买，麻烦您帮我看会儿店。"

被委以看店重任的客人愣了一秒，好脾气地点头："麻烦了。"

去之前，黎媚打开了店里的电视，调到综艺频道，可回来后发现客人似乎也没关注电视，而是一直低着头刷手机。

奶茶店角落，江陆麻木地刷着网上的各种评论。他是某短视频平台百万粉丝级别的网红，网名叫作"江鎏"。

就像大部分同类型的颜值网红一样，江陆的账号主页全都是毫无技术含量的自拍视频或者翻拍的热点变装视频。要是认真翻看，还会发现同一套衣服他来来回回拍过几个不同的主题，每个视频文案都打着"#183 00 水瓶 #"的标签。

在平台上，江陆现在的人设是话少淡漠、无情无欲的富家公子。

无论什么天气、什么季节，他出镜的着装都是纯黑色的风衣、衬衫、马丁靴，微卷的头发配合细框眼镜，小指上戴一枚银色尾戒，手里永远捧着杯冒着热气的咖啡。

在此之前，江陆也按照公司的要求走过别的风格，当过露腹肌的男菩萨，也拍过演技尴尬的小短剧。可多次尝试下来，只有这个风格小爆了一下，从此这套衣服便焊在了他身上。

实际上那套衣服夏天穿太热，拍完视频，背后总会被汗浸湿；而冬天穿起来又太冷，需要戴着口罩才能挡住不停发抖的嘴唇。

发型也是公司的要求，微卷的棕色和眼镜能中和他略显成熟的棱角。写在简介里的身高、年龄、爱好和星座，只有身高是真的。

江陆当初被公司签下的时候二十出头，如今几年过去，他已经快三十了。

当初签下他的经纪人早在两年前就换了工作，说好的广告收入分成也从二分之一变成了十分之一，甚至还经常拖延。即便如此，江陆也没想过离开这家公司，毕竟六年前，是签约费解了母亲医药费的燃眉之急。直到上周，数个女生发视频控诉江陆通过平台私信添加其私人联系方式，言语暧昧又不确定关系。

江陆这才知道，原来是公司老板掌控着他的账号，以他的名义私聊粉丝，和多名女生进行着"地下恋情"。

事情曝光后，公司第一时间发布公告开除江陆，没有做出任何澄清。

江陆试图登录账号，却发现连密码也被改了，而他所有公开社交平台的账号，都不再是自己的了。

自此，"江鎏"这个名字臭名昭著，和"骗子""渣男""性骚扰"等词汇牢牢捆绑在了一起。

说实话，江陆有些无措。

他自暴自弃地觉得，评论说的也没什么错，视频展现出来的他和真实的他非常割裂，全是谎言。

哪怕澄清了一个，还有无数个。

黎媚往冲泡好的咖啡里放了一小勺糖，然后小心翼翼地端至客人桌上。客人仰头说了声"谢谢"，摘下口罩，安安静静地喝起咖啡来。

黎媚这才看清客人的长相，那是一张很英俊成熟的脸，眼尾微翘的睫毛像是自带眼线，鼻梁的弧线十分漂亮，只是眼下有淡淡青黑，看起来气色不是很好。

那双淡色的唇浅抿了口咖啡，轻声说了句："苦。"

在旁一直注意着客人的黎媚听到他说苦，忍不住"啊"了一声。

客人侧过脸，微微弯了眸子解释："不是你的问题，咖啡很好喝，是我……喝不惯。"

以前拍视频时，咖啡也只是工作人员拿来的道具，江陆很少买来喝。

黎媚看着他略显苍白的侧脸，鬼使神差地问："既然喝不惯咖啡，那要试试奶茶吗？算我请你的。"

江陆朝她笑了笑："没关系，今天就这样吧。"

舌尖上的微苦还未散去，江陆端起咖啡一饮而尽，指了指柜台旁的收款码："扫这里吗？"

黎媚摆摆手，示意不用付钱了。

江陆戴好口罩，笑着没说话，低头按了个数字。

等到那道修长的身影离开，黎媚回到柜台拿起手机，看到了一分钟前的进账记录——

转账人：江陆。

接下来的一个月风平浪静，唯一的变化是临近开学，奶茶店的生意又好了起来。学生们一拨接着一拨拥入奶茶店，黎媚每天忙得团团转，给兼职工发的消息却石沉大海。

几天后兼职小姑娘回了电话，说打算在外地找工作闯荡，黎媚只能抽空又去了一趟打印店，但这次打印的是招聘启事。

黎媚没抱多大希望能很快招到合适的人，毕竟奶茶店已经很忙了，很多人都不愿意额外做剪辑的工作。但没想到，招聘启事刚贴出去不久，便有人上门了，还是个与她有一面之缘的人。

江陆今天换了身装扮，纯白色毛衣配黑色长裤，外面套了件黑色的大衣。他剪了头发，发色也染了回来，不再是深咖色，而是一种很柔软的黑。

　　黎媚坐在他对面，放在桌下的手指忍不住紧张地拽着衣服抠来抠去。

　　她问："你要应聘店员吗？"

　　江陆："嗯。"

　　黎媚也不知道自己怎么了，明明以前面对别的面试者不会像现在这样不知所措，连问题都不知道该怎么问。

　　幸好江陆很快便自我介绍起来。

　　"食品行业需要谨慎一点，我理解的，这个是我的健康证和体检报告，"江陆将东西放在桌上，慢慢道，"奶茶配方我需要几天时间来记，这几天我可以先做打扫和剪辑视频的工作。"

　　说到"剪辑视频"这几个字时，江陆的嗓音有些涩，但他很快便调整了过来："我以前做过……类似的工作，简单一点的完全没问题。"

　　说罢，他掏出手机，给黎媚播放了一段自己拍摄和剪辑的视频。视频的主体就是黎媚很熟悉的这条街道，但也很陌生。她透过小小的屏幕，看到阳光跃下台阶，微风将窗帘吹起，路边的猫懒洋洋地伸了个懒腰，结了冰的路面下有一片漂亮完整的树叶，像是封存了秋天。

　　短短三十秒的视频，配上轻柔舒缓的音乐，让这条街道展现出了黎媚从未见过的蓬勃生命力。

　　黎媚将手机还给江陆，喃喃道："我们店不用……"

　　江陆垂眼，眼尾一片落寞。

　　"不用这么高大上，"黎媚深吸一口气，"你剪得太好了！我们店配不上。"

　　最近，附中的学生都发现了一件事，学校隔壁的"阿妹奶茶店"

新来的小哥很帅！

那位姓江的小哥总是穿着黑色、白色或灰色的纯色卫衣和黑裤子，腰间围着条印着"阿妹奶茶店"字样的围裙，规规矩矩地戴着口罩和帽子。

女老板做奶茶，他就在旁边打下手，说话声音和动作都很轻。女老板要拍视频，他就安安静静掌镜。

女学生们相视一笑，小脑袋聚在一起叽叽喳喳地不知道在说什么。

黎媚万分庆幸自己当初聘用了江陆。

江陆做事认真，不仅每天将店里打扫得干干净净，还会拍摄一些店铺营业的日常小片段发在网上，提高奶茶店官方账号的更新频率。

黎媚越想越满意，下意识地搜寻起江陆的身影来。

距离学校放学已经过了一个多小时，路上的学生所剩无几。江陆站在店内的留言墙边，目光落在墙上密密麻麻的便利贴上。

十来岁的小朋友们对于这种成年人看来有点儿幼稚的仪式感十分中意，每喝完一杯奶茶，都会撕下一张店内准备好的便利贴，写下几行简单的留言，再嬉闹着贴好。

有的便利贴上写着：能不能不考试啊！

有的写着：希望我爸妈不要再让我去辅导班了！

还有的写着：以后一定要实现当颜值网红的梦想。

江陆看着那些稚嫩的笔触，移开了目光。

"留言板好像快满了，"黎媚从他身后探出脑袋，也去看留言板，"这群小朋友太能写……"

当她的目光触及某个粉色心形便利贴上的内容时，黎媚差点叫出声，脸颊瞬间被淡粉色席卷，热浪从脖颈一路蹿到大脑。她手忙脚乱地将那张便利贴挡住，磕磕绊绊地转移话题："该……该清理一下便利贴了。"

清理也并不是要丢掉，只是将那些便利贴一张张撕下整理好放进更好收纳的盒子里。江陆"嗯"了一声，转身去拿收纳盒。

等他离开视线范围内，黎媚才做贼心虚地松开手，将那张写着"美女黎老板和老板娘江哥百年好合"的纸塞进衣服口袋。

她安慰自己，江陆那么高，一定看不到这张贴在最下面的便利贴的。

一定！

二十分钟后，江陆摘下最高处的便利贴递给黎媚。

黎媚将它们小心翼翼地展平放进收纳盒中，随口说："所有的便利贴都放进去了。"

"所有的？"江陆突然轻笑了一声，长长的睫毛颤了颤，"黎老板确定吗？"

听到这个称呼，黎媚人都麻了。共事这么久，江陆只在最开始叫过她"老板"，后来应黎媚要求都是直呼大名，现在突然叫"黎老板"，只有一个可能……

黎媚默不作声，把口袋里的纸条原封不动地拿了出来，塞进江陆手里，闷声道："是还有一张……"

江陆低头，目光掠过便利贴上的字迹，愣了几秒钟。片刻后，他止不住笑意，轻咳一声摸了摸鼻尖。

江陆从桌子与墙面的夹缝中抽出另一张被遗忘的便利贴，上面写着一行字——

黎老板大美女！

他耳尖微有烫意，说："是这张。"

奶茶店的运营进入正轨。

黎媚和江陆几乎每天都待在一起，原本兼职工是有做五休二的福利的，但江陆说自己没什么事，周末也照常来上班了。

在黎媚看来，江陆是个很矛盾的人。

他平时不出去玩，也没有什么朋友，不玩游戏，不看短视频，就连手机铃声都不怎么响起。

如果是旁人，大约会觉得江陆很难相处，很"独"。可黎媚清晰地知道，也感受得到，江陆很温柔。

店里没人的时候，黎媚会去和他聊天。无论黎媚说的是多无聊的话题，江陆都会认真听着，并且表达出自己的看法。即便没有面对面，黎媚在社交平台上分享的所有好玩的视频，江陆也都会看完，再捧场地写出观后感。

这样的人，怎么会难相处呢？

而在朝夕相处中，黎媚也得知了一些关于江陆的事。

江陆的妈妈是这座小城的人，后来结婚跟随江陆的父亲去了另一个城市。他出生后不久，父亲便因意外出事，母亲又在江陆大学毕业后确诊癌症，缠绵病榻。就在去年，他的母亲也走了。

提起家人时，江陆微微抿了抿唇，将那丝苦涩很快掩藏。

黎媚难以形容现在的感受，她难以遏制地感到心疼，想拥住江陆。

她想拥抱他。

回到家里，黎媚辗转难眠，脑中一直循环播放江陆的一举一动，卸妆时想，洗澡时想，就连切进短视频网站时也想。等反应过来后，她已经在搜索框里打下了江陆的名字，并不小心按下了搜索键。

黎媚本打算退出，目光却扫到了搜索结果里那张熟悉的脸——系统根据相关性智能推荐，搜索出了"江銮"的信息。

第二天，江陆按时来到店里，有条不紊地开始打扫整理。

黎媚顶着两个黑眼圈飘进店内，心情复杂地回忆着昨晚接收到的信息——江陆可能是个欺骗女生感情的渣男。

江陆见她来了，露出一个浅浅的笑容，问她："今天还要开发新菜单吗？"

前些日子，黎媚突发奇想拉着江陆一起调制新的奶茶配方，每次江陆都说好喝，但黎媚自己心里有数，知道味道都只是一般罢了。

江陆提起新菜单，黎媚胡乱点了点头，心里很难受，心想：欺骗女生感情的渣男有什么资格喝奶茶？！话虽这么讲，但黎媚还没想好怎么问网络传言的那件事，只能闷闷不乐地去洗手调奶茶。

奶茶上桌，江陆喝了一口，弯了弯嘴角："很好喝，谢谢。"

黎媚被他的目光注视，一时冲动，忍不住问："为什么要骗人？小姑娘很好骗是吗？"

面前的人愣了片刻，犹豫着说了实话："对不起，其实味道一般，我只是想给你一些鼓励。"

黎媚气到跺脚，已经顾不得追究奶茶到底好不好喝的事，直接拉开椅子坐到他面前："我是说！江銮！"

江陆被叫出网名，眼中的笑意慢慢褪去，手指也轻轻颤了颤。

黎媚看到对方垂着的眼睛和紧抿的嘴唇也没解气，忍不住伸手去拿奶茶："网上骗人的时候怎么没想到今天？奶茶还我，不给你喝了！"

江陆下意识握紧了奶茶杯，低声道："骗人是我不对，但做坏事的人并不是我。"

黎媚失望至极，已经不想听他解释了，转身就想走，但她的衣角却被扯住了。

江陆慌张道："可以给我一个解释的机会吗？"

江陆将来龙去脉告诉了黎媚。

事情发生伊始，江陆也想过澄清，但后来妈妈去世，这个世界上真正喜欢"江陆"而非"江鎏"的人似乎也随落叶落了个干净。

江陆就觉得，没必要了。

他调出手机里他和公司负责人的聊天记录，对方转来一笔六位数的转账，要求他瞒下此事，并且退出网络。江陆没有收，也没有回复。他打开相册，给黎媚看他收集的所有证据和资料。

相册的建立时间是一个月前。那些图片和视频有他和公司的交涉记录，有他从受害者发布的视频里截出的和他行程冲突的疑点。网上也已经有受害女生发视频，质疑账号背后的渣男并不是江陆本人。

江陆："我本来想过就这样算了吧，但遇到你之后……我每晚都在想，万一被你知道这件事，你对我失望该怎么办。我有考虑过告诉你，只是一直没有找到合适的时间。"

黎媚看了确凿的证据，已经信了九成，只是气还没消，说话阴阳怪气的："我们什么关系啊，你还怕我误会你？"

江陆小心翼翼勾她手指："我错了，黎老板。"

"我们目前是朋友关系，"他侧过脸，温柔又坚定，"但我想成为，便利贴上的关系。"

两个人红着脸纯情地拉了一会儿小指，黎媚气消了，问他打算什么时候澄清回击。

江陆也在考虑下一步该如何进行，道："等我注册一个新的账号。"

黎媚却说："别麻烦了，有现成的。"

当晚，名为"附中隔壁阿妹奶茶店"的账号发了一条图文视频——

> 关于 @ 江鋈 事件的澄清。[图片]

九张图逻辑清晰，将性骚扰事件的始末分析彻底，拿出多方证据证明当初与多位女粉丝有情感纠葛的微信账号"皮下"并不是江陆，并正式宣布会用法律武器保护自己的名誉。

江陆在最后写道——

> 很惭愧，时隔多日，我才有勇气面对这件事。
>
> "江鋈"是我配合前公司塑造出的形象，现实生活中的我只是一个不年轻，也没品位的三十岁男人，不值得那么多人喜欢。
>
> 我向被"江鋈"这个账号冒犯到的女生道歉，也为之前以虚假人设欺骗大家的事向所有人道歉。
>
> 在我以为人生本就苦涩时，有个人告诉我，人生也有甜味。
>
> 谢谢你。

澄清视频发布当日只有几百赞，没掀起什么风浪，江陆甚至还收到了前公司老板气急败坏的辱骂短信。第二日，附中学生从网上看到了这个消息后，自发使用自己的账号帮忙传播，将其顶上了热搜。再后来，被欺骗感情的女生也出来支持江陆，放出一段聊天语音，证明账号那头的确另有其人。

在多方努力之下，前老板见事情再无反转余地，心不甘情不愿地用公司的账号置顶了道歉声明。

法院判决书下来那天，江陆正在往玻璃上贴新海报。明天正好是奶茶店开业两周年，黎媚和江陆为了感谢大家的帮忙，特别开展了为期三天的免单活动。

江陆将海报贴平，听到黎媚在屋内叫他的名字："江陆，来尝尝新奶茶啦！"

"来了，"江陆大步流星地走进店内，接过黎媚递过来的奶茶，俯身往她唇上轻轻吻了一下，"很甜。"

黎媚"哼"了一声，倚在他肩上，和江陆小声说起了明天活动的具体流程。

奶茶店内，墙上的留言板贴满了粉色的便利贴，正中心的正是那张：

美女黎老板和老板娘江哥百年好合！

一室温馨。

第八卷

残月

男人，只会影响我爆红的速度

参加完品牌活动，经纪人给我发了三个剧本，让我挑一个喜欢的。说是挑，但有两部注定与我无缘。毕竟在月末我要进组一部喜剧电影饰演女主，留下的时间只够客串一个配角。

三个剧本中，只有那部古代仙侠电视剧档期合适。但唯一有时间拍的这部戏，我并不是很想接。

因为……它的男主角是我的死对头——宿唯。

我和宿唯的恩怨说来也简单，纯粹是被媒体拱火。这一切都要从五年前说起。

宿唯的第一部作品是一部小成本电影，那部电影上映几日后口碑票房双爆，在片中饰演男二的宿唯多次被送上热搜。

宿唯作为一个初出茅庐的新人，和曾拿过好几个影帝的男主对戏竟然丝毫不落下风。那时无论是影评人还是普通观众都在称赞他的演技，顺便把其他同龄演员拉出来一顿痛批。而我就是"捧一踩一"里后面的那个"一"。

那时我的出道作品正在热播，热搜同样霸榜，但剧情和演技都只能用尴尬来形容，观众评价我——"除了脸一无是处""和宿唯差的不是一星半点""一点灵气也没有，看看人家宿唯"……

按常理来说，小生和小花是两个赛道，男演员更多的是和男演员对比，战火从不会波及女演员。所以，无论是作品还是定位，毫无交集的我和宿唯怎么看都是两个赛道的人。

但很尴尬的是，演技拙劣的我是科班出身，正儿八经地读了几年表演课，上学期间还兼职模特给杂志拍过封面。而演技爆棚的他则是在书店被选角导演发掘，简单培训了几个月便入组拍戏的素人。

更不巧的是，我和宿唯在同一个地方出生，同一个地方长大，并且是同年同月同日生。

一时间，娱乐新闻和营销号最津津乐道的话题便成了我和他之间的缠缠绵绵。

我恨。

这么多年来，我在娱乐圈摸爬滚打，站稳脚跟，没有绯闻对象，没有整容疑云，也没有不当发言，演技也在一部一部戏的磨砺中褪去青涩。

但就因为这点孽缘，催生了我出道至今最大的黑料——

比宿唯演技差。

无论在哪个场合都会有记者向我抛出同一个问题："叶初小姐，请问您对和您同年同月同日出生，但演技比您'稍微'好一些的宿唯先生有什么看法？之后会和他合作吗？"

今天也不例外。

此时，我正在参加某个品牌举办的慈善晚会。

记者的话筒递到唇边，我露出完美无缺的笑容，在内心吐槽：为什么要特意提同年同月同日生，这是让我和他拜把子吗？

但内心波澜，我表面上却云淡风轻，红唇轻勾："我觉得我们很有缘分，至于合作……如果有机会的话。"

回到后台休息室，我猛摇经纪人红姐的肩膀："把所有和宿唯有关的邀约都给我拒了啊——"

红姐也猛摇我的肩膀："你清醒点！宿唯也经常收到和你有关的邀约，人家一次都没拒绝过啊——格局要大！"

休息室的大屏正在同步红毯的场景，红毯主持人眼前一亮，向前迎了几步："向我们走来的正是新晋影帝，宿唯！"

镜头适时转向红毯尽头，宿唯身着一身黑西装，长腿一迈。

格局要大，但我心眼小啊！

我立刻寻找遥控器，准备将这电视屏幕关掉以解我心头之恨时，摄影师反而将镜头拉近，锁定了宿唯那张英俊的脸。

记者故技重施，又问起了那个问题，只是将话中的两个人名调换："宿唯先生，请问您对和您同年同月同日出生，但演技比您'略'逊一筹的叶初小姐有什么看法？之后会和她合作吗？她说如果有机会很想和您合作。"

看到我仿佛快要吃人的目光，红姐默默收起了藏起来的遥控器，同我一起听到了宿唯的回答。

宿唯面对镜头，在我眼中，他带着三分狡诈、五分可恨还有两分微不足道的英俊微微一笑，说："好啊，那我找个机会。"

举牌拍到我圈中好友捐赠的项链后，之后的一整场慈善晚会，我都在思考宿唯那句"找个机会"的意思。

该不会真的要找机会和我合作吧？

我才不要！！

我还沉浸在"被迫和宿唯搭戏结果被吊打得体无完肤"的惨烈幻想中，竟连拍品轮到了我的捐赠品都没注意。

"恭喜宿唯先生，以五百二十万的价格拍下叶初女士的捐赠品——珍珠银戒。"

一时间，十几个镜头通通对准我。我端坐在座位上，迟疑地鼓掌，面对镜头露出一个得体的笑容。

宿唯拍下了我和代言品牌联名，亲自设计制作的，世界上只有两枚的戒指之一。我看向不远处的宿唯，他倚着椅背，姿态自然，饶有兴致地向我举杯，我假笑着回敬。

拍卖结束后，红姐突然接到一个消息，急匆匆地推掉了后面的群采环节，带我离开现场回公司。

我本来还在为不用面对八卦媒体而松了一口气，到了公司才知道究竟发生了什么大事。

简而言之就是——我的电影女主被人截和了。而截和我的，恰好就是那部仙侠剧原定女主的公司。

那位女演员出道早我五年，目前正在寻求转型之路。与宿唯搭仙侠剧或许对别人来说是块好饼，可对演过同类型剧的她来说却是不上不下。于是在多方打探之下，对方接手了原定女主是我的喜剧电影。

在娱乐圈中，"夺饼之仇"算得上是深仇大恨，往常都会撕个天崩地裂。现在没闹起来，单纯是因为我所在公司的老板和她公司的高层有些交情。

双方沟通过后，商议互换资源。即那位女演员去演喜剧电影，我进组仙侠剧组。

我盯着剧本里男主角色旁大大的"宿唯"两个字，仰头看红姐："可不可以不……"

红姐摇头："不可以。"

我带着仙侠剧剧本，垂头丧气地回到住所。

洗过澡后，我翻开剧本看了看，说实话还蛮有意思的，女主角是位误闯仙君梦境，与其历经十世情缘的小贼。二人携手，谈情说爱顺便拯救世界。

如果男主不是宿唯就更好了，我怀着淡淡的别扭睡去。

第二天醒来时已经快中午，床上另一侧还留有体温，今天没有通告，我懒洋洋地起床去洗澡，吹头发的时候随手划开手机——

微博新闻推送：您关注的"叶初"上热搜啦！

这我可就来了精神，难道是我昨天的美貌营业大获成功？还是电影资源掉了的新闻爆出来了？总不会是……

是"宿唯一掷千金只为叶初喜欢"。

我颤抖着手点开热搜里的视频，昨天的慈善拍卖会后，有记者问宿唯为什么会选择拍下我的戒指。

宿唯对着镜头微笑："叶初似乎很喜欢，我见她戴过很多次，买下当然是因为我也喜欢。"

评论里有各种带粉籍的和不带粉籍的发言——

@suwei天下第一帅：做慈善而已，请多多关注宿唯的作品。

@我叶初醒：知道了，美女叶初的魅力很大。

@到底什么时候中奖暴富：有人发个话吗？能嗑两口吗？

@我的作者交稿了吗：宿唯不是说过自己有个喜欢很久的人吗？这又是在干吗……

…………

我呆滞无言，丢下干发帽，湿着头发跑去厨房，捶了下正在煮饭的男人肩膀。

我："你到底在说什么啊！"

宿唯回过头来，身上印着小粉花的围裙略微有点小，紧紧地贴在他身上，勾勒出完美诱人的肌肉线条。

他凑过来亲吻我的鼻尖："谈恋爱七年了，我只是说了句喜欢而已，况且你设计的世界上只有两枚的戒指，我怎么可能会让给别人？"

我无能狂怒，生气地咬了宿唯肩膀一口。宿唯不仅不觉得痛，还把胳膊递过来随便我咬。

我用他的肌肉磨了磨牙，"哼"了一声去帮他端菜。

我和宿唯在高中课外班相识，大学开始谈恋爱，至今已有七年时间。早期为了不影响工作，我们只默认自己有喜欢的人，在镜头前保持距离。却没想到阴差阳错，我和宿唯的名字终究还是被媒体紧紧缠在一起，时刻都不能分开。

餐桌上，我同宿唯聊起将要合作的那部仙侠剧。宿唯已经从我口中得知，闻言十分期待，脸上的笑容一直没下去。

我愁眉苦脸："别笑了，快吃饭！"

宿唯劝我不要太过担心："你的演技最近已经进步许多，剧本人设也很符合你的个人性格，稳定发挥就好。"

我郁闷了一会儿，心想他说的有道理，而且这部剧制作班底十分不错，拍完说不定我的演技也会提升一大截。

吃完饭，我和宿唯窝在一起看剧本。

宿唯说："拍完就公开吧。"

我靠在他肩膀上，假装不乐意："男人，只会影响我爆红的速度。"

宿唯不动声色地挠我痒痒，我招架不住，不得已放下剧本："好好好，我答应你！哈哈哈，别挠了！"

不知不觉中，剧本已经翻至最后一页，唯有七个字——

有情人终成眷属。

兔兔除雪队

琉光是一只小兔子。

她出生于冬末，与那年的最后一场雪不期而遇，最先感受到的除了母亲的体温，便是雪落在鼻尖上冰凉的触感。

琉光很喜欢雪，直到她长大成人，收敛起身上的妖气去上了大学，最喜欢的天气仍然是下雪。

变为人形的琉光是个长头发、圆眼睛的小姑娘，一到雪天她就会穿上毛茸茸的外套，迫不及待地去雪里撒欢。

这么可爱柔软、冰冰凉凉的东西，怎么会有人不喜欢呢？

但同班的叶醒就很讨厌雪。

十八年前的某个雪夜，他被抛弃在无人的村落。

半人半妖的东西到哪儿都是祸害！

他听过无数人这么讲，可是选择相爱、结合、诞下叶醒的并不是他自己。

如果能选择，叶醒更希望自己是纯粹的妖、纯粹的人，或者只是一只普通的流浪狗，而不是因同时流淌着人类与犬妖血液而被遗弃的半妖。

他讨厌……不，是厌恶。

叶醒厌恶雪。

他报考了南方的大学，却莫名其妙被录取到南北交界的分校区，从此每年都会被迫看到雪。

　　早八结束，叶醒压低帽檐，戴上口罩，深吸一口气离开了教学楼。这里正在下冬天的第一场雪，学校地面也落了薄薄浅浅的一层白，像是某种甜点上的糖霜。很多同学都掏出了手机记录这一刻，叶醒无心拍照，只想快点赶回宿舍。

　　等到了放山地车的地方，叶醒突然望见自己的车座上似乎有团白白的东西，像是雪球。

　　叶醒额角青筋一跳，脑袋顶的犬耳差点忍不住烦躁地蹦出来。快步走上前后，叶醒微愣，才发现那不是雪球，而是一只小兔子。

　　琉光看到下雪太过兴奋，现出原形在雪地里玩了一会儿。

　　她昨晚熬了个大夜做期中作业，玩雪又费了太多力气，疲惫感一股脑地涌上来，让琉光眼皮不住打架。

　　马上就下课了，琉光生怕被别人踩成兔饼，左看看，右看看，选定了一个很好的休息位置——别人的车座。

　　很隐蔽，不会被看到。很高，不会被踩到。琉光费尽最后一丝力气跳到车座上，心安理得地进入了梦乡。

　　叶醒弯腰注视车座上的小兔子。

　　他认识这只兔子，是隔壁班的琉光，一只喜欢雪的纯血兔妖。

　　他伸手，想碰碰兔兔的背，又想到对方是女生，不太好接触。叶醒收回手，叫她的名字："琉光，该醒了。"

　　白色的小兔子迷迷瞪瞪地蹬了下腿，睁开眼睛看向近在咫尺的俊脸。

　　"啊！"琉光猛地弹起，差点掉下车座，"对不起！"

　　叶醒手疾眼快地接住它，也因为这个姿势，掌心避无可避地贴上兔兔柔软的肚皮。

　　触及之处一片温热，叶醒僵住了。兔兔也很惊慌，小短腿扑腾着挣扎，跳到地上。

她也认识面前的半妖，是话很少、很酷也很讨厌雪的人形大狗狗——她可没有调查对方，是军训时叶醒自我介绍时说的。

一片白光过后，变回人形的琉光呆了会儿，伸手拍拍车座上的几根兔毛："您请坐。"

叶醒收回手，假装忘记了刚刚的亲密接触，半天没说出话来。

"糟了！"只见琉光一拍脑袋，后悔不已，"下一节课在二号教学楼！"

她玩雪玩得太忘我，竟然忘记老师昨天通知的换课的消息。

琉光急得犹如热锅上的小兔子，不停跺脚，一号教学楼和二号教学楼相距大半个校园，现在跑去肯定来不及了。

这时叶醒开口："我送你去吧，我骑车快一点。"

琉光眨眨眼，看向只能一人驾驶的山地车。叶醒轻咳一声："你变成兔子，窝在我……帽子里。"

连帽外套的帽子正好容得下一只小兔子。雪还在下，但不是特别大，偶尔会有雪花飘下来，落在叶醒的帽子里。

琉光如临大敌，一点一点把那些试图沾染叶醒的雪花全都拍打掉，手忙脚乱的，边打还边念叨："我是兔兔除雪队！"

要不是听到这句话，叶醒还以为她是在自己身后打军体拳。

五分钟后，叶醒停下车，手伸到身后。软乎乎的小兔子张开爪爪，趴到了他的手臂上。

叶醒放下琉光，看着对方变成人，刚想说些什么，一开口，恰好有一片雪花落在了他的唇角。

琉光的"除雪职业病"发作，手疾眼快地将手覆了上去。指尖碰到嘴唇，双方皆是一愣，那片雪轻轻地融化在了肌肤相触的地方。

琉光连忙将手收回背到身后，强装镇定道谢，丝毫不知自己的脸红成了什么颜色。

"谢谢你载我过来……"琉光舔舔唇角，"我、我去上课了！"

叶醒："好……"

突然，身着毛茸茸外套的少女蹦上台阶，又停住了。

她回头，向着没有离开的少年露出一个微笑，眼睛亮晶晶的："等我下课……唔，下课好像也还在下雪。那等不下雪了，我们要不要一起出去玩啊？"

叶醒纤长的手指碰上自己的嘴角，那里落过一片他最讨厌的雪，也碰触过琉光的指尖。

叶醒站在雪中，却不像以往那么暴躁与反感。

他说："我等你下课。只要是和你，下雪也没关系。"

你吃什么长这么高

周莜听闻师父收了个新徒弟。她一骨碌从床上爬起，又亮又圆的眸子眯起来，隐隐约约露出一丝清澈的狡黠。

她盘腿坐着，发髻上乱七八糟地缀满了东西，打眼一瞧都是山上的花花草草，还有一颗被压扁了的红果子。乍一看不像是个正经的修道之人，倒像个山间偷跑出来的精怪。

前来报信的二师姐好脾气地替她整理头发，不禁纳闷。

这小师妹平日里没少在师父面前撒泼打滚说想要个师妹或师弟，自己才不要做最矮、最可怜、最受欺负的老幺呢！怎么这会儿美梦成真了，反倒理智起来了？

头发收拾齐整后，被周莜扯散的衣襟也被师姐拢好，她摇身一变，又从小精怪变回了天机门古灵精怪但不失道心的小师妹。

二师姐正替她拍打床铺，身旁又依偎过来一只柔软贴心小师妹。

周莜眨巴着大眼睛，甜腻地问："二师姐，新来的是小师弟还是小师妹？有我高吗？"

好嘛，原来还是在纠结身高。

二师姐被她逗得直笑，轻弹了一下她额头："是小师弟，人家和你一样，才十六岁，至于身高嘛……"

周莜"哎哟"一声捂住额头，还不忘挺胸直背，试图让自己看起来高一点："到底谁高？二师姐，你快说！"

二师姐用拇指和食指比出一点点距离："比你高一点儿。"

周莜在心头盘算着：才高一点？那我穿双高点的鞋子不就比他高了嘛。很好，等我换双鞋，去会会这个小师弟！

准备好的周莜勇敢出击，和二师姐一同推开了师父房间的门。

师父房内，众人通通憋着笑，看向一动不动，互相对望的周莜和小师弟。

而周莜仰头看着眼前穿着弟子服的高大少年，深感受骗，不禁悲愤道："二师姐，你骗我！"

什么只比她高一点儿，面前这人明明比她高出一个头，都快赶上百年老树高了！

周莜的心碎了，她恨恨地一跺脚，但也正是因为这个动作，高筒靴里垫了好几层的鞋垫突然错位，连带着她的脚腕也失了力，站着竟有些摇摇欲坠。

周莜惊叫："哎呀！"

众人齐喊："小师妹小心！"却因离得太远不能及时搀扶。

眼见周莜就要扑倒在地，一旁突然伸出了一双大手，将其牢牢接住，帮助她站稳后才松开。

一直沉默的小师弟收回手，低声道："小师姐，当心。"

周莜呆呆地站着，竟然被这一声"小师姐"叫得有些暗爽又热泪盈眶。呜呜呜，这还是她十六年来第一次被叫小师姐，这个称呼好好听哦……能不能再叫一声？

周莜热泪盈眶地望向高大少年，迅速将其划分到自己小弟的范畴，又努力回想着刚刚听到的对方的名字，心想这个什么"小溪"还是"小湖"的还是很有眼力见儿的嘛，轻咳了两声："小溪，不错，小师姐以后罩着你！"

江河垂眼，看向娇小可爱的小师姐，点头应下了这个称呼。

　　周莜拿掉鞋里的鞋垫，哼着曲儿一跳一跳地跑远了。江河注视她的背影，很久没说话。

　　大师兄拍了拍他的肩，说小师妹只是活泼了点儿，没什么坏心思，让他别担心。

　　江河点了点头，又道："她很可爱……我是说，小师姐。"

　　天机门著名的"跟屁虫"周莜有了自己的"跟屁虫"。

　　那天开始，只要有周莜的地方，十步之内定有江河。同样，有江河的地方，也一定有周莜。江河是个忠实的"跟班"，他陪周莜上下课，陪周莜练习剑法，陪她一起去山上摘花。

　　往日周莜一个人不能做的事，他都陪她做了。

　　有小师弟的日子可真惬意啊！周莜幸福得快要掉眼泪了，她经常还会反思，自己最开始对江河的态度是不是过于强硬了。她怎么能对这样一个菩萨心肠的师弟大声说话，还理所当然地使唤他呢？自己一定要对他好一点！

　　周莜撑头向后看，如愿以偿地瞧见在身后替她编草蚂蚱的江河，便招了招手让他过来。江河手上动作不停，杂草在修长的手指之间跳跃，很快便编成了蚂蚱的腿。

　　"小师姐，"江河打好结，将蚂蚱放进周莜掌心，眉眼清俊，"怎么了？"

　　周莜手里被塞了个草蚂蚱，差点忘记自己要说什么，愣了一愣才想起来，说："江河，我以后要对你好点。"

　　这么长时间以来，周莜对江河的称呼在"小溪""小水坑""小水洼"间来来回回，但就是没怎么叫过江河的名字。

　　首次从周莜口中听到这两个字，江河不禁怔了怔，反应过来后不由得想听她再说一遍，便弯腰道："小师姐，你说什么？"

这一举动却狠狠刺伤了小师姐身高上那点儿可怜的自尊心，周莜气得握紧拳头，大声喊："你吃什么长这么高啊？气死我啦！"

江河偏了偏头，看向周莜红扑扑的脸蛋，认真回答："馒头……"

闻言，周莜更生气了！

她也爱吃馒头，可除了吃到肚子鼓鼓，完全没有什么变化！

几年时光匆匆而过，即便再怎么猛吃馒头，周莜也没有如愿以偿变得更为高挑。反而是江河的身高又往上蹿了蹿，他如今已是门派中最高的那个，连师父见了都要微微仰头。

因几个师兄师姐下山历练，山头安静了不少。而师父出门逛了一圈后，又捡了几个徒弟回来。

师弟师妹们都是小豆丁，怯生生地将周莜围起来。十九岁的周莜不再像当年那样孩子气，也不会拉着师弟师妹们比身高，而是摆出一副正经师姐的模样摸摸他们的脑袋，再送上一兜子糖。

师弟师妹们惧怕这些年越发高大沉默的江河，都喜欢依偎在周莜身边叫师姐。

周莜忙得不可开交，一会儿捏捏这个，一会儿逗逗那个，好不容易从过分热情的师弟师妹中脱身，周莜跟师父道了声别，忙拉着江河往外走。

"好累好累，"周莜松了一口气，"师弟师妹们都好活泼啊！"

江河不吭声，虽说这些年已经习惯了江河的寡言，但凭借多年相处，周莜还是在一瞬间发现了江河的异常。

她问："小水坑，怎么了？"

"小师姐，"江河低声道，"以后你不是我一个人的小师姐了。"

周莜下意识想否认，可张了张嘴却无话可说……

好像确实是这样，门派中已经有了不止一个师弟师妹，他们通通比江河年幼，按理来说都要叫周莜师姐的。

月下人影成双，一个低头，一个仰头，就这样静静站着。

似乎没什么变化，但周莜对上江河双眼后，却知道气氛正在往另一个陌生的方向催化。

而她对这种感觉似乎并不陌生，因为从见第一面起，就有某种甜蜜气息隐藏在一句又一句的"小师姐"里。

"周莜，"江河叫了她的大名，静静地注视着她，眼中犹如有奔腾的江、流动的河，"我喜欢你。"

周莜听到后，一时间没有做出反应。

她应该觉得意外，却丝毫不意外。也许本就应该是这样，他们不只会是师姐和师弟的关系，而应该是另一种更为亲密的、甜蜜的、怎么都分不开的关系。

霎时万千春光四泄，周莜拨开云雾，看到了江河的眼神。

周莜倒吸一口凉气，被这个眼神撩得心脏狂跳。

"我也是！"她纵身一跃，在江河紧张地圈住她时，嘴唇贴在他泛红的耳郭，"可恶，你吃什么长这么高啊！"

逃婚

1.

客栈的隔音效果不怎么样，楼下酒馆里客人醉醺醺的划拳声吵吵嚷嚷地直冲林梦语的耳畔，扰人得很。

林梦语竖起耳朵听了又听，也没听到自己想听的那道动静。她叹出一口长长的气，翻了个身，试图将那些杂音甩在脑后，却不由自主地想起一件更烦的事来——

距离逃婚已过去半月有余，也不知道家里现在情况如何。

没错，林梦语逃婚了。

豆蔻年华时，她也曾痴迷过流传于小女孩儿之间的情爱话本，故事里的主人公常常因为各种原因拒绝成婚，连夜收拾包袱细软逃跑，经历各种波折后与真正的男主角修成正果。

短暂喜欢了几天此种话本后，林梦语便又迷恋起其他类型的故事，并对某个风月故事爱不释手，话本中成熟稳重的男主角，也成了她的理想型。可她万万没想到，多年之后，逃婚这个情节竟然会发生在自己身上。

那晚，林梦语刚回家就见爹娘正襟危坐，说有要事与她说明。林父林母大多数时候都不太着调，很少有如此正经的时候。林梦语也被此种气氛感染，不由得严肃起来，脑中瞬间闪过万千种可能，最终定格在"爹娘苦瞒我二十载，家中原是京城首富"上。

想到这种剧情发展，林梦语忍不住握紧裙摆，用眼神示意欲言又止的爹娘放心大胆地说出来。

林父深吸一口气，道："梦语啊，爹娘有话跟你说。"

林梦语心跳加速："嗯，女儿已经做好准备了。"

林父又道："那是个寒风凛冽的冬天，一大早便下起了雪。你娘正怀着你，嘴馋想吃街边李记的糖炒栗子，我便出门去买。回来的路上意外碰见了一家三口。那对夫妻比我和你娘要大些，还带着个七八岁的小孩。我上前询问，才知他们是来寻亲的，只是亲人早已搬离此处，他们也花光了盘缠，现如今无处可去。"

"你爹回家告诉了我这件事，我心软，便让你爹把他们请进门喝了几杯热茶，后来才知道那夫人腹中还怀着一个，"回想起那日，林母仍有些心有余悸，"那场雪实在是太大了，若不是我们碰到他们，那位夫人腹中的胎儿可能会……"

林父拍了拍林母的手背，接着说："我和你娘又留了他们几日，待雪停了，才送给他们一些御寒的衣物，又准备了些盘缠送他们离开。那一家三口十分感激，那位夫人也忍不住握着你娘的手，说……"

林梦语眼前一亮："若我日后发迹，定报答收留之恩！"

林母打断她的话："不如定个娃娃亲吧！"

"娃娃亲？"林梦语瞠目结舌，"不对吧！故事不应该这么发展！"

林母白了林梦语一眼："不然该怎么发展？送我们黄金百两吗？"

送救命恩人黄金百两不行吗？很合理啊！

林梦语默默腹诽，又听父母继续聊那桩娃娃亲。

听闻那家人送来书信，说近日会前来拜访商讨娃娃亲之事，林梦语脑中警铃大作，脑中的一团乱麻瞬间变为两个大字——

快逃！

2.

林梦语在收拾行李时犯了难。

她是曾看过不少逃婚的话本，但那些故事的重点都是在逃婚以后遇到真命天子并与他开展你追我逃的爱情游戏上，根本不会仔细描述女主角逃婚时带了几件衣服、拿了多少银两、有没有带走自己最喜爱的软枕。

那……究竟要不要带软枕呢？

林梦语望着已经被自己塞得鼓鼓囊囊的包袱，泄气般地捏了捏枕头。

放不下了。

月黑风高三更天，一位黑衣人从林府墙头一跃而下。只见她身影纤瘦，乌发简单盘起扎了个发髻，奇大无比的包袱犹如龟壳般被她背在身后，怀里还抱着个长条状物体。

这名鬼鬼祟祟的黑衣人正是逃婚的林梦语。

她留信一封，只说自己出门散散心，暂时不想成婚，让爹娘不必找她。

林梦语没有跑出太远，而是在城西的一处客栈落脚，因为她的包袱实在是太重，压得她腰酸背痛，跑不动了。

她付了半个月的房钱，准备在此地躲上一阵子，再抽个时间回家观察一下爹娘有没有消气。

第二日清晨，收拾好房间后，林梦语下楼点了些早点，一手举茶杯，一手拿糕点，眯起眼睛望向窗外的朗朗晴天。

天地浩大，她不到双十年华，凭什么被一纸婚约拴住脚步？林梦语不屑道，什么情情爱爱的，她才不稀罕……

身侧小二殷勤上前招呼，似乎是有客人进来，随即一道低沉嗓音响起："劳烦，一间上房。"

林梦语回头望去，却在看到来人的瞬间手一抖，手中的茶杯"哐当"一声落在桌上，茶水顿时洒了一桌，但她却无暇顾及，只是呆呆地看向那位一身黑衣、身材高大的男人。

察觉林梦语那儿的动静，那人略侧身，一双狭长凤眸含着笑意接住她的视线，朝她轻点了点头。

林梦语一愣，脸颊瞬间烫得惊人，满脑子都是："他在勾引我！"

这身高，这长相，这身材，这似笑非笑的感觉……这成熟男人特有的气质！

完美长在她喜欢的点上！

3.

不久后，林梦语便得知那人名为蔺亭，光州人士，年长她八岁左右，随家人来京城探亲。

客栈房间就在她隔壁。

大家别误会，林梦语虽然略显花痴，但也不是什么好人——呸呸呸，不是什么不入流之辈，做不出那种随意打探别人信息的事。

这些都是蔺亭自己告诉她的。

想到蔺亭，林梦语的嘴角忍不住露出一个笑来，埋头在枕间，发出"呼呼呼嘿嘿嘿"的痴笑声。

与蔺亭相熟的契机，还要从京城暴雨那日说起。

客栈金玉其外，屋顶却年久失修，略一淋雨便被冲出一条缝儿来，滴滴答答地往屋内床上滴水。而林梦语就是那个淋雨的倒霉蛋。

雨太大，修缮屋顶的人赶不过来，只能任由雨水滴在床上。

林梦语艰难地抱着床褥，声音闷在被子里："现在怎么办？"

客栈老板也自知理亏，尴尬赔笑道："客栈也没有空房了……这样吧姑娘，我让小二给您支起一张小木床，等雨停了我一定找人来修！"

简易木床又硬又窄，还要忍受寒风冷雨从缝隙钻入屋内，怎么看都不是良策。不过现如今也没有别的办法，只能这样了……

林梦语叹了口气，正待答应，隔壁的门突然开了。

"如果姑娘不介意，"蔺亭走近，替林梦语托了把快掉在地上的床褥，嗓音低沉，"我们换房。"

林梦语傻傻地看向他。

蔺亭低头，高挺的鼻梁和下颌线比冬夜的寒风还锋利，嗓音却温柔道："我有个妹妹，也同你差不多年纪。"

在客栈老板的极力促成下，林梦语最终还是和蔺亭交换了房间。没了寒风肆虐，屋内暖融融的，林梦语躺在柔软床褥上却怎么也睡不着觉。

这可是蔺亭睡过的房间欸！

虽然他已经将随身的行李带走，床褥也换掉了，但这张床，这间屋子，似乎都有他留下的痕迹……

林梦语越想脸越红，忍不住一骨碌爬起来四处张望，目光落在房间内的木桌上。

那里有半杯茶，是蔺亭饮过的……

林梦语如梦初醒，猛吸一口气，躺下将被子拉到头顶。

不能再想了！我可是正经人，才不是什么"变态采草贼"呢！

4.

经过这一遭，林梦语与蔺亭算是熟悉了起来。

她本就活泼好动，前些日子本着给蔺亭留下一个好印象的想法，便努力装得淑女一些，但时间一长就原形毕露了。所幸蔺亭并未觉得她跳脱，只觉得可爱。

某日，蔺亭刚进客栈门，就见一个灰头土脸的小姑娘露出一口小白牙向他冲来，手里还拿着样黑乎乎的东西。

蔺亭本想错开身，却觉得那人的装扮和身高略有些眼熟，又听那小姑娘突然发出熟悉的声音："蔺亭哥哥！我借用客栈后厨做的烤红薯，要尝尝吗？"

林梦语在蔺亭身前站定，浑然不知自己如今像个小煤球。

蔺亭扶额，一手接过已经被烧成炭的红薯，一手掏出手帕按在林梦语脸颊上："不急，你先擦擦脸。"

触及被锅底灰遮住的滑嫩肌肤，蔺亭忽然一愣，耳侧莫名烧了起来，不动声色地将帕子递进林梦语手中，低头面色不变地咬了一口已经烧成炭的红薯："很好吃。"

林梦语捧着蔺亭的手帕，光是害羞都不够，哪来的时间观察别的动静，也没发现蔺亭的不自然。

如果说一开始对蔺亭的好感是见色起意，那如今相处下来，林梦语对他就已经完全是喜欢了。

二人相处时总有种莫名的暧昧流动，林梦语情窦初开尚未发觉，还当自己只是单相思，全然不知蔺亭已是老房子着火一发不可收拾。

今日林梦语换上一袭嫩紫色的裙子，古灵精怪地从房外探头，约蔺亭出门逛街。蔺亭却抱歉道，要去随爹娘探亲访友，晌午才能回来。

林梦语鼓鼓脸颊，扬起一个笑脸："没关系，我自己逛街就好。"

蔺亭注视了她一会儿，突然轻咳一声，问："梦语，你觉得我……如何？"

林梦语猛点头，将"想嫁"二字咽回喉咙，只道："蔺亭哥哥很好啊！"

蔺亭这才长舒一口气离开。

蔺亭这一走，让梳妆打扮全都失去了意义，林梦语躺在床上，百无聊赖地打着滚儿。

隔壁怎么还没动静？蔺亭什么时候回来？

傍晚时分，熟悉的脚步声终于响起，停在房门之外。房门被敲响之前，林梦语就已经爬起来去开门了。

她喜上眉梢："蔺亭哥哥，你回来了！"

蔺亭表情复杂，像是藏了许多心事，犹豫着问她："梦语，你是否……有个婚约？"

乍听此言，林梦语汗毛直立，还当自己那对不省心的爹娘已经丧心病狂到将她定了娃娃亲的事四处宣扬，要害得她"追夫火葬场"，她连忙解释："那个！这个！我可以解释！我和对方没有感情基础啊，甚至都没有见过，我不想嫁才逃出来的！你不要误会！我只喜欢你！"

"不必解释了……"蔺亭脸颊一热，"我今日去找爹娘，才知原来与我妹妹定下娃娃亲的正是伯父伯母。"

林梦语晕乎乎的："妹、妹妹？"

"嗯，"蔺亭道，"爹娘未曾想到，蔺家与林家生的都是女儿，今日已经在商讨解除婚约了。"

"但我想问问你，你的娃娃亲，"蔺亭微微俯身，眼中只容得下林梦语一人，"可不可以换成我？"

月下意浓

七月的梦川已足够炎热，孟兰意一手折下一片巨大的芭蕉叶遮挡炎炎烈日，一手拎起腰间的水壶晃了晃。

空空如也。

她浅色的唇瓣如今已经干涩起皮，稍微抿抿嘴就能感到一阵刺痛，颊边的汗珠倒是没停过，顺着姣好的面容不停滑落。

忽然，腕间能感知妖气的玄铃手链发出一阵清脆的声响。

耳边的蝉鸣忽远忽近，孟兰意迟钝地眨眨眼，只能分辨出不远处有人靠近，似乎是位一袭白衣的身量极高的男子。

再然后……再然后她就什么也不知道了。

少女除妖师初出茅庐，还未曾碰到过什么魑魅魍魉，就先被热晕了。

孟兰意梦到了尚为幼童时，同师父、师兄和师姐们一同过年的画面。

那时她是整个门派最年幼的弟子，每逢过年，师兄都会从山下搬来长长一卷鞭炮。但鞭炮点燃的声音总会将她吓到，这时，有位看不清面目的人将孟兰意抱进怀里，温柔地捂住她的耳朵，替她挡去那些嘈杂声。

孟兰意只记得那人身上有种淡淡的香，可具体是什么味道，却想不起来。她迷迷糊糊地从这个梦中脱身，孟兰意皱了皱细细的眉，耳边似乎仍有什么在噼里啪啦地轻声作响。

她睁开眼，猛地坐起身，额上半干的手帕落进她怀里。被折断的树枝在火堆中燃着，孟兰意的目光从火堆移开，看向正对面的英俊男子。

手腕上的玄铃仍在震颤，孟兰意握住玄铃，警惕道："你是妖怪？"

掌心碰到怀中的手帕，孟兰意一愣，后知后觉对方大约正是照顾自己的恩人，便逐渐收敛了敌意，却也没有完全放下心："是你在照顾我？多谢。"

男子没有责怪她的质问，只唇边含笑，给人的感觉与背后恰好升起的弯月有种微妙的相似。

"在下执月，"他道，"非人非妖。"

"我姓孟，"孟兰意礼尚往来，同他交换姓名，"孟兰意。"

人世间的确是有半妖存在的，孟兰意听师父说过，他有位友人就是半妖。

孟兰意年幼时似乎曾见过那位半妖一面，但长相和声音都忘了，脑海中只有个模模糊糊的影子。

听执月道自己是半妖，孟兰意便放下了一半的心。因为比起妖怪来说，半妖大多会更通人性一些。这并不是说妖怪只有兽性，只是它们更向往自由，不喜欢被人类所规定的法则束缚，行事作风与常人有些区别。

而半妖只要不伤人，便与人类无异。

孟兰意不禁松了口气，若是在今日撞见恶妖，恐怕她的历练还没开始便要结束了。

她正出神时，执月叫了她的名字，抛来了个东西。孟兰意伸手接住，好奇地揭开那层油纸，看到了一块桂花糕。

执月微笑："吃吧。"

走了半天的路，又躺了半天，孟兰意的腹中空空如也，正是饥饿的时候，也没推辞，红着脸道了声谢便咬了一口。

填饱了肚子，孟兰意的话匣子也打开了。

她原本就是天真活泼的少女性子，又在门派待了十几年，对山下所有的事都很好奇，对半妖也很好奇。

执月看出她眼神中的新奇，便主动聊起了自己的事。

执月是人与妖诞下的孩子。但他出生便被送养，没有多么高深的法力，也没有见过亲生父母。他只是比常人老得慢一些，如今养父养母老去，同龄好友人至中年，可他还是二十出头的模样。

说到这里，执月笑着看向孟兰意："若单看年龄，你大约要喊我一句'阿叔'。"

孟兰意心直口快："只看脸的话，还是叫阿兄比较合适。"

执月微微一愣，眉眼含笑道："好。"

近几年，执月能清晰地感知到身体内属于妖怪的那部分正在缓慢流失，也许是因为给予他另一半生命的母亲已经离开人世。

执月知晓，自己也许很快就将变回一个普通人了，他失落道："我想去寻找我的来历。"

孟兰意歪着脑袋想了想，向他抛出橄榄枝："那你……要不要和我一起？"

少女的眼睛很亮，带着股倔强与不服输的天真："门派有为期一年的历练期，我要从这里走向南方，一路上会遇到各种各样的妖怪。也许他们会有你母亲的消息。"

"如果他们不说，我就打到他们说。"孟兰意似乎是觉得中暑晕倒还要人救的自己说这句话很没有说服力，又补了一句，"今天是个意外。"

执月哑然，片刻后站起身郑重作揖："那就，多谢兰意。"

孟兰意不好意思地挥挥手让他赶快坐下，捏了捏红透的耳朵尖，心想，这人叫我名字怎么叫得这么好听啊？

真奇怪。

就这样，孟兰意与执月踏上了旅途。

他们在北方的炎日出发，途经民风淳朴的小镇，于路上度过了一个有些寒冷的秋季。

只靠双腿行走实在太过辛苦，执月为二人置办了马匹，一黑一白，慢悠悠地踩碎了一地金黄落叶。

他们路上也碰到过几个小偷小摸的妖怪，但没人听到过执月母亲的消息。

这半年中，孟兰意长高了不少，下山时所带的衣服再穿都有些不合适。执月找借口出门，再回客栈时带了几身布料极好的衣裳。

孟兰意作势要生气："执月，你怎么又给我买衣服啊？"

执月还未回答，客栈耳尖的小二倒是先接话了："我说小夫人，您相公疼你，这不是应该的吗？"

人们发出善意的打趣声，孟兰意捧着衣物，眼神飘向执月。执月以拳抵口，轻咳一声，也没有否认。

如今他们投宿客栈，已经不会被当成兄妹，而是被认成私奔的有情人，而他们也十分有默契地默认。

二人在这里过了年。

客栈老板点燃鞭炮引线，孟兰意手里拿着执月买的糖葫芦，腾不出手捂耳朵。而执月的手覆上来，替她遮住了鞭炮声。

檐上白雪融化，春日暖阳初升，他们离开了那里。也是在这个春天，孟兰意手上第一次沾到了妖怪的血。

那妖怪为虎作伥、欺男霸女多年，孟兰意原本想收服它，等回到门派再将其交给师父。

但妖怪负隅顽抗，甚至试图伤害执月，孟兰意便杀了它。温热的血溅在脸颊上，孟兰意握着剑，挡在执月身前，久久不能回神。

执月从身后拥住她，用拇指轻轻擦去她脸颊上的血迹。他像是随意般地聊起一个话题，轻声提起另一件事："我曾见过小时候的你。"

孟兰意果然被吸引了注意："什么时候？"

执月将她转过来："有一年春节，我去找你师父，询问他碰到过那么多妖怪，是否知道我母亲的事。然后你被鞭炮吓得闭眼不敢动，我替你捂住了耳朵。"

孟兰意失神，片刻后卸了力气，将额头抵在执月肩膀，深嗅他身上好闻的草木香："原来是你啊……执月哥哥。"

五月时，孟兰意与执月抵达南方。有妖怪认出执月身上的味道，指引他们去了某个山谷。

一黑一白的马匹低头啃食青草，山顶处，扎根于此的千年老树已经枯萎，唯有风动时似乎才能听到她的声音。

她将一生奉献给这片土地，直到老去。

这……是执月的母亲。

执月将手掌贴在树干上，默不作声，他没有流下一滴泪，孟兰意却看得眼酸。她背过身掉了几滴眼泪，擦擦眼角装作什么事都没发生。

夜深了，再去找客栈也来不及，二人就在树下歇息。孟兰意闭着眼睛装睡，身上却突然罩下一件外袍。

夏夜、火堆、两个人，似乎同那时一样。

只是如今，执月已经找到根了，还要走吗？

孟兰意不敢想。

翌日，孟兰意慢慢睁开眼睛，她四处张望，看到执月仍站在树前。孟兰意去小溪处洗漱，慢吞吞地，任由水珠滚落脸颊。

“走吧，”执月不知什么时候已经走到了她身边，蹲下身，轻轻蹭了蹭她的鼻尖，“下山。”

孟兰意怔住，张了张口，想问他不留在这儿了吗？

“我上半辈子追寻来处，”执月看出了她的疑惑，轻轻靠近，额头与她相抵，“而你是我的归处。”

孟兰意与执月十指相扣，同那棵古树告别。

他们慢悠悠牵着马离开，下山的路还长，幸而有人陪伴身侧。

再理你我就是小狗

"再理你我就是小狗！"我怒气冲冲发去一句语音，准备关掉和贺庭的聊天界面。

可惜还是慢了一步，屏幕跳出他的最新回复，我点开语音——"再理你我也是小狗。"

类似的对话已经不是第一次发生，保守估计……应该也有个三千两百多次吧。

我和贺庭勉强算得上是青梅竹马，自小在同一个幼儿园上学，中间因我父母工作调动分开过两三年，升到小学后又同他做了前后桌。

从此初中、高中、大学，我们的人生犹如被绑定在了一起一般，无论哪里都存在着对方的痕迹。

说我和贺庭关系好吧，我们两个又经常因为一些小事吵吵闹闹，你不让我我不让你，争得脸红脖子粗。说我们关系不好吧，我们又是彼此最常聊天见面的朋友，连微信都是互相置顶，虽然大多数时候我们都只是在进行幼稚且毫无意义的表情包大战。

就这样吵吵闹闹的，贺庭陪伴我走过童年与青春期，成为我这小半辈子里最浓墨重彩的一笔。

咳，说远了。

总之，前二十年我们一直在用实力诠释什么叫冤家路窄。

有事就吵，没事就制造事情来吵。也幸亏我们至今都没和别人碰撞出爱情的小火苗，不然一对一战斗或许得升级为二对二。

说起来，这次我们的吵架理由也和游戏有关，还特别离谱。

几个月前，游戏商店上线了一款经营类手游，初始奖励十分丰富，还有特别双人任务和奖励。我本来就对这种游戏没有任何抵抗力，看到丰厚的奖励自然是等不得，所以便以帮贺庭带一周午饭为代价，换来了他陪我在游戏里大杀四方。

游戏玩家人物是个类似火柴人的形象，只有通过做任务或者购买礼包才能更换发型和衣物。

我大手一挥充值了一张月卡，换上了小黄裙，又准备指挥贺庭去换上初始状态自带的灰扑扑的裙子。谁知道切出去一看，他已经穿上了充值高额礼包才有的七彩云朵裙！而我这个穿着小黄裙子的游戏角色在他的衬托下显得灰扑扑的，像公主身边的仆人。

我噼里啪啦地打字私聊他：你不是不乐意玩吗？为什么充这么多！

贺庭慢悠悠地回复：其他礼包送的裙子不好看啊，我要穿最好看的小裙子。

我又切到组队界面，两个小人亲亲热热地站在一起，同样的动作，却总觉得我的那个看起来畏畏缩缩的，不如贺庭的艳光四射。我怎么想都觉得他是为了压我一头，气得鼻子都快歪了。

贺庭这个人，不针对我他就不舒服！

我截图私聊他：你不觉得这个画面不对劲吗？

贺庭立刻道：嗯，不对劲。你的角色手里应该再拿一个扫帚，我的角色脖子上应该再多一条珍珠项链。

我：你还知道啊！

贺庭打了个语音过来，扬扬得意地道："女人，还满意你所看到的吗？"

　　我无情挂掉电话："滚。"

　　但游戏还是这样继续玩了下去。

　　我从最开始每天兢兢业业地做游戏任务，后来便懈怠了一段时间，结果反而变成贺庭每天催我上游戏。贺庭对我的三分钟热度十分不满：你赶紧上线，限时任务明天就结束了！

　　我慢吞吞地上线，操控着我那穿着黄裙子的小人和他的发光小人一起收割稻草。

　　我打开游戏组队语音："贺庭，你这身装备，想组队随便在世界频道喊一声不就行了，为什么天天强迫我上线？"

　　贺庭也开了语音，哼一声道："谁让我'嫁鸡随鸡，嫁狗随狗'呢？"

　　我："……"

　　游戏里的两个小人并肩而立，还有自动设定的交互动作，我的那个游戏中"仆人小人"伸手替贺庭的"公主小人"擦汗，看起来还真的挺恩爱的……

　　我被这种奇怪的想象激得怪叫一声，把"公主爱上仆人"的故事情节赶出脑子，大喊着让贺庭闭嘴。

　　贺庭那边传来室友让他去上课的声音，他不情不愿地跟我交代了一声，做完任务就下了线。

　　我下午没课，幸灾乐祸地躺在床上哼歌。

　　来都来了，我领完任务奖励也没急着下线，而是在世界频道转了一圈，不禁感叹："大家的游戏名称都起得好文艺、好好听哦。"

　　而我顶着个"大力少女陈二狗"的名字，有些自惭形秽，还是改一个吧。我努力思索，最终改了一个颇为文艺的名字——"月亮很圆要不要一起看"。

很不错，很好听，很少女！

我开开心心地下线，却目瞪口呆地上线。

贺庭一见我上线就打来语音开始抱怨："你怎么才来？"

"不是，大哥，你改的这是什么名字啊！"我抓狂，"谁允许你跟着我改名的？"

我前几天改的游戏名叫——"月亮很圆要不要一起看"。

而贺庭新改的游戏名叫——"你的脸更圆我天天看"。

贺庭开口，发出恶魔的低语："因为……'嫁鸡随鸡，嫁狗随狗'。"

"你才是狗！！"我狠狠咬牙，忍不住想冲到他学校给他一口，"你是不是故意的？"

故意把我这个文艺气息十足的名字变成搞笑情侣游戏名！呸呸呸！什么情侣啊！

我红着脸，第三千两百七十五次发誓："我以后再理你我就是小狗！"

贺庭也第三千两百七十五次回击："我再理你我也是小狗。"

关掉游戏，我把头埋进枕头里进行一些神秘的诅咒仪式："贺庭变小狗，贺庭变小狗，贺庭变小狗……"

事实证明，怨念的力量是很强大的。果然没过多久，贺庭就主动给我发来消息：去夜市吃烤串吗？出来，校门口碰一碰。

我摸起手机一看，忍不住回复道：你是谁啊？说点能听懂的。

贺庭发来一条语音，有点无奈："汪汪汪，行了吧？"

听到他承认自己是小狗，胜利的号角已经吹响，我跳下床，满意地回复："收到，汪汪汪！"

贺庭的学校离我们的学校很近，走十来分钟就能到。

夜市位于两个学校之间，属于兵家必争之地，所以每次闹别扭之后，我和贺庭都会相约此地，在夜市重归于好，这次也不例外。

我一手拿着烤馒头片，一手拿着鸡爪，还不忘提醒贺庭："你胃不好，少吃点儿，一会儿我带你去喝汤。"

贺庭轻车熟路地替我撒上辣椒面："消气了吗，陈女士？"

我有点儿不好意思地点点头，说实在的，其实最开始也没有很生气啦，只是气氛烘托到那儿了，不吵一架似乎不行。

啃完鸡爪，我满足地拍了拍肚子，拉贺庭去喝汤。

路上，我踩着影子，问贺庭："你每次都要跟着我发誓，但每次都会很快跟我讲话。如果发誓作数，你都要变成几千次小狗了。"

"你也是，"贺庭跟在我身后，"你发誓没用，因为你很快就会忘了，然后像个没事人一样继续和我聊天。"

我挠挠脸，无法反驳。

所以我们明明都忍不住会找对方聊天，为什么还要发这种不会遵守的誓言？

"因为一个人当小狗有点可怜，"他凑近，突然握住我的手，"还是两只小狗比较快乐。"

一口闷

纪倾心的婚礼前夕出了个不大不小的意外。

本定好作为伴娘出席的朋友突然决定要去参加别人的婚礼，来不了了。

朋友再三道歉，抱怨那对新人中的男方无法在其他日期批假，所以婚礼只能在那天举行。

纪倾心笑着安慰了朋友几句，反正唐颂那边也没定下伴郎人选，大不了就取消这个环节。

挂掉电话后，纪倾心去了客厅。

唐颂正坐在客厅柔软的地毯上，亲自给请柬写上宾客名字。

他坐姿端正，戴着眼镜，一丝不苟地提笔落笔，整个人看起来冷冰冰的。

纪倾心走近了，才看到他怀里还抱着个睡得发出"呼噜噜"叫声的橘猫。

橘猫叫"萝卜"，以前是唐颂的宠物，二人搬到一处以后它也被带了过来，现在随母姓纪，叫"纪萝卜"。

唐颂左手搭在纪萝卜身上，时不时揉揉它圆润的脑袋。

见纪倾心过来，唐颂停下笔仰头看她。怀里的橘猫被脚步声惊醒，懒洋洋地甩了甩尾巴。

纪倾心盘腿坐下，伸出指尖去戳纪萝卜软乎乎的脸蛋，顺便将伴娘无法到场的事说了出来。

唐颂听后没什么反应，只是点了点头说没关系后，伸手抚了抚纪倾心的头发。

在纪倾心的印象里，他好像经常这样，对任何人和事的兴趣都不是很大，或者说，他不会轻易将情绪表现出来。

纪倾心决定和唐颂结婚后，她第一时间将喜讯告诉了朋友——他们都是高中同学，朋友和唐颂算不上熟，只是认识而已。

朋友早知道他们重逢后谈起了恋爱，不过没想到二人会走到结婚这步，闻言，对他们这段婚姻忧虑众多。朋友先是问纪倾心这次是认真的还是开玩笑，在得到纪倾心认真的答复后又不免有些担心她。

那时纪倾心正在做美甲，唐颂在休息区等着，她中途出去接了个电话。

纪倾心开玩笑道："担心什么？担心我始乱终弃？"

朋友与她相识多年，心直口快："以前上高中那会儿，唐颂看起来像个'性冷淡'一样，真没事？"

纪倾心愣了下，笑得直不起腰："你记错了，什么冷淡不冷淡的，那个词叫'无性恋'……唐颂就是闷了点儿，反正他对我不冷淡，不用担心。"

纪倾心有一搭没一搭地碰碰纪萝卜的小脑袋。

纪萝卜傻乎乎跟她玩，伸爪去抓，纪倾心就撤回手指，趁其不备再戳戳。

有几下纪萝卜躲过了，纪倾心位置一下没找准，指尖就轻轻柔柔地戳到了唐颂的下腹。

一开始她的确不是故意的，可后来气氛就逐渐变了样，碰到唐颂身体的频率也逐渐变高。

纪倾心垂着眼，看向松松握着她手腕的宽大手掌。

纪萝卜似乎察觉到气氛不对，笨拙地跳开，给他们留足二人世界。

纪倾心无辜地眨了眨眼，唐颂便摘掉眼镜俯身过来，闭上眼睛吻住了她。

当胳膊搭上唐颂肩头的那一刻，纪倾心心想，他还是变聪明了一点的。

毕竟几个月前，唐颂只会推推眼镜，然后露出认真又困惑的表情问道："请问你的手指是不小心碰到，还是故意的？"

高三的体育课形同虚设，大多都改为了其他科目的自习课。

纪倾心本来坐在第三排临窗的位置，迟到了几次后被罚着向后调换，慢慢就固定到了倒数第二排。

她也因此和以后的朋友，也就是如今的同桌结下了深厚的友谊。

两个女孩子混熟以后，当同桌得知纪倾心当初迟到是因为在路边早餐店观察校草，便忍不住小声问："有那么帅吗？"

"还行吧。"纪倾心努力回想，但只能回忆起浓郁的食物香气，对于那位号称"本校校草"的男生印象反倒不深，"其实我现在在关注别的人。"

同桌立刻竖起耳朵，猛地提高了音量："谁啊？我们班的吗？"

纪倾心"嘘"了一声，示意她小声点。

二人环顾四周，见后面一排都在睡觉，前排听歌的听歌，聊天的聊天，只有左前方的唐颂安安静静地做着题。

虽然和唐颂的座位离得不远，但纪倾心和同桌都与他不太熟。

唐颂话很少，稍微有点近视，平日里戴着一副细框架的眼镜。他无论何时何地都坐得很直，大多数时间都在学习，就比如现在，他笔下不停，很快就将卷子翻了个面。

同桌表示没事："学霸醉心题海，两耳不闻窗外事。"

以防万一，纪倾心还是放低了声音，让同桌猜，只说她也见过。

"不会真是我们班的吧？"同桌的视线扫了一大圈，最后把目光投向唐颂的背影，"我们班这堆歪瓜裂枣，也就唐颂长得不错。"

"不是唐颂。"纪倾心果断否认。

同桌也附和："对，我也觉得他只喜欢学习，像是'性冷淡'？"

"什么乱七八糟的，"纪倾心失笑，往唐颂的方向看了一眼，见后者似乎毫无察觉，才道，"你说的那叫'无性恋'。"

在同桌的不停纠缠下，纪倾心最终还是说了个名字，是隔壁班的同学，和他们一块儿上过体育课，留着板寸，很有运动天赋。

至于为什么关注，纪倾心歪了歪头，可能是他打球的样子还不错。

同桌和那位同学家在同一条路上，私下偷偷摸摸观察了好几天，某天突然兴奋地说要告诉纪倾心一个好消息。

那位隔壁班同学似乎也注意到了她。

纪倾心兴致缺缺地说不用了，她已经转移目标了。

同桌愕然，问她是不是在开玩笑。

纪倾心吸着奶茶："我最近在关注一个小学弟。"

教室后门开着，一阵风刮过，正好将纪倾心放在桌上的语文试卷吹了下去。

她手忙脚乱地整理好桌面上的其他试卷，又顺便回应了一下同桌天马行空的想象。

同桌唉声叹气："你以后也变心这么快该怎么办……算了，姐妹，以后藏好点，别被发现。"

纪倾心笑得想死："好了好了，其实我只是享受关注别人的过程。"

余光扫到骨节分明的手递来的试卷，纪倾心下意识接过，愣了愣才道："谢谢。"

唐颂面无表情地点头，回了位置。

晚上放学，纪倾心路过操场，远远望见唐颂站在篮球架前，不知道在想什么。

可能在研究抛物线吧，她想。

婚礼前一天，纪倾心醒来后蒙了一会儿。

今天要去领结婚证，也要做婚礼最后的排练。

可能是因为有点紧张，她昨晚一直没睡好，在唐颂怀里折腾到半夜才睡着，今天更是七点多就醒了。

纪倾心侧头，身旁的唐颂仍在安静地沉睡，有力的胳膊搭在她纤细的腰上。睡觉时的他摘掉了眼镜，刘海也散乱地搭在额头上，脖子上还有昨晚纪倾心咬出来的红印。

如果将时间倒回到十年前，那时的纪倾心一定很难想象以后会和唐颂在一起。

也很难想象自己会心甘情愿地走入婚姻。

纪倾心的名字由来很浪漫——她的父母在返乡的火车上对彼此一见倾心，结合后生下了她。

故事发展到这里仍是甜蜜的，可惜现实不是童话，只有激情过后的厌倦、背叛、争吵和一拍两散。

纪倾心受父母影响，也不再相信爱情。她会喜欢上某个人，但也仅仅是喜欢而已，不会想要和对方发展亲密关系。

她对许多人有过好感，但又很快就会忘掉，然后投入到下一段感情中，最短暂的"喜欢"似乎只维持了三天。

高中时，那位小学弟不知从哪儿打听到了纪倾心的个人信息，放学后来到教室堵她，约她出去。

一时间，班级里格外安静，气氛有些尴尬。

纪倾心就算比较关注他，但也不代表什么。

她想要离开，哪知学弟却突然上手来抓纪倾心的肩膀。

纪倾心躲闪不及，眼看就要被碰到，这时一道身影挡了过来。

"纪倾心放学后要和我一起学习，"唐颂声音不大不小，却坚定有力，"她是高三生，请不要影响她学习。"

那时唐颂就已经长得很高，成绩也十分优异，各位老师经常提起他。学弟听说过唐颂的名头，觉得自讨没趣，嘟囔了两句就离开了。

后来的事情细节纪倾心有些记不清了，只记得为了坐实他们的确有补课的打算，唐颂陪她在教室又坐了会儿，等同学们都走光后才出的校门。

走出校门时，天空下起了雨，他们两个人都没带伞，有点狼狈。

在公交站台等车时，纪倾心对唐颂说："谢谢。"

唐颂推了推眼镜，认真对她道："换个人关注吧。"

但即便如此，他们也没有加上任何联系方式，高考后也没有再见过。

直到今年，纪倾心和唐颂重逢后，二人以结婚为前提开始了交往。

搭在纪倾心腰间的手指动了动，唐颂皱了皱眉，慢慢清醒了过来。

"唐颂，"纪倾心想到那件事，突然意识到了什么，问他，"你高中时是不是暗恋我？"

"嗯，怎么醒得这么早？"唐颂似乎是随口答道，他摸了摸纪倾心平坦的小腹，更关心她想吃什么早餐，"饿了吗？"

"不要说'嗯'，"纪倾心拍了拍他的小臂肌肉，"说是，或者不是。"

唐颂另一只手正在床头柜上摸眼镜，纪倾心手疾眼快起身压过去，整个人趴在他身上，脸颊蹭蹭他胸前的肌肉，问："老公，是不是？"

唐颂动作一顿，伸手搂住纪倾心："是。"

所有人都觉得唐颂喜欢学习，但只有他知道，他不是喜欢，而是习惯。

他没有别的爱好，只有在理清做题思路时才能稍微感觉到快乐。

但后来出现了比难题更让他在意的事——纪倾心究竟关注谁？

最初，唐颂并不知道那种感觉叫什么。

面上的表情虽没有变化，但心跳却逐渐加快，"扑通扑通"的跳动声似乎在冲击着他的耳膜。如果非要描述那种感觉，倒有点像攻克不下某道大题时的感受，但却比那更酸涩。

他开始分心，虽笔下动作不停，但脑子里却想的是纪倾心。

唐颂话少，他不怎么向人袒露内心的想法。

最初他以为这种情感只是青春期普通的躁动，不管是帮纪倾心捡起卷子，还是替她解围，都在对同学的正常关心范围内。

后来，唐颂从梦里醒来，出了满身热汗。

他沉默地唾弃自己，剖析了梦中的短短几个画面后才迟迟冷静下来。

唐颂最习惯的就是将内心所想压在心底，把情绪藏在镜片下。

没有什么是必须表达的，纪倾心也不需要他。

就这样，唐颂维持着与纪倾心普通同学的界限，顺利毕业了。

开始工作后，他在楼下捡到了那只橘猫。

听门卫说，每天喂它食的人都不一样，但还是第一次见它黏人。

于是唐颂把猫带回了家，起名叫"萝卜"。

取自纪倾心朋友给她起的外号——花心小萝卜。

唐颂考虑过和纪倾心重逢的可能性，可当真正将要发生的那一刻，他还是头脑空白了片刻。

毕业后他和以前的同学联系很少，某次收到以前同学的婚礼请柬，才得知纪倾心也会去。

同学似乎是觉得只发个请柬不太好意思，就找了些话题和他聊起以前的同学。

唐颂从他口中得知纪倾心的父母已经各自组建了新家庭，只剩下她一个人。

"可怜哦……"同学有点口无遮拦，"现在两家都觉得她是多余的，不过当时咱们班有几个人还挺喜欢她的，说不定会再续前缘呢。"

唐颂打断了他的话，只说："我会准时到。"

这是唐颂第一次参加同学的婚礼。

以前的同学被安排到了两桌，很不巧，纪倾心在另一桌。

唐颂一整天都没怎么说话，也没怎么拿起筷子。

婚礼结束后，他看到纪倾心被同学拉去合影，有喝多了的男同学，将手臂跃跃欲试地搭上她的腰。

纪倾心不着痕迹地闪开，笑着说男朋友会生气。

男朋友。

唐颂有些无措，不过还是继续快步向前，想挡在纪倾心身前。

男同学不依不饶地拉着纪倾心，说今天就换一个呗，反正他也不在场。

纪倾心此时还能维持住礼貌，说她喜欢听话的男朋友，讨厌不懂礼貌的人。

男同学又说了两句，纪倾心的脸色也变得肉眼可见的差，身边的朋友也十分生气，两个人三言两语就把那个男同学撑得话也说不出。

唐颂也终于在此时不偏不倚地挡在纪倾心身前，拦住了男同学激动的动作。

男同学气得夺门而出，同学们不想闹僵婚礼气氛，笑着问纪倾心什么时候有的男朋友。

唐颂也看了过去，纪倾心拢了拢头发："没有男朋友，刚骗他的。"

一场闹剧结束，一众同学还提议要去唱歌，纪倾心称有事拒绝了，告别后提着包出了宴会厅。

唐颂略作思考，跟了上去。

刚出门，就见纪倾心倚着墙歪头看他。

已经是成年人了，纪倾心直截了当地问："你刚刚一直在看我，想说什么？"

唐颂沉默了半天也没想到什么好听的话，只说："我很听话。"

纪倾心笑了笑，很快便明白了他的意思："好。"

就这样稀里糊涂地，唐颂和纪倾心交往了。

唐颂没谈过恋爱，闷得要死，经常会将纪倾心气得想笑。

纪倾心换了发型和妆容，问唐颂有没有发现她变了。唐颂推了推眼镜，说她今天吃饭少吃了一碗。

纪倾心深呼吸，指着头发。唐颂静静观察片刻后，说："昨晚睡前你说要看会儿书，今天的你比昨天的你多吸收了一些知识。"

纪倾心扶额："头发打薄了，没发现？"

"发现了。"唐颂道，"发尾变薄，长度变短。"

"那你为什么不说？"

唐颂不知道自己哪里错了，舔了舔唇，认真道："我不觉得这些是变化，但如果你比较在意，我会定期向你汇报你的发量变化。"

纪倾心知道，唐颂是个相当无趣的人。

唐颂第一次约她去家里，纪倾心特地穿了漂亮好脱的黑色套装，做好了更加了解对方的准备。

可迎接她的只是一只毛茸茸、叫作"萝卜"的橘猫，和唐颂紧张之下一再提起的工作话题。

话题太无聊，再加上唐颂声音低沉有磁性，他还担心纪倾心听不懂，刻意放慢了语速。殊不知，这样更催眠了。

萝卜已经在纪倾心怀里睡着了。

纪倾心走了会儿神，集中注意力后发现唐颂仍在讲着那些无趣的数据和程序。

纪倾心有点犯困，但爱意远远压过了困意，纪倾心摸了片薯片塞进嘴里，打起精神来继续听。

他的声音慢慢低下来，直至停下："以后有机会再讲吧。"

纪倾心心虚地扯出餐巾纸擦擦嘴角，以为自己在这种时刻吃零食让他不太开心，所以才觉得没有再讲下去的必要，一时有些内疚。

唐颂却推了推眼镜，轻声说："抱歉，我走神了。你吃薯片的样子很可爱，我现在……很想吻你。"

什么时候爱上唐颂的，纪倾心也不知道。

或许起初真的是意外大过喜欢，可一步一步走下来，纪倾心已经完全沉迷。

　　父母会有新的家庭，在朋友心中她也并不是唯一，唯有唐颂，是完完全全属于她的。

　　纪倾心趴在唐颂怀中，纪萝卜也跳了上来，蜷缩在二人身边。

　　唐颂抚摸着她的背，问："今天去领证，你记得吗？"

　　"怎么可能不记得？"纪倾心说，"你昨晚梦里都在说。"

　　唐颂耳朵一红："我还说其他的了吗？"

　　纪倾心懒洋洋地瞎编："你说你爱我爱得要死，问我爱不爱你。"

　　明知她在说谎，唐颂还是忍不住期待她的答案。

　　终于，他听到纪倾心说："爱。"

分享欲

"今天京市下雪了，不知你那边是什么天气。"

丘铃加了半个小时的班，下午六点三十五分才开始收拾办公桌，突然放在口袋的手机振了振，她拿出来，就看到了李问枫的消息。

等丘铃一起走去地铁站的女同事瞧见她把手机放回口袋的动作，不禁好奇，问道："谁发的消息啊？不用回？"

"不用，"丘铃没说这是她的微信小号，也没有过多解释她和李问枫的关系，只道，"不是发给我的消息啦。"

同事自顾自地理解成是未屏蔽的群消息，也不再多问。

"好了！"丘铃将椅子推回原处，挽上同事手腕，"回家吧！"

深市的天气仍有些闷热，地铁里人潮拥挤，稍有不慎就会挨上别人汗湿的手臂。

同事已经提前下了地铁，丘铃缩在车厢角落里，打开了消息界面。

那条消息落在屏幕最下方，白色对话框的尽头是一片被人轻轻拿起的枫叶——

"今天京市下雪了，不知你那边是什么天气。"

再往上翻，还有许多条——

"公司附近的小炒味道不错，米线的味道却马马虎虎。"

"房东通知我，他打算将房屋出售，让我尽快找到新的住处。"

"分享音乐。"

"昨晚失眠，去查了前住处的房价，原来小小的一室一厅大约能买下我们整座高中。"

"同事打听我有没有女朋友，我说没有。"

"他不信，还问我如果没有女朋友，那我每天都在给谁发消息。"

"我说：'给我的树洞。'"

…………

丘铃正翻阅着消息，突然地铁广播提醒乘客下车，她走出车厢，顺着人流去往 A 出口。

左前方的女生接起一个视频电话，惊喜地停在原地跺脚、捂嘴、尖叫，大约是朋友给她直播分享了京市的雪。

丘铃听见几句，不可避免地想起了身处京市的李问枫，以及他们那个位于小县城的高中。

高中时，丘铃家开着一个小小的开锁换锁铺子，生意还算不错。

那时微信刚兴起没多久，家里长辈不惯，小县城里大多数人也仍是通过传统的电话或直接步行去店面联系，但也总会有顾客打不通电话的情况。

丘铃和父母商量过后，便把自己的微信名改成"丘记开锁换锁179xxxxxxx1"，用来帮家里回复网上联系的业务消息。

改名当天，她就笑嘻嘻地在班级群里大方宣传："各位老师同学，开锁、换锁、安装门铃可以联系我哟！"

丘玲人长得漂亮，性格又好，在班级群内的发言很快就得到了几个玩得好的同学的捧场——

"丁零零，丘铃在线接单！"

"丘铃同学，能不能开我心里的锁？"

"丘铃的铃原来是门铃的铃！"

··········

丘铃回了个"挠头"的表情，退出班级群后，收到一条新消息，是坐在最后一排的李问枫发来的——

"请问日记本的锁，叔叔阿姨可以开吗？"

那时正流行带锁的日记本，有的是需要设置三位数字密码，有的是挂着个小巧的铁锁。

此种密码笔记本的受众大多是女同学，纸上也基本都是少女心事。

李问枫竟然也会用这种日记本？

丘铃脑袋里只闪过一瞬这个念头，便低头回复："是密码锁吗？"

李问枫拍了张照发来，是个纯黑色的笔记本，塑料密码锁处略有破损，缺了一小块："嗯，在地上摔了一下，打不开了。多少钱？"

他们一个在教室第三排，一个在最后一排，只需某个人起身走几步路，就能跨越大半个教室去和对方面对面说话。

但丘铃和他不算太熟，只知道他成绩总是名列前茅，家境似乎不太好。加好友也是因为李问枫是物理课代表，丘铃问过他几次关于物理作业的问题。

考虑到马上就要上课了，丘铃还是选择在微信上进行交谈。

她放大图片看了看，回："这种很简单的，不用钱啦，放学我帮你开。"

似乎意识到什么，丘铃下意识地回头看向最后一排，撞上李问枫来不及收回的目光。

对方很快将头低下去，几秒后才抬起眼看向丘铃，轻轻地点了点头。

高三生还会在另一栋楼里进行晚自习，所以即便放学了，校门也不会很快关闭。

丘铃坐在后操场的长椅上，手捧着李问枫的那本黑色笔记。

李问枫就站在她身边，丘铃不用侧头就闻得到他身上的"超市特价大桶洗衣粉"的味道。

丘铃从头上抽出根细细的黑色发卡，眯起眼对准密码锁下方的缝隙伸进去，根据手感不停调整。

"咔嗒"一声，锁开了。

"大功告成！"她得意地挑眉，不长不短的马尾轻晃，"你重新设置密码就好。"

丘铃抽出发卡别回刘海处，起身把笔记本还给李问枫："给。"

"谢谢。"李问枫双手接住。

他露出来的手腕很瘦，也很苍白，丘铃瞧见，莫名觉得他像一棵营养不良的小树。

李问枫翻开笔记本，却没再看上面的内容，而是不带任何表情地将写满字迹的纸张一张张全撕了下来，大约有二十几张。

他不带任何情绪地把日记通通撕成碎片，在丘铃目瞪口呆的注视下，弯腰把零碎的纸片全丢进了垃圾桶。

丘铃结结巴巴地问："怎么撕掉了？"

这句话完全是她下意识问出来的，根本没有想过李问枫会回答。

少年捡起一片被风吹落的纸屑，嘴角扯了扯："不撕掉的话，他们会一直偷看的。"

李问枫回到家后，桌上是已经放凉了的晚饭。

他没胃口吃，推开房门后，门上的锁已经被早早卸下，无论是谁，只需轻轻一推就能轻易进入。

他停在床边，弯腰拾起一小块黑色的塑料片——那是笔记本密码锁的残骸。

今天早晨出门前，他同父母起了一场不大不小的争执。后者在他的书包里翻出了那个带锁的笔记本，荒唐地质问他是不是在早恋。

得到否定的答案后，父母也没有善罢甘休，而是逼问他笔记本的密码。

"没背着我们做亏心事就把锁打开！自己把里面的东西念出来！"

推搡争执间，那本薄薄的日记被人踩在脚底狠狠碾过。

李问枫沉默地捡起笔记本，不顾他们的责骂和质问声："快迟到了，我去学校了。"

在有些父母眼中，他们有权了解和掌控小孩的所有事，包括隐私。

李问枫将密码锁残骸丢进垃圾桶，然后从口袋里掏出手机，微信里和丘铃的对话框还位于屏幕最上方。

少年挺直脊背，指尖点进少女的头像。

那是一张全家福——丘铃被爸爸妈妈拥着，怀里抱着一只小黄狗，少女露出八颗牙齿，笑得傻乎乎的。

一个小时之前。

"其实我根本没写什么过分的东西，只是记录生活中的一些小事，被他们看到也没关系。"李问枫坐回长椅，半张脸沉浸在夕阳里，"可我不想。"

"我以前也在家里讲过那些事，学校食堂新出的食物、公交车上遇到的老爷爷、回家路上遇到的小猫，"少年向后靠在椅背上，双手虚虚交叉，"但他们不感兴趣地打断了，让我把心思放在学习上。"

丘铃从刚刚开始就没说话，抿着嘴看着敞开心扉的少年，她想说可以分享给朋友，转念又想到李问枫似乎在班级里的确没什么朋友。

"我本身也没有期望有人能给出反馈，只是觉得，"李问枫缓缓道，"没有人可以分享，至少可以分享给看日记时的自己。"

但现在，这样也不行了。

丘铃见李问枫的情绪越来越消极，仿佛下一秒就要沉入冬季，她蓦然生出一种念头——如果再不说点什么，眼前的少年就会被风带走。

于是丘铃开口："分享给我怎么样？"

少女的声音有些紧张，手指也不自觉地捏来捏去："我知道我们不算熟啦，但如果你需要一个分享生活中琐碎小事，也不会给出反馈的树洞，我可以胜任的！"

李问枫先是愣住了，片刻后他扯扯嘴角，苦笑道："如果被他们知道你和我走得近，会来学校……"

"那不被他们知道呢？"丘铃手掌撑在长椅上，"你可以发微信给我，我不会回复。我也可以不点开你的消息看。"

"如果叔叔阿姨会查看你的手机，你就删掉聊天记录。

"李问枫同学，你可以把我的账号当成分享生活的树洞哦。"

一片枫叶缓缓飘落，正砸在丘铃发顶，李问枫俯身过来拾起它，垂目看了一会儿。

他缓缓道："好。不过我的消息，你看了也没关系。"

此时身处毫无安全感的房间，李问枫点进和丘铃的对话框，发送了第一条树洞消息。

李问枫："我没有吃晚饭，很饿，但没有胃口。"

丘铃："身体重要，还是吃一点吧。"

丘铃："抱歉抱歉，我忍不住回复了，以后不会了。"

李问枫："没关系。"

听到大门门锁转动的声音，李问枫一条一条地删掉了聊天记录，然后他放下手机，起身去厨房拿了一个凉掉的包子吃。

在丘记开锁换锁业务开展的同时，"丘记树洞服务"也在稳定营业着。

李问枫每天都会发来三至五条消息，丘铃偶尔会忍不住回复，他们就会再聊两三句。

就这样，这种不为人知的关系一直维持到高中毕业。

李问枫没有和家里商量便报考了省外的一所学校，在收到录取消息之后，便独自赶往了异乡。

那时，丘铃也收到了本省某大学的录取通知书。

家里的小铺子经过父母几年的打拼已经成功升级为大店面，店里也拥有了专门负责网上业务的员工。

丘铃买了新手机，也换了新号码。

她用原本的微信号发布了最后两条朋友圈——

丘记开锁换锁 179xxxxxxx1：经过店铺升级，本账号将不再处理丘记开换锁服务哦，需要开锁换锁服务的请联系小张微信。[微信二维码]

丘记开锁换锁 179xxxxxxx1：同学们！我换号了！加我新号：185xxxxxxx5。

她滑过不停冒出新消息的聊天界面，找到李问枫——

丘记开锁换锁179xxxxxxx1：放心放心，即便换号了，树洞服务也会一直向你保留。

李问枫没有回。

丘铃想了想，主动用新号申请了他的好友。

直到丘铃出发去军训，忘记了丢在家里的旧手机和手机卡，对方也没有通过好友申请。

一晃几年过去，丘铃在和爸爸妈妈的三人小群分享日常时，偶尔也会想起那份无疾而终的"初恋"。

是的，"初恋"。

她没法否认，自己对当初那个脆弱沉默的少年产生过一份不多不少的悸动。

只是没有说出口，也不知对方有没有意识到。

也许就是意识到了，才断了联系？

丘铃大四毕业后找的第一份实习工作，公司要求实习生要时常在朋友圈宣传公司产品。

她在妈妈的提醒下想起那个曾经的微信号——那个手机号绑定着家里的无线网，爸爸会按时充钱，所以当时的微信，也许是可以用的。

丘铃："谢谢妈妈！我有时间回去拿！"

可不等她"有时间回去"，丘铃的实习工作就告吹了。

原因是公司里有个小领导时常言语骚扰女同事，丘铃听得一时火起，当场打电话举报，闹得还挺大。

最后小领导工作没了，丘铃的实习也没了。

处理完实习和毕业事宜，在家待了一个月的丘铃一时冲动，上网面了家位于深市的公司。

她在家乡待了太久，是时候看看外面的风景了。

人事对她十分满意，当即敲定丘铃下周便可以入职。

丘铃告诉了父母这件事，他们都十分支持。

"宝宝想去外面闯荡是好事呀，"妈妈摸摸丘铃的头发，"不用担心爸爸妈妈。"

一家三口和小狗抱头"嘤嘤嘤"了几分钟，丘铃擦了擦脸上妈妈蹭上的口红，回到房间找出了高中时的手机。

手机已经不能用了，丘铃把卡拔出来，然后插到了手机另一个卡槽中。

以前的微信还能用，只是需要验证消息。

丘铃盘腿坐在床上等待消息加载完成，抱着平板打游戏。

嗡——

久未登录的微信提醒振动个不停，左下角的消息提醒飞速上涨，不多时就停在 99+ 不动了。

丘铃被吓了一跳，等到手机停止振动才敢拿起来。

怀里的平板什么时候滑下去的，丘铃已经不清楚了，她捂着嘴，纤细的手颤抖着，慢慢点开了那个没有备注名字的对话框。

微信最大提醒值为 99+，但李问枫发来的却不仅仅有这些数字。

那些消息自三年前开始，直至今天。

她废弃的账号，成为李问枫分享欲的唯一出口。

李问枫的生活以倒序的方式展现在丘铃眼前，再被她以顺序的方式在脑中整理。

忤逆了父母想法的李问枫被强行从省外带回，搬家后丢进了复读学校，剥夺了一切与外界联系的方式。即便第二年考了更高的成绩，李问枫却仍旧报考了那所他认定的学校。

父母自是大闹一通，但李问枫已经成年，不会再重蹈覆辙。

他自大一开始勤工俭学，再没有拿过家里的生活费，也很少和家里联系，只是会按时打回一笔攒下来的零钱。

李问枫拿回了自己的手机，丘铃发去的好友申请自然过期了，他再根据手机号添加也搜索不到。

他也曾打过电话，却是丘铃男朋友接的。

丘铃这才想起，在开学后的第二个月，她不堪校内广告推销所扰，关闭了通过手机号码添加好友的选项。

而大二时的确有个陌生号码打来电话，她当时正在忙着排练舞台剧，扮演她恋人的学长还以为是道具组的同学，接起便开了个玩笑。

电话那头的人没有说话，很快就挂了。

丘铃想回复李问枫消息，指尖却滑到了他的某条消息——

"我好像喜欢她。"

如果说前一年的消息还偏向于李问枫对丘铃所说的话，那么后面两年的消息就更像是单纯的树洞分享了。

丘铃迟疑着，点击好友消息查询，输入关键词"她"搜索着——

"只是看着聊天记录，也能想起她当时的表情。"

"不知道她在做什么，有没有想起我？"

"希望她幸福。"

…………

通通都是近两年的消息。

丘铃估摸着时间，猜测女主角应该是李问枫的某个大学同学，便泄了气，想要恢复联系的念头也慢慢消了下去。

人家给这个账号发了这么多消息，应该只是习惯了分享吧。

毕竟当初说好了是树洞，以后也不会再登上那个微信了。

起先，丘铃是这么想的，可她控制不住。

她一次又一次地登录切换账号，每天都看李问枫会向树洞分享些什么。

丘铃暗暗谴责她的不道德，又忍不住查看那些无聊的、她也经历过的实习往事。

李问枫偶尔会发照片过来，有的是风景，有的是他的照片。

记忆中的少年成长为成熟的男人，鼻梁挺直，下颌线清晰。他举着一片枫叶，不知道想起什么，嘴角一抹淡淡的笑容——

"同学拍的。"

"原来我想起她时是这种表情。"

…………

就这样，又过了几个月，京市下雪了，深市还是夏天。

丘铃换掉短靴，煮了包泡面，盘腿坐在出租屋的单人地毯上，点开李问枫发来的图片。

照片中，他骨节分明的手中有一团小小的雪。

泡面的热气晕湿了一小片屏幕，丘铃伸手想擦干，却不小心多点了几次。

手机振了振，屏幕上很快出现一行小字——

[我拍了拍"李问枫"]

"我天……"丘铃手忙脚乱地扔掉筷子，想撤回"拍一拍"，但为时已晚。

李问枫发来一个问号。

泡面已经泡得发胀，丘铃正襟危坐，捧着手机打通语音电话，和李问枫进行了长达半个小时的解释时间——

不是故意断联，没有男朋友，是学长，不久前才找回这个微信，所有的消息都看了，包括那些暗恋分享……

李问枫心情还算平静，也开始自我检讨——

不是故意断联，在北京实习，不一定留在这儿工作，这个微信是置顶，用来分享日常，的确有暗恋的人……

丘铃尴尬又失落，强撑着支持他勇敢追爱。

还说要是他把给她分享日常的劲头用在暗恋的人身上，说不定早就成功了什么的……

对面的人一声不吭，切换了视频通话。

丘铃犹豫着接起。

李问枫行走在无人的街道，雪花簌簌落下，有几片还落在了他的睫毛上。

丘铃被他美色所惑，看了几眼觉得不太好意思，低头捧着泡面一顿猛吃。

李问枫眼带笑意，说："已经单方面分享好几年了，不知道我暗恋的人，吞完这口泡面后能否给出回应？"

"咳咳……谁？"丘铃被呛得满脸通红，"你前两年喜欢上的不是……不是大学同学吗？"

"慢点儿吃。"李问枫点头又摇头，"我反应迟钝，打完电话后一直觉得不爽才开窍，又不想介入你和别人的感情，只好闷着。"

"现在知道了，我哪里和别人有什么感情。"丘铃抽出一张纸巾擦擦嘴角，低头慢吞吞地道，"说起来，我们好几年都没有见过面了，也不是很熟悉现在的彼此。"

李问枫停下脚步，认真听着："嗯。"

丘铃有话直说，从不矫情："不过我还是有那么一些心动啦！"

"下周我会去北京出差。我想见见北京的雪，"丘铃抬头，"也想见见北京的你。"

挂断电话，丘铃深吸一口气，抱起身旁的抱枕一通乱揉。

他们加上了新号的好友，李问枫拍了张照发来，是道路两旁绿化带上的积雪。

丘铃：看起来好像雪糕，不知道甜不甜！

李问枫：帮你尝过了，这种雪不甜。

丘铃：那哪种雪比较甜？

丘铃：不对，我随便说说的，雪不能吃！

李问枫：这种比较甜。[图片]

照片中厚厚的积雪上，画了个小铃铛。

即便错过了春天和秋天，他们仍有很多个夏季与冬季。

从此每个分享，都会有回应。

——全文完——

图书在版编目（CIP）数据

偷月亮给你 / 患者阿离著 . -- 成都：四川文艺出版社，2023.7

ISBN 978-7-5411-6699-0

Ⅰ.①偷… Ⅱ.①患… Ⅲ.①短篇小说 – 小说集 – 中国 – 当代 Ⅳ.① I247.7

中国国家版本馆 CIP 数据核字 (2023) 第 119965 号

TOU YUELIANG GEI NI

偷月亮给你

患者阿离　著

出 品 人	谭清洁
出版统筹	刘运东
特约监制	王兰颖　代琳琳
责任编辑	谢雨环　范菱薇
选题策划	芦洁
特约编辑	赵丽杰　杨晓丹
营销编辑	刘玉瑶　宋艳微
封面设计	卷帙设计
责任校对	段敏

出版发行　四川文艺出版社（成都市锦江区三色路238号）
网　　址　www.scwys.com
电　　话　010-85526620

印　　刷　天津鑫旭阳印刷有限公司
成品尺寸　145mm×210mm　　开　　本　32开
印　　张　10.25 插页32　　　字　　数　247千字
版　　次　2023年7月第一版　　印　　次　2023年7月第一次印刷
书　　号　ISBN 978-7-5411-6699-0
定　　价　45.00元